U0114250

A Room of one's own

"Lock up your libraries if you like; but there is no gate, no lock, no bolt that you can set upon the freedom of my mind."

"Literature is strewn the wreckage of those have minded beyond the opinion of others."

自己的房間

Virginia Woolf

維吉尼亞・吳爾芙 著

宋偉航 譯

導讀：《自己的房間》與經典翻譯

文／李根芳（國立台灣師範大學翻譯研究所教授）

在二十世紀的世界文壇上，維吉尼亞・吳爾芙（1882-1941）作爲一名作家與思想家，無疑地是一顆最燦爛明星。

吳爾芙的作品很多，創作範圍涵蓋小說、評論、傳記、戲劇、散文、信件、日記等文類。論者指出，她的創作手法富含詩意，擅長以間接描述與意識流敘事風格的獨特技巧，打破線性發展、進入到人物內心世界，鋪陳出現代人存在意義的偉大命題。此外，她的散文論述十分關注女性地位，以及女性受壓抑及未開發的潛力，鼓舞了繼往開來的女性主義者。

近年來，許多評論者注意到，吳爾芙在不同時期所被刻畫的形象迥然互異。在英國，吳爾芙作爲一名傑出評論家的地位，很早就得到肯定，但一直要到一九四六年，重量級評論家艾利克・奧爾巴赫（Erich Auerbach）的一篇評論問世，對她大加揄揚，這才穩固了吳爾芙在文學創作上的經典地位。在美國，吳爾芙要到一九六〇年代才獲得較大的重視，同時期她的作品也首度被譯介到台灣。半個多世紀以來，她的形象與時俱進，不斷產生新的詮釋與變化，豐富了我們對她創作的理解，也讓我們每每在時代轉折、新舊交替之際，驚覺她的靈光與洞見。

吳爾芙作品在台的引介與翻譯

一九六一年，吳爾芙的中譯作品初次在台灣問世，爲當時文學創作者帶來了新鮮的觀點與刺激。當時台大外文系的學生白先勇、王文興等人成立了文學雜誌——《現代文學》，以「分期有系統地翻譯介紹西方近代藝術學派和潮流，批評和思想，並盡可能選擇其代表作品」爲職志（〈發刊詞〉），同時提供一個清新的園地讓有志藝術創作的青年發表作品。他們選定了歐美各國現代主義作家的傑作，翻譯成中文再刊登在雜誌上，並附上作家生平介紹及相關評論，吳爾芙便是其中極爲少數的女性作家。在〈吳爾芙夫人〉的專刊中，編者撰寫了一篇短短的序言，讚揚吳爾芙的文學成就，並描述她「是個選擇散文小說體作爲工具的抽象派詩人」，她的作品「的確難讀，只有感覺敏銳，能暫時拋棄任何舊觀念的讀者，細細研讀之下，才能體會她的婉琰之章」。

而在吳爾芙的眾多作品中，第一部最早問世的完整翻譯作品，是一九七三年由女作家張秀亞所翻譯的《自己的屋子》（後來再版，更名爲《自己的房間》）。女性主義者鄭至慧在二〇〇〇年新版的導讀中指出，該書中譯發行的時間並不算晚，「稱得上與世界潮流同步」，不過當時台灣女性主義論述才剛剛發展，因此並未引起廣大共鳴。接下來的數十年間，各家出版社陸陸續續譯介了吳爾芙的幾部重要小說。吳爾芙在三十年的創作生涯中，共發表了十一部長篇小說、數部短篇小說集、一部傳記、十餘部散文評論集，另有一部劇作、翻譯及自傳性作品，後人並陸續整理了她的日記、書信發表。綜而觀之，她算是相當多產的作家，書寫的類型也十分廣泛駁雜。不過，在台灣並沒有她的全集問世，若干較知名的作品則有數個譯本在市面上流傳，如《達洛維夫人》（*Mrs. Dalloway*）、《歐蘭朵》（*Orlando: A Biography*）、《燈塔行》（*To the Lighthouse*）。另外，有兩套書系以系統譯介世界文學經典爲職志，都選錄了吳爾芙的作品爲代表，分別是一九八七年由蔡源煌教授主編的《當代世界小說讀本：吳爾芙》，以及一九九九年鄭樹森教授主編的《世界文學大師選》，其中第八輯選錄了吳爾芙的三則短篇小說。

理解與詮釋吳爾芙的不同角度

一九六〇年代與七〇年代早期，這些台灣譯者將吳爾芙形容爲一個感性的作家，強調她的寫作風格創新，饒富詩意，對於語言的節奏與音韻掌握尤其突出。這些身兼譯者、編輯、評論者及作家多重身分的年輕創作者，致力於引介外來的新典範以激勵在地、本土的文學創作。他們強調吳爾芙是布倫斯伯里文化圈（the Bloomsbury circle）的靈魂人物，更是重要的英國現代主義作家，但他們沒有進一步解釋布倫斯伯里文化圈蘊含的叛逆、批判精神。他們也忽略，抑或未意識到她對女性情人的熱情，她強烈的女性主義與反戰立場，以及她對婚姻與愛情所抱持的自由開放態度。相反的，他們刻意地突顯她是雷納德．吳爾芙的夫人，是個性纖細敏感的「女」作家。

直到八〇年代晚期與九〇年代，吳爾芙的形象才開始轉變，同時有更多譯作問世。隨著台灣社會與政治氛圍愈發自由開放，女性議題開始更加引發關注與討論，此時對吳爾芙的接受與認識也達到了高峰。她的主要作品被廣泛地譯成中文，並獲得台灣讀者的好評。不過，吳爾芙的作品雖然極爲多樣也數量驚人，此時但只有若干小說被翻譯，有些還有不同的譯本。

吳爾芙的女性主義面向，也深深地影響了台灣的藝術創作與流行次文化。一九九四年，由編舞家陶馥蘭成立的「多面向舞蹈劇場」，演出《奇女子歐蘭朵：穿越時空四百年》。另外，一個受《自己的房間》啓發的劇團於一九九五年成軍，並以「莎士比亞的妹妹們」來命名，該團以實驗性的前衛表達方式，演出與性別議題相關的議題，目前已成爲台灣重要的前衛劇團。

先前幾個階段，吳爾芙的影響力與接受度多源於其文字力量與文學成就，而她的肖像，在第三個階段扮演了更重要的角色。批評家凱瑟琳．斯蒂普森（Catharine R. Stimpson）便說道：「在我們這個強調景觀與圖象的時代，許多人在讀吳爾芙的作品之前，早已經見過她了。」媒體與商業書市善於借用吳爾芙的形象作爲女性作家的代表，特別是現代女性作家。例如金石堂書店與誠品書店都在書店展示吳爾芙的大幅照片。二〇〇六年，萬寶龍精品名筆「作家限量系列」，甚至推出了以吳爾芙爲名、向其致意的限量款；官網上描述，筆身精緻雕刻的紐束紋飾，將喚醒人們對維吉尼亞．吳爾芙的傑出作品《浪潮》（*The Waves*），及其起伏不斷的人生之深遠記憶。這款限量商品在各大百貨公司展示宣傳，顯示吳爾芙已被轉化爲文化偶像。該品牌所塑造的形象是：擁有這樣一枝精品名筆，即展現了個人的品味與地位。

《自己的房間》的中譯版本

吳爾芙在台灣的譯介形象，經歷了現代主義女作家、女性主義作家，到文化聖像三個主要階段。但無論其形象如何改變，《自己的房間》似乎可說是吳爾芙在台灣最知名、流傳也最廣的作品。舉例來說，「網路與書」企畫、大塊文化出版的「經典3.0」系列，這部書系嘗試以新的觀點與媒介帶領讀者認識經典，該系列即於二〇一一年選擇了吳爾芙的《自己的房間》介紹給讀者，書名訂爲《女性書寫的逃逸路線：自己的房間》，其中譯文選用了張秀亞的譯本。張秀亞是六〇、七〇年代相當活躍的女作家，她所翻譯的《自己的屋子》算是細水長流❖[1]，直到二〇〇八年仍由天培文化持續重印出版。

除了張秀亞的版本外，另外還有二〇〇〇年宋偉航、及二〇〇六年陳惠華的譯本，分別由探索文化及志文出版社發行，兩者均於十多年前再版，但目前市面上恐怕不易找到這些譯本。綜而觀之，除了經典3.0以簡介導讀及摘譯的方式來詮釋外，其他三位譯者都是全文翻譯，就其策略而言，也都相當忠於原文。陳惠華畢業於台大中文系，並在美國獲

1 這部譯作於一九七三年初版、再版，一九七五年三版，一九七九年四版，一九八三年五版（資料參見國家圖書館全球資料網的「全國圖書書目資訊網」，http://nbinet.ncl.edu.tw）。

得東亞語文系碩士，譯作頗豐。志文出版社所發行的吳爾芙作品翻譯，幾乎全出自她的譯筆；除了《自己的房間》外，還包括《戴洛維夫人》（1988）、《奧蘭多》（2004）。宋偉航曾就讀台大歷史所中國藝術組，目前專事翻譯。這三位譯者都有不少譯著問世，所翻譯的作品也以文學方面居多。陳惠華和張秀亞的翻譯有些錯誤，或語句有待商榷之處，但大致來說，語意掌握還算準確。宋偉航的譯文就選詞造句而言，比起另外兩個譯本要來得更適切些。不過眞正區隔這些譯文的不同之處，還是在於每位譯者的風格，以及他們對於吳爾芙的細緻語感及音樂性的理解與詮釋。

許多評論家都讚賞張秀亞的文字秀麗、詞藻雋永，吳爾芙的風格也以優雅輕盈，慧黠剔透見長，用張秀亞的形容是：「水晶般的透明，波浪般的動蕩，春日園地般的色彩繽紛，秋夜星空般的炫人眼目」。如此看來，張秀亞翻譯吳爾芙的作品似乎是相得益彰，最適當不過。然而，我認爲張秀亞的譯文雖然文字雅緻，但是對於吳爾芙字裡行間的反諷戲謔，以及長句短語的節奏感與音樂性，卻顯得力有未逮。有時，文句過於直譯，甚至出現詰屈聱牙、不易理解的文句。相較之下，宋偉航的譯文敏銳地掌握了吳爾芙文句的音樂性，並且將吳爾芙獨具巧思、靈巧機敏的論點，表達得恰到好處，甚至讓人覺得，如果吳爾芙用中文寫作，她的遣詞用字或許也相去不遠。

我曾在一篇論文裡探討何謂經典翻譯，我認爲，雖然張秀亞的知名度較高，但是其譯文品質，距離經典翻譯的標準似乎仍有一段距離。我想強調的是，經典翻譯不是因爲利用了原作的聲名而得到經典地位，或是因爲翻譯經典作品就自然而然能夠吸引讀者的注意，而是其文學表現、翻譯能力的展現，使這部譯作綻放出光芒。就像是吳爾芙在文中所說的「正直」，經典翻譯與經典原作文學的差別在於它是翻譯作品，翻譯者是成就其經典地位的主要推手。宋偉航女士的譯文，精準慧黠地掌握了吳爾芙的文學風格，她不僅成功地翻譯了經典，也使這部譯作具有經典翻譯的價值。

漫遊者出版社能夠將這部譯作修訂重出，精神值得感佩。《自己的房間》原作於一九二九年出版，隔了近九十年，能夠以中文繼續感動人心，刺激我們去思考性別、創作與經濟獨立的議題，這確乎是一部永不過時的經典。

推薦序

文／吳俞萱、黃麗群、楊佳嫻、瞿欣怡、魏瑛娟

在她那裡，事態無法完結。因爲心緒無法。一切都在向著裡外鑿出更深刻更幽遠的裡外。她是那樣冀盼眞實，等待眞實，艱苦地滴出幾個字，騷動兩邊：以眼前的生活對應思想的推衍，以銳利的思想拓開生活的漫漶。她說：「窗簾一定要關緊。」不去追問自己做成了什麼，就在放下筆尖的那一刻，讓心靈退居黑暗，不再分別裡外，因爲生活覆蓋思想，思想也將浸透生活。

——吳俞萱，詩人

暉麗萬有，體氣充沛，縱橫開闔，撕開它「二十世紀女性主義經典」的包裝紙，《自己的房間》完美地表現出細緻詩意與宏大知識的結合，抒情語言與哲學思路的優美鑲嵌，帶來九拐十八彎的閱讀樂趣。這樣的題名，乍聽起來，即使在今日，仍然將要被賤視爲「女人就是格局不大」（當然，如果是男子寫的，「格局不大」四字就將一反被讚美爲「細膩幽

微」、「腳踏實地」），吳爾芙偏偏證明了強健的心靈能如何地納須彌於芥子，而許多人，口中說著大時代大地理的種種大話，每一句仍是「我我我」的自戀與自我彰顯。因此不爲尺寸所惑的人有福了，這樣的人，能分得出小小的鑽石與保麗龍所造的空氣樓閣之差異，這樣的人，不怕吳爾芙。

——**黃麗群，作家**

在學校裡開女性文學課程，吳爾芙《自己的房間》是重要起點。一百年前，一個女性寫作者必須在既定的社會性別分工裡努力騰挪出縫隙，一點一點把她的文學創建起來。吳爾芙從無數先行例子裡看到，女人要發展自己的文學生涯，必須擁有不受打擾的空間以及金錢作爲後盾。

《自己的房間》爲寫作的女人發聲，早六年發表的魯迅〈娜拉走後怎樣〉則是爲更普遍的女人們發聲：即使逃離父權家庭，尚未改變的社會卻是更大的牢籠，如何打破？第一個要爭取的，是經濟獨立。然後，接著，娜拉會很高興能擁有自己的房間。也就是這無數努力掙扎出來的閱讀、書寫與行動，給予我們持續開鑿的力量。

——**楊佳嫻，作家**

在《自己的房間》裡，機敏、聰慧、毫不矯飾的吳爾芙，彷彿小快步牽起讀者的手，在幾百年間的時光隧道穿梭奔跑，隧道裡密布著女性創作者的神祕洞穴。吳爾芙一一點亮，在幽微處，女人的寫作緩緩發芽、蔓生，最終形成一幅密密麻麻的網絡，從此密不可分。

每一個創作的女人，都來自那個洞穴。吳爾芙說，不可切斷，但也不可被牽絆。作家的心靈，一定要自由。不要爲了性別而寫，要超越，要自由。要忠於自己。

除了女人與寫作外，我還多想說幾句。無論何時重讀《自己的房間》，都不會過時。特別是看吳爾芙批判男性權威，套句現在流行的話來說：才華洋溢的作家，連寫酸文都好看得讓人想按一萬個讚，文末還要粗體強調「認同請分享」。

——瞿欣怡，作家、小貓流文化總編輯

一九八七年首遇《自己的房間》，深受啓蒙。寫了個劇本段子：一個小說家的苦悶妻子歇斯底里地在牆上書寫，企圖發明自己的文字。

一九九五年創辦「莎士比亞的妹妹們的劇團」，很堅持要多用個「們」字。

一九九七年以《自己的房間》之名，編導了個作品。

二〇一七年重讀此書，三十年時光倏忽而去，覺得自己仍需要「自己的房間」。

——魏瑛娟，「莎士比亞的妹妹們的劇團創辦人」

自己的房間

Virginia Woolf

維吉尼亞・吳爾芙 著

宋偉航 譯

Chapter

I

「女性和小說」，這和自己的房間有什麼關係呢？
怎麼有一性別的人得以享有平安和富足，另一性別的人卻要忍受貧窮和不安？

可是，妳們要問了，我們要妳講的是「女性和小說」，這和自己的房間有什麼關係呢？且容我細說分明。聽到妳們要我講「女性和小說」，我走到河畔，坐下，開始想這幾個字究竟是什麼意思。說不定很簡單，講幾句芬妮・勃尼就好[1]；再來幾句珍・奧斯汀[2]；推崇一下勃朗蒂姊妹，拿哈渥斯牧師公館的雪地即景白描一下[3]，都好；再要不，講得出來的話，那就拿密特福小姐講幾句妙語打趣一下[4]；再恭恭敬敬引述一句喬治・艾略特[5]，帶一句蓋斯柯夫人[6]，這樣應該就沒事了。可是，回頭再多想一下，這幾個字卻

1 芬妮・勃尼（*Fanny Burney*, 1752-1840）——原名法蘭西斯・勃尼（Frances Burney），中年婚後人稱達布雷夫人（Madame d' Arblay）。英格蘭女性小說家先驅，也以劇作、日記聞名，在家自學，十歲開始信筆塗鴉，擅長勾勒英國上流社會的人情世故，筆下略帶譏誚，來往的文人有如薩繆爾・約翰遜以及「藍襪社」的伊麗莎白・蒙太古（Elizabeth Montagu, 1720-1800）、漢娜・摩爾（Hannah More, 1745-1833）。名作有《艾薇莉娜》（*Evelina*, 1778）、《西西莉亞》（*Cecilia*, 1782）、《卡蜜拉》（*Camilla*, 1796）、《浪遊人》（*The Wanderer*, 1814）。第一本作品《艾薇莉娜》堪稱英國「風俗小說」（novel of manners）的里程碑。珍・奧斯汀和威廉・薩克萊皆曾師法她的筆調。吳爾芙拿她寫過幾篇文章，將她列入女作家開路先鋒之列。（編按：全書註腳除了標示原註者，皆為譯者註。）

2 珍・奧斯汀（Jane Austen, 1775-1817）——英格蘭女性小說家先驅，只上過五年學校，其餘皆屬自學，以犀利的眼光描摹英格蘭仕紳人家的人情世故，謔而不虐，留下不少膾炙人口的名作，例如《理性與感性》（*Sense and Sensibility*, 1811）、《傲慢與偏見》（*Pride and Prejudice*, 1813）、《愛瑪》（*Emma*, 1816），

《諾桑覺寺》(*Northanger Abbey*, 1818)，《勸導》(*Persuasion*, 1817)。吳爾芙稱讚珍．奧斯汀爲「女性最完美的藝術家」。

3 勃朗蒂姊妹(Brontës)——指夏綠蒂．勃朗蒂(Charlotte Brontë, 1816-1855)、愛蜜莉．勃朗蒂(Emily Brontë, 1818-1848)，安．勃朗蒂(Anne Brontë, 1820-1849)三姊妹，夏綠蒂的名作是《簡愛》(*Jane Eyre*, 1847)，以男性筆名丘瑞．貝爾(Currer Bell)出版。愛蜜莉的名作是《咆哮山莊》(*Wuthering Heights*, 1847)，一樣先以男性筆名艾利斯．貝爾(Ellis Bell)出版，三年後才冠回原名。小妹的作品比起兩位姊姊略顯遜色，但也一樣是以男性的筆名艾克頓．貝爾(Acton Bell)出版。三姊妹還聯名出版詩作，題名就叫做《丘瑞、艾利斯、艾克頓．貝爾詩集》(*Poems by Currer, Ellis and Acton Bell*, 1846)。哈渥斯牧師公館(Haworth Parsonage)——勃朗蒂三姊妹隨牧師父親居住的寓所，位於英格蘭中部的約克郡(Yorkshire)，寓所附近在三姊妹生前原是大片迤邐的荒野，不時出現在三姊妹筆下作爲故事背景，特別是愛蜜莉寫的《咆哮山莊》。吳爾芙去過該地參觀。

4 密特福小姐——瑪麗．密特福(Mary Russell Mitford, 1787-1855)，英格蘭作家，寫劇本、詩歌、小說。父親行醫。母親出身貴族人家，和珍．奧斯汀家略有來往。後因父親揮霍，家道中落，終身未婚，以寫作維生，侍奉父母終老，常爲經濟困窘所苦。一生長居英格蘭南部勃克郡(Berkshire)，擅寫該地鄉土人情，下筆幽默、機智，趣味橫生，作品以五冊一套的《我們這村子》(*Our Village*)最爲知名。吳爾芙也寫過密福特，還講過密特福送了一隻狗給著名詩人伊麗莎白．貝瑞特(Elizabeth Barrett, 1806-1861)的事，伊麗莎白．貝瑞特後來嫁給著名詩人羅伯．布朗寧(Robert Browning, 1812-1899)，是爲伊麗莎白．布朗寧。

5 喬治．艾略特(George Eliot)——原名瑪麗．安．艾凡斯(Mary Ann / Marian Evans, 1819-1880)，英國維多利亞時期首屈一指的作家，寫小說、詩歌，也是記者、譯者、編輯，以男性筆名喬治．艾略特發表作品，自認這樣方能贏得文壇正眼相待。出身英格蘭中南部，父親認定她生來貌寢，不容易嫁

又看似沒那麼簡單。「女性和小說」這樣的題目，意思可能就像各位想的一樣，女性和女性喜歡的小說，或者是女性和女性寫的小說，再或者是女性和寫女性的小說，再要不然就是這三層意思攪和在一起拆不開，而各位也正要我從這樣的觀點來看。可是，待我從最後這觀點來想這題目，這也好像是最有意思的觀點，沒多久就看出這樣的觀點有無法挽救的缺點了。因爲，我絕對沒辦法講出個結果來。因爲，我絕對沒辦法盡到我認爲主講人理應盡到的本分，也就是在講了一小時的大道理之後，能拿出一點眞知灼見來供各位收錄在筆記本內，擺上壁爐檯，天長地久供奉下去。我能做的，頂多就是針對一件小一點的問題提供一點淺見——這就是女性一定要有錢，要有自己的房間，才有辦法寫小說；這樣一來，各位就會發覺有關女性的天性、有關小說的根本，這麼大的問題根本就沒解決。這兩大問題，解決的責任且就容我在此敬謝不敏吧——女性和小說的問題，在我這邊目前尚屬無解呢。不過，爲了作些彌補，我就針對有錢和房間的事情，向各位闡述一下我是怎麼得出這樣的看法的。所以，在此，我便要當面向各位將我的思路是怎麼走到這想法來的，盡可能作一下完整、坦率的說明。說不定我把我這說法背後的想法、偏見攤在各位面前之後，各位就會發覺這和女性確實有些關係，和寫作一樣確實有些關係。無論如何，一遇到很容易招惹是非的題目——只要一牽扯到性別，注定多的是是非——就很難再奢望說得出什麼

眞正的道理。人啊，不管有什麼看法，能做的頂多就是說一說自己的看法是怎麼得出來的。能給別人的，頂多就是給別人機會去體察說者有什麼淺陋、偏頗、離經叛道之處，再自行琢磨自己的結論。小說在這裡內含的道理，恐怕就比事實內含的要多了。所以，在此我便打算發揮一下小說家踰矩、破格的特權，跟各位說一說我來此之前兩天是怎麼過的——說一說各位出的題目在我肩頭是何等沉重的擔子，壓得我鎮日埋頭苦思，坐臥不離。而各位也不必我再囉嗦就會知道，以下所述，子虛烏有。牛橋者，純屬杜撰，封能者，亦復

出去，但她又特別聰慧，便特別重視她的教育，送她進過幾所學校讀書，後來移居倫敦專事寫作和編輯工作，作品多以英國鄉間爲背景，以寫實和心理刻劃見長。作品知名者有如《佛洛斯磨坊》（*The Mill on the Floss*, 1860）、《織工馬南》（*Silas Marner*, 1861）、《密德馬區》（*Middlemarch*, 1871-1872）、《丹尼爾．德隆達》（*Daniel Deronda*, 1876）。吳爾芙也以喬治．艾略特的作品寫過評論，有褒有貶。

6 蓋斯柯夫人——伊麗莎白．蓋斯柯（Elizabeth Cleghorn Gaskell, 1810 -1865），少爲牧師之女，及長又嫁給牧師，中年才開始寫作，寫長篇小說和短篇故事，愈晚的作品愈好，以描寫勞工階級見長，寓社會批評於傳統的文學技巧，曾經自承作品取法珍．奧斯汀，和喬治．艾略特也是文友。名作有小說《席維雅的愛人》（*Sylvia Lovers*, 1863）、《妻子和女兒》（*Wives and Daughters*, 1864-66）、《克連福》（*Cranford*, 1851-1853），她和夏綠蒂．勃朗蒂頗有來往，所以也爲她立傳，《夏綠蒂．勃朗蒂生平》（*The Life of of Charlotte Brontë*, 1857）。吳爾芙一樣寫過文章談蓋斯柯夫人。

如是[7]。所謂之「我」，省事的代稱罷了，絕對查無此人。而我口中所述，自然也是假話連篇；只是，未必沒有些許眞言夾雜其間，這就有勞各位自行琢磨，找出眞言何在，判斷是否值得收藏了。若是沒有，各位一股腦兒丟進字紙簍拋諸腦後即可。

所以，我呢（各位要叫我瑪麗．貝頓，瑪麗．賽頓，瑪麗．卡麥可，或是其他什麼的，悉聽尊便——名字在此無足輕重）[8]，就在一、兩星期前，頂著十月明朗的天光，坐在河畔，陷入苦思。先前說的肩頭重軛，也就是「女性和小說」這樣的題目，會勾起各色各類偏見和情感的題目，壓得我傴首俯耳抬不起頭來。左右兩旁但見不知名的矮樹叢，金黃，緋紅，斑爛光燦如火，看似也焦心到燒了起來。遠望對岸，楊柳低泣永世的哀歌[9]，柳絲如髮，披散肩頭。河面隨興映現天光、橋影、火紅的秋樹；有學生划槳操舟順流而下，是劃破了倒影，但是過後旋即聚攏如初，恍若未曾有過來人。獨坐於此，足可耗盡日出月落，沉浸思緒，渾然忘我。思緒——說是思緒太堂皇了，過當——垂下線路落入河心。輕搖緩擺，分秒不停，忽焉在此，忽焉在彼，晃蕩在倒影、水草之間，任由水流托升、沉落，迄至——各位也知道那輕輕一拉——一縷心念倏忽乍現，凝聚在線頭；接著，小心翼翼提溜出來，小心翼翼擺放妥當，唉呀，妳們看看就擺在草地上！好渺小，好卑微啊，我這念頭；懂門道的漁夫就算抓到了，也會撒手放回水裡，等長肥一點，值得費事下鍋捧上餐桌

7 牛橋（Oxbridge）——牛津（Oxford）加劍橋（Cambridge）合併起來的名稱。並非吳爾芙首創，早先威廉・薩克萊在小說《潘登尼斯》（*Pendennis/The History of Pendennis: His Fortunes and Misfortunes, His Friends and His Greatest Enemy*, 1849）便已拈出「牛橋」一詞。封能（Fernham）——吳爾芙拈出的虛構學府，拿來和「牛橋」作爲對偶，各自代表英格蘭的女性和男性高等教育。學府雖爲虛構，名稱倒是確有其地，是座小村，和牛津大學一起都在牛津郡（Oxfordshire）內。吳爾芙拈出此名，大概是和紐能（Newnham）學院搭得上線。「葛頓」和「紐能」是劍橋大學分別於一八六九、一八七一年成立的女子學院。吳爾芙於一九二八年十月，分別在紐能學院的「藝術社」（Arts Society）（十月二十日）和葛頓（Girton）學院的文學社「倒楣連莊」（Odtaa / One Damn Thing After Another）（十月二十六日）作過演講。兩次講稿其實都沒有紀錄，而是由吳爾芙在一九二九年春先寫一篇稿子，〈女性和小說〉（Women and Fiction），刊登在紐約雜誌《廣場》（*Forum*）三月號上，修訂之後再於一九二九年十月，由吳爾芙和夫婿一起經營的霍嘉斯出版社（Hogarth Press）出版爲《自己的房間》。另也在美國同步出版。

8 瑪麗・貝頓，瑪麗・賽頓，瑪麗・卡麥可——出自蘇格蘭歌謠〈瑪麗・漢彌爾頓〉（Mary Hamilton）：「有瑪麗・賽頓、瑪麗・貝頓，還有瑪麗・卡麥可和我〔即瑪麗・漢彌爾頓〕」（There was Mary Seton and Mary Beaton, / And Mary Car-Michael and me.），俗稱「四瑪麗」（Four Marys），起源說法不一，有一說指這四人是慘遭問斬的蘇格蘭倒楣女王瑪麗（Mary, Queen of Scots, 1542-1576）身邊的四位侍女。

9 楊柳低泣永世的哀歌——楊柳低泣（weeping willows）在西方便代表「永世的哀悼」（perpetual lamentation），常見於墓碑。

再說。所以，我就不拿我這念頭來給妳們添麻煩了。不過，接下來我要說的，各位要是一路聽下去，仔細找，說不定找得到。

不過，不管這念頭再渺小，終歸少不了思緒本來就有的神祕——一放進腦中馬上就興奮起來，重要起來；忽而竄上忽而下沉，一下左閃一下右突，翻江搗海似的在腦中掀起思想的波濤，沖刷激盪，無法止息。我就這樣興沖沖走過草地，腳步快得不了。忽然間，有男子的身影猛地竄出，擋住我的去路。一開始我也沒發覺有怪怪的人影在對我比手畫腳；一身常禮服，晚禮服襯衫，直接衝著我過來。臉上的表情驚恐，氣憤。那一剎那，直覺而非理智跳出來救駕。來人是個「司鐸」❖[10]。我，是女人。這裡，是草坪，步道，在那裡。只有院士和學者❖[11]才有資格踩草坪，我該待的地方，是那碎石子步道。不過片刻工夫，我腦中就這樣轉了一圈。我一踩回步道，司鐸的兩條手臂跟著放下，臉色也重現平常一貫的波瀾不驚。草地雖然比碎石子路要好走，但也沒什麼大不了。至於正好在這一所管它在哪裡的大學裡的老師、學者，我要罵的也僅只是：單單爲了保護他們一連修剪了三百多年沒斷的草地，居然把我的小魚兒嚇得不知躲哪兒去了。

那時到底是什麼念頭轉得我放肆去對人家侵門踏戶，我這時想不起來了。那時只覺得有平和之氣從天而降，宛如天上的祥雲，世間要是眞有平和之氣進駐，那就一定是在十月

晴朗的這一天出現在牛橋的學園和方院。信步穿行一處處學院，走過古老的廳堂，現世的坎坷似乎隨之撫平。身軀彷彿安置在神奇的玻璃櫃中，沒有一絲聲響穿透得過；心靈像是掙脫現實所有的羈絆（又再亂踩草坪不算的話），自由自在，隨意就當下投契合鳴的隨想陷入沉思。而且，就這麼巧，一絲走錯路的回憶，勾起了曩昔讀過的文章，寫的是長假重遊牛橋，蘭姆驀地襲上了心頭❖[12]——薩克萊有一次可是把蘭姆的信往額頭一按，輕呼「聖

10 「司鐸」（Beadle）——西方教會負責接待、傳令、維持秩序、輔助教儀等職務的俗家人士，英國歷史悠久的大學如牛津、劍橋、德倫（Durham），自古也設有beadle一職，身穿制服，負責維特校內的秩序、規矩。由於大學內的beadle一職原本就有教會的淵源，故直接引用「司鐸」譯名，不採其他。

11 院士和學者——原文作fellow和scholar。英國大學的傳統，只有教師可以走在草坪上，學生不可以。英國大學師資的分級雖有「院士」（fellow），但是此處之fellow，不妨視作泛指大學裡的老師。scholar是領取獎金的學生，也可叫做「官費生」，只占學生少數，大學部其他自費的學生叫做commoner。英國歷史悠久的名校當時還不脫封建色彩，階級劃分十分嚴明。不過，劍橋的女子學院紐能倒是准許學生踏上草坪，不同於劍橋其他學院。

12 查爾斯・蘭姆（Charles Lamb, 1775-1834）——英格蘭作家，以散文見長，留下名作《以利亞箚記》（*Essays of Elia*, 1823, 1833）以及和姊姊瑪麗・蘭姆（Mary Lamb, 1764-1847）合寫的童書《莎士比亞故事集》（*Tales from Shakespeare*）。蘭姆一生坎坷，有志向學卻因口吃沒考過劍橋大學先修班，年方十五便出社會工作，不過寫作的志趣未減，逐漸打開文名，廣交文友，如柯立芝、華滋

人查爾斯啊！」[13]。是啊，作古的前人（我想到誰就講誰啊），就以蘭姆最爲和藹了；遇到他這樣的人，直教人想問上一句，您那些文章是怎麼寫出來的呢？因爲，他的文章連麥克斯・畢爾龐[14]都比不上；我想說呢，他的文章縱然錘鍊完美，卻有狂放的想像如電光火石，迸發才情如霹靂打過字裡行間，留下罅隙裂痕，狀似殘缺不全，但有詩如繁星璀璨。蘭姆來過牛橋，大概就是百年之前吧。當然也寫過文章——篇名我想不起了——提過他在牛橋見過一份彌爾頓的詩文手稿。可能就是〈黎西達〉吧；蘭姆在文章提到他一想到〈黎西達〉手稿裡的字句說不定和後世所見會有不同，大驚。想到彌爾頓會改動他詩裡的字句，在他覺得像是褻瀆[15]。想到這裡，我就開始回想腦中記得的〈黎西達〉詩句，猜一猜哪個

華斯（William Wordsworth, 1770-1850）、薩克萊，加之以個性溫文隨和，備受文友喜愛。

蘭姆未能進入劍橋就讀是他畢生的遺憾。他的好友，出身劍橋的英格蘭漢學家，湯姆斯・曼寧（Thomas Manning, 1772-1840），多次力邀他到劍橋一遊，蘭姆也終於在一八一五年夏季帶著姊姊瑪麗同赴劍橋小住，還賦詩紀念，〈寫於劍橋〉（Written at Cambridge）。一八一九年姊弟同又再造訪劍橋，寫下〈牛津假期記趣〉（Oxford in the Vacation），一八二〇年發表於《倫敦雜誌》（*London Magazine*），題目雖然標的是牛津，但處處可見劍橋的形跡。蘭姆也因爲曼寧的關係，漸漸在劍橋奠下名聲，迄至二十世紀初年未衰，一九〇九至一九一四年，劍橋還年年舉行晚餐宴紀念蘭姆。

13 威廉・薩克萊（William Makepeace Thackeray, 1811-1863）——英格蘭小說家，生前文名赫赫，於維多

利亞時期堪與狄更斯並稱雙雄，但於後世的文名主要便落在《浮華世界》（*Vanity Fair*, 1847-1848）這一部長篇小說。薩克萊和蘭姆是好友，書信來往頻繁。蘭姆一生和大他十一歲的姊姊瑪麗極爲親厚，瑪麗算是他的啓蒙師，由於蘭姆家在瑪麗之前的其他手足，不是童稚夭折就是少年早逝，兩人算是相依爲命。瑪麗後來因爲精神疾病誤殺母親，蘭姆義無反顧扛下照顧姊姊責任，迄至終生，以免姊姊必須強制關進精神病院，即使蘭姆一生同樣也爲精神疾病所苦。

薩克萊有一次可是把蘭姆的信往額頭一按，輕呼「聖人查爾斯啊！」（Saint Charles）——這一件軼聞主要出自英格蘭詩人愛德華．費茲傑羅（Edward FitzGerald, 1809-1883）寫給文友的信函，指薩克萊有一次看到蘭姆致友人的信函，雖然信文內容因蘭姆精神狀況不佳而語無倫次，薩克萊依然感慨蘭姆忠心愛護瘋癲姊姊不離不棄，因而撫信輕歎，「聖人查爾斯啊！」。薩克萊本人對於此事倒是未曾留下隻字片語，只是曾經歎服蘭姆有好心腸。

14 麥克斯．畢爾龐（Max Beerbohm, 1872-1956）——全名：Sir Henry Maximilian Beerbohm，英格蘭幽默作家，諷刺漫畫也很知名，出身富家，就讀牛津，在文人圈相當活躍。一八九八年接下蕭伯納（George Bernard Shaw, 1856-1950）的位子，出任《星期六評論》（*Saturday Review*）的戲評主筆，和吳爾芙有書信往來。畢爾龐畢生雖然只寫過一本小說，卻是傑作。他在《祖麗卡道伯森／牛津戀史》（*Zuleika Dobson, or an Oxford Love Story*, 1911）當中以滑稽突梯的筆法，寫一位禍水紅顏橫行牛津，搞得天翻地覆，連石像也爲之落淚，把他的母校牛津狠狠嘲諷了一頓。吳爾芙在一九二八年和畢爾龐見過面。

15 蘭姆在〈牛津假期記趣〉當中假「以利亞」之名描寫他的劍橋文友，古典學者喬治．戴爾（George Dyer, 1755-1841）的趣事，在最後一段帶出以利亞在三一學院（Trinity College）的圖書館，看到約翰．彌爾頓（John Milton, 1608-1674）的親筆手稿，心頭湧現排斥和氣憤。

蘭姆文中所說的三一學院圖書館，就是「瑞恩圖書館」（Wren Library），以建築師克里斯多福．瑞

字可能被彌爾頓改掉了，又爲了什麼要改，這麼自得其樂一下。這時忽又想起了蘭姆當年看的那一份手稿，不就正在離我幾百碼外的地方嗎？所以，這時不就可以跟著蘭姆的腳步穿過方院，走進那一所著名的圖書館；寶物就收藏在那兒。還有，就在我順著心裡的念頭去的時候，忽又想起了薩克萊的《愛斯蒙》手稿，不也同樣收藏在這一所著名的圖書館嗎❖[16]？評論家多半都說《愛斯蒙》是薩克萊最完美的小說。然而，小說的文體裝腔作勢，模仿十八世紀，卻是一大窒礙，至少我記得的是如此；除非十八世紀的文風確實便是薩克萊本來的文體——這就有待一睹手稿來眼見爲憑了，看看他改動的地方是爲了文體的緣故還是文思。但是，這就又要再回頭去考慮何謂文體、何謂文思了，而這樣的問題——才想到這兒，我的人已經來到了門口，再進去便是圖書館。看來我一定是把門打開了，因爲，眼前倏地冒出來個……像是守護天使吧，一夫當關，但是一身黑袍飄飄蕩蕩而不是白色的羽翼，還一臉不表同意；只見這白髮蒼蒼、客氣溫和的紳士揮手要我退出去，還以低沉的嗓音歉然表示，女士要是沒有學院老師陪同或是出示推薦函，恕難入內。

有著名的圖書館被一個女子罵得狗血淋頭，這在著名的圖書館根本不值一哂。只見它兀自一派莊嚴，沉靜，坐擁文化瑰寶，志得意滿，酣然睡去，而且，依我看呢，長眠不醒算了。我再也不會跑來驚動館內的回音，我再也不會跑來要人親切相迎；我氣沖沖走下

台階發下重誓。只是，還有一小時才到午宴時間，這中間是要幹什麼才好？去草地走走？到河邊坐坐？這一天的秋日晨光確實明媚；嫣紅的落葉飄然落地；這兩件事做起來才不辛苦。不過，卻有樂音傳到了耳中。看來是在舉行什麼儀式或是典禮。走過禮拜堂門口，便聽到了管風琴激昂的泣訴。曲調安詳，基督教連哀傷聽起來也像在懷想哀傷而非流露哀傷，古老的管風琴即使痛切低吟，也像依偎在平和的懷中。哼，就算我有權利我也不進去，這一次搞不好會遇到個司事攔我下來，要我出示受洗證明❖[17]或是院長介紹信什麼的

恩（Christopher Wren, 1632-1723）爲名，設計於一六七六年，峻工於一六九五年。〈黎西達〉（Lycidas）是彌爾頓一六三七年以英文寫就的輓歌，悼念他在劍橋大學的好友死於船難。

16 吳爾芙的父親，萊斯利．史蒂芬爵士（Sir Leslie Stephen, 1832-1904），於一八八七年將薩克萊寫的《亨利．愛斯蒙》（*Henry Esmond*）手稿捐贈給三一學院。薩克萊讀過劍橋的三一學院，只是後來被退學了。萊斯利．史蒂芬家和薩克萊家算是世交，他娶的第一任妻子是薩克萊的女兒，哈莉葉．薩克萊（Harriet / Minny Thackeray, 1867-1875），只是哈莉葉早逝，史蒂芬再娶，維吉尼亞便是再娶夫人所生。此份手稿證實哈莉葉所說，《亨利．愛斯蒙》的文稿世間僅此一份。《愛斯蒙》全名爲：《亨利．愛斯蒙自述》（*The History of Henry Esmond, Esquire, a Colonel in the Service of Her Majesty Q. Anne*），是薩克萊於一八五二年發表的長篇歷史小說，也自認是他畢生最好的作品。主人翁是英格蘭安妮女王（Queen Anne, 1665-1714）時代的軍官，薩克萊以這軍官的生平映照英國復辟時代的歷史動盪。

17 英格蘭自從伊麗莎白一世的父王亨利八世（Henry

呢。反正這些壯麗的建築外面通常也和裡面一樣漂亮。還有，單單是看會眾❖[18]聚集就是樂事一樁；人流陸續進去又再魚貫出來，簇擁在禮拜堂門口熙攘如蜂巢口的蜜蜂。許多人學位帽、學位服一應俱全，有的肩上還有小撮的毛皮❖[19]；有些坐著巴斯輪椅❖[20]由人推送；再有些人雖然未過中年卻已又皺又癟，奇形怪狀，看著不禁教人聯想到水族館的那些大螃蟹、大龍蝦在沙地蹣跚爬行。我往牆上一靠，想這大學看起來真像是聖殿，專門庇佑一些奇珍異寶，要是放他們到史傳德街❖[21]的人行道去自生自滅，準會絕種。這就想起了以前一些大學院長、老師的老故事，只是還沒來得及放膽吹一記口哨❖[22]——以前有個說法，指老教授一聽見口哨便會跳起來拔腿就跑——這一群德高望重的學究便已入內去也。獨留禮拜堂的外牆兀自矗立。各位也知道，這禮拜堂高聳的圓頂、尖塔，隔著幾座山丘遠遠也看得到，渾似出海揚帆永遠未能到港的船隻，入夜之後燈火通明，幾哩開外皆能得見。很久以前，這一處草地平平整整的方院，連同院落中的宏偉建築還有禮拜堂，大概原本都是

VIII∵1491-1547）和羅馬天主教會決裂之後，英格蘭的國王或是女王不僅是國家元首，也是英國國教聖公會的最高領袖，「非國教信徒」（nonconformist）明裡暗地頻遭迫害，備受法律箝制，迄至十九世紀才開始立法一一解禁，一八二六年成立的倫敦大學（University of London）首開先例，不以「宗教宣誓」（religious test）作爲學生入學的標準。不過，身爲兩大龍頭的劍橋和牛津，則是國教派死守的堡壘，

即使一八三四年國會立法開放牛津、劍橋供非國教信徒就讀，國教派硬是不從，就是要將牛津、劍橋還有另一古老名校德倫大學，劃歸爲英國國教的禁臠。三校負隅頑抗到一八七一年，才因爲另外通過法案而廢除「宗教宣誓」，容許非國教派信徒出任教職。牛津和劍橋在一八九五年終於准許天主教信徒入學，至於神學以及教授職等，還是限定爲國教信徒專有，再要等到一九一三才由校方自行修法廢止。不過在吳爾芙那時代，非國教派信徒是不得進入校園內的禮拜堂的，只能進入另外專爲各自教會設立的禮拜堂。

18 此處「會眾」（Congregation），依「禮拜堂」而言，大概就是直指「信眾」，但再就前文所說「儀式」、「典禮」，congregation 另也指「大學會議」，是英國大學內由高階學術及行政人員組成的決策機構，擁有大學最高的立法權。如劍橋的「攝政廳」（Regent House）和牛津的「議會廳」（House of Congregation）便是，不過近世已絕少召開這樣的會議，畢竟人數過多，多半採取郵寄投票。至於現在有的大學也把畢業典禮叫做 congregation，就和決策的 congregation 沒有關係了。

19 劍橋大學的正式校服是要戴學位帽、穿學位袍加帔肩的，帔肩還有兔毛裝飾。

20 巴斯輪椅——四輪或是三輪的躺椅，附有頂篷，可推可拉，供行動不便的人乘坐。據說源自英格蘭的水療聖地巴斯（Bath），故得此名。

21 史傳德街（the Strand）——位於倫敦中區，與泰晤士河平行，早先爲貴族聚居區，多王公貴族的豪華宮殿，貴族外移後於十九世紀轉型爲文化街，出版社、雜誌社、報館、劇院林立，人文薈萃，十分熱鬧。不少藝文名流便住在史傳德街或是附近，例如狄更斯、卡萊爾、愛默生（Ralph Waldo Emerson）、彌爾（John Stuart Mill）、湯瑪斯・赫胥黎（Thomas Henry Huxley）、喬治・艾略特，還有吳爾芙。史傳德因此不僅數度出現在吳爾芙筆下，也常見於其他作家的作品。

22 歐美對於口哨一直有不少迷信和禁忌，以前甚至還將女性吹口哨視爲不祥、無禮，例如十八世紀初期便有蘇格蘭的俗諺廣爲流傳：「女人吹口哨一如牝雞司晨，不論對上帝、對男子皆屬不宜。」

大片、大片的沼澤地，只有野草隨風搖曳，野豬拱鼻覓食。我想，當年勢必要用一批又一批的馬、牛，從遠地異鄉拖來一車又一車的大石，再借助無以計數的人力，將這些為我罩下陰影的灰色石塊，平平穩穩地一塊疊上一塊，之後，有畫匠運來他們的彩色玻璃，有泥水匠窮盡數百年的光陰拿油灰、水泥、圓鍬、泥鏟在屋頂埋頭苦幹。每逢禮拜六，也一定有人從皮製的荷包倒出金啊銀的，送進他們歷經數百年光陰的拳頭裡去，大概供他們整晚痛飲啤酒、玩九柱球吧。這金啊銀的，我想應該是源源不絕流入這一方學園未曾間斷，這樣石塊才能供應不輟，石匠才能工作無虞，凡須剷平、挖掘、疏浚的也才能剷平、挖掘、疏浚。不過，話說回來，那年代是宗教時代，本來就會撒下銀子把這些石塊搭在深廣的磐基上面，不計多寡。待石塊搭起，王公貴族的府庫又再遍撒金銀，維持聖歌傳唱不輟，學者授業始終；領地一塊塊分封，什一稅依法繳納。迄至宗教時代告終，理性時代繼起，金銀的洪流依然滔滔不絕；成立獎學金，設置研究席[23]，唯獨此時的金銀洪流不是出自王公的府庫，而是富商巨賈的錢櫃，也就是有些人憑藉產業謀得了巨富，以自由意志慨然自掏腰包，捐出大筆的財富，再於大學設置更多的研究席、獎學金，畢竟他們的本事便是從大學來的。所以才有這麼一座座圖書館、實驗室、天文台，昂貴、精巧的儀器陳列在玻璃架上漪歟盛哉，出現在幾百年前尚是野豬在蔓草之間覓食的地方。無疑，隨我在校園四下漫遊，由金銀洪流打下的磐基確實既深且厚，人行道在野草地上鋪得堅堅實實。有些男子頭頂著托盤在樓梯之間穿梭，忙進忙出❖[24]。種在窗台的盆花綻放豔麗的蓓蕾。留聲機的音樂從樓內房間大聲傳送出來。此情此景實難教人不想——只是不管原本不想什麼都被掐斷了。敲鐘了，該上路去吃午餐。

說也奇怪，小說家就是有本事寫得要人相信午宴總是教人回味無窮，不是說了什麼絕頂俏皮的話，就是做了什麼絕頂聰明的事。卻偏偏絕少多用隻言片語去寫一寫大家都吃了些什麼。小說家約定俗成的章法，有一條就是絕口不提湯啊、鮭魚、鴨子什麼的，活像湯啊、鮭魚、鴨子怎樣都不值一提，好像席間硬就是沒人抽過一口雪茄、喝過一口葡萄酒。不過呢，這裡，我就要自作主張打破這一道不成文的規矩，跟各位說一說這一次的午餐第一道上的菜是比目魚，盛在深盤裡，學校的廚子還在魚身澆上厚厚一層白之又白的奶油，唯獨這裡、那裡烙下幾個星褐色的小點，像母鹿側腹的斑點。之後上的菜是山鶉，不過，要是各位以爲只有兩隻光禿禿的褐色鳥兒擺在盤子上，那可就錯了。這端上來的山鶉可是數量多，花樣也多，搭配的沾醬、沙拉一應俱全，嗆的、甜的各就各位；他們端上來的馬

23 研究席（fellowship）——就是出資贊助院士。

24 頭頂托盤的男子是大學雇來侍候學生、老師的男僕。算是雜役，什麼都做，像是巡邏校園、擦鞋、奉茶、煮食、打掃，無所不包。

鈴薯薄如錢幣，硬度倒是不如錢幣；他們的球芽甘藍，葉片如玫瑰花蕾卻更鮮嫩多汁。一待燒烤連同成套配料全都下肚，始終一言不發的那位男僕，說不定就是那位司鐸的親切化身，便再將甜點端到我們面前，圈在餐巾當中，糖霜一波波潮湧甜香。管它叫布丁，和米粒、木薯粉連在一起，實屬不敬。於此期間，玻璃酒杯已經湧現過暈黃，湧現過緋紅；清空過，再倒滿過[25]。如此這般，一點一滴，有靈光點亮，就在脊梁往下走到中段那兒，魂魄的所在，倒不是扎人的小電燈泡那般逼人的才氣在唇齒之間跳進跳出，而是偏向深沉、幽微、隱晦的熱流，隨理性的對話宣洩出濃烈的黃光。不著急。不搶著發光。不強作誰但求作自己就好。我們都會上天堂，還有范戴克作陪[26]——換句話說，這人生看著有多美好，收穫有多甘甜，記恨這個、埋怨那個又有多無聊，友情交誼還有志同道合的夥伴多教人嚮往，這就何妨點上一根上好雪茄，埋進窗台座椅的軟墊裡去吧。

要是那時手邊有菸灰缸可用，要是那時沒有隨便把菸灰從窗口撣出去，要是那時的情況有那麼一點點不一樣，那我大概就不會瞥見一隻沒尾巴的貓了吧。突然看見一隻少了一截的動物輕輕巧巧走過方院，莫名其妙便因潛意識有靈光一閃，就這樣改變了當下心情的色彩。恍若有人投下了陰影。也可能是上好的霍克酒[27]正在發揮威力吧。是啊，看著那隻曼島貓[28]走到草坪中央站定，好像也在問這天地是不是少了什麼，怎麼就是覺得不太

25 吳爾芙於一九二八年十月二十日赴劍橋紐能學院演講，翌日，到劍橋國王學院（King's College），在朋友喬治·萊倫茲（George 'Dadie' Rylands, 1902-1999）的宿舍共進午餐，同席的，除了陪她一起到劍橋紐能的丈夫雷納德·吳爾芙（Leonard Woolf, 1880-1969），姊姊凡妮莎·貝爾（Vanessa Bell, 1879-1961）帶著女兒安潔莉卡（Angelica Bell/ Garnett, 1918-2012），還有同屬布倫斯伯里文化圈的著名經濟學家凱因斯（Maynard Keynes, 1883-1946）和評論家利頓·史崔奇（Lytton Strachey, 1880-1932）。不過後來萊倫茲說他們那天吃的才沒有那麼好。

萊倫茲那時是國王學院的院士，是研究莎士比亞的學者暨劇場導演，一九二四年曾在吳爾芙的霍嘉斯出版社工作，也由霍嘉斯出版過他寫的幾本詩集。

26 我們都會上天堂，還有范戴克作陪——據英國藝術史家萊奧納·亨利·寇斯特（Lionel Henry Cust, 1859-1929）爲肖像畫家安東尼·范戴克（Anthony Van Dyck, 1599-1641）所寫的傳記，這是英國肖像、風景畫家湯瑪斯·庚斯博羅（Thomas Gainsborough, 1727-1788）死前對英國另一位肖像畫大師約書亞·雷諾茲（Joshua Reynolds, 1723-1792）所說的話。庚斯博羅本人的肖像畫作便深受范戴克影響。

范戴克出身比利時，流寓英國躋身爲英王查理一世（Charles I, 1600-1649）朝中的首席宮廷畫家，廣爲王公貴族留下肖像，聲勢鼎盛，爲英國的肖像畫派開立新局，影響深遠。他畫的肖像色彩濃豔、筆觸典雅、氣質莊重，充分體現英國貴族講究的格調。

27 霍克酒（Hock）——英國人用來指德國白葡萄酒的俗稱；從德文hockamore / Hochheimer縮減而來。

28 曼島貓（Manx cat）——據稱原產自曼島（Isle of Man）的貓種，天生沒有尾巴。曼島夾在英格蘭和愛爾蘭之間。吳爾芙於一九二〇年寫過一篇文評，談阿道斯·赫胥黎（Aldous Huxley, 1894-1963）的短篇小說集《靈薄獄》（*Limbo*），便提過曼島貓沒有尾巴的缺憾象徵。而在這一篇講稿當中，曼島貓「少了一截」也可以朝女性的方向推想。

一樣呢。可是啊，聽著身邊的晏晏言笑，我問自己，倒底是少了什麼呢？到底是什麼不太一樣？要回答這問題，我就必須將思緒拉出室外，飄回到過去，其實甚至要飄回到大戰之前[29]，把另一場午宴的範例拉回到眼前來看；那一場午宴的地點離此沒有多遠，但很不一樣。幾乎沒一點是一樣的。這時，席間言談謦欬始終不歇，人數不少，也多年輕，有的是這一性別，有的是另一性別，笑語暢快流蕩，無拘無束，妙趣橫生。隨著席間笑談推進，我拿它去襯在另一場宴談的背景，兩相比對，我敢肯定，其中一場便是另一場的後裔，是另一場的嫡系。沒有變化，沒有不同，唯獨我豎起耳朵專心聽的不是席間的笑語，而是笑語背後的低鳴氣流。沒錯，就是這——變的就是這。戰前，像這樣的午宴大家說的縱使是相同的事，聽起來卻大不相同；因爲在那年頭，背景會有嗡嗡一般的雜音作陪襯，不清楚，但悅耳，動人，改變了話語本有的韻致。這般嗡嗡的雜音可以形諸言語嗎？借詩人之力說不定可以。我身邊正好放了一本書，打開書頁隨手一翻，丁尼生映入眼簾。只見丁尼生吟頌：

但見一滴珠淚晶瑩清澈
滾落自門邊的受難花栽。

她來了，我的可人兒我心愛的；
她來了，我的人生我的命運所在；
紅玫瑰高喊，「就快到了，就快到了」；
白玫瑰低泣，「她晚來」；
飛燕草傾聽，「我聽到了，我聽到了」；
百合花低語，「我在等待。」❖[30]

29 大戰——指第一次世界大戰（1914-1918）。第一次世界大戰極其慘烈，西方前所未見，幾乎喪送掉那一世代的年輕人，因而衍生出海明威（Ernest Heminway, 1899-1961）說的「失落的一代」（lost generation），戰前的傳統信念、理想於戰後完全破滅。吳爾芙自然也備受影響。

30 出自英國桂冠詩人艾佛瑞・丁尼生（Alfred Tennyson, 1809-1892）一八五五年發表的長詩〈摩德〉（Maud）第一章第二十二段第十節。詩文描寫主人翁因爲父親自殺而消沉不振，藉由他對摩德的愛而重拾生趣，但是兩人還是無緣長相廝守。丁尼生詩作以辭藻華麗，音韻和諧著稱，重要作品有《夏洛特小姐》（*The Lady of Shalott*）、《尤里西斯》（*Ulysses*）、《輕騎兵隊衝鋒陷陣》（*The Charge of the Light Brigade*）等等。丁尼生和吳爾芙算是世交，丁尼生和吳爾芙的姨婆，著名的攝影先驅茱莉亞・卡麥隆（Julia Margaret Cameron, 1815-1879）是好友，曾由她爲他拍下人像。吳爾芙自生活圈取材，寫下畢生唯一一齣戲《清水》（*Freshwater*），以諷刺的鬧劇供家人好友粉墨登場，嬉笑怒罵一番。劇中多人取材自吳爾芙的生活圈，姨婆和丁尼生便包括在內，古里古怪的性

大戰之前，男士在午宴席上輕聲低吟的是不是這樣的呢？那麼，換作女士呢？

我的心像歡唱的禽鳥
築巢在滴水的枝枒；
我的心像蘋果樹般
枝幹有纍纍果實重壓，
我的心像七彩的貝殼，
悠游在寧靜的大海
我的心歡快尤甚於此
因為我的愛即將到來。❖31

大戰之前，女士在午宴席中輕聲低吟的，是不是這樣的呢？

想像戰前在午宴席上，大家曾壓低嗓門兒輕聲低吟這樣的詩句，實在荒唐，搞得我

忍不住笑出聲來，不得不伸手指向曼島貓，矇混一下發笑的理由；牠看起來是有一點滑稽麼，可憐的小東西，沒尾巴，乾愣在草坪中央。牠眞的是天生就長成這樣的嗎？還是出了什麼事才少了尾巴？[32]這類無尾貓雖然聽說在曼島就有，但其實比一般人想得還要罕見。是睽異的動物，就說是別致吧，不算漂亮[33]。一根尾巴可以有這麼大的差別，眞是

格被寫入劇中博眾人一粲。

31 出自女詩人克莉斯汀娜・羅塞蒂（Christina Rosetti, 1830-1894）一八六一年的詩作〈生日〉（A Birthday）第一節，描寫女子因爲情人生日即將到來而滿心歡喜。

克莉斯汀娜・羅塞蒂筆名爲「艾倫・艾林」（Ellen Alleyne），英國女詩人，詩作不論質、量在女詩人當中皆傲視群倫，生前是眾人心目當中，極可能繼丁尼生戴上桂冠的詩人，可惜因病早逝。吳爾芙曾經以她寫過一篇文章，叫做〈我是克莉斯汀娜・羅塞蒂〉（I am Christina Rossetti）。吳爾芙此處是以丁尼生、羅塞蒂兩人的詩作，代表第一次世界大戰之前英國愛德華年代（Edwardian era）男性、女性兩邊的世界。

32 關於曼島貓沒有尾巴，流行的傳說有一則是當年諾亞要駕方舟避難去時，曼島貓差一點趕不上，尾巴在諾亞關門的時候被夾住，就這樣子夾斷了，所以此後就沒有尾巴了。

33 是睽異的動物，就說是別致吧，不算漂亮——此處之「睽異」，是queer的音譯兼意譯。queer一字原義爲「不同尋常」，但從十九世紀末開始開始，queer一字出現貶義，指同性戀關係中女性化的一方，特別是男同性戀中偏向陰柔的一方，迄至二十世紀初期流行起來。queer一字於今雖然多作「酷兒」，衡諸伍爾芙當時，直接作「酷兒」顯然時空錯置，故試作「睽異」，保留「不同尋常」的原義。「別致」於伍爾芙原文作：quaint，有人認爲發音類似cunt，指女性生殖器官的粗鄙用語。

怪哉——午宴散會了，大家各找各的大衣、帽子，這時嘴裡叨唸的什麼，各位可想而知。

這一場午宴，有勞東道主慇懃相待，拉長到下午久久才散。十月天的和煦天光漸漸消褪，我走在林蔭道上，穿過紛紛飄落的葉片。一扇又一扇大門在我身後闔上，帶著溫婉的絕決。數不盡有多少位司鑼手上有數不盡的鑰匙要插進上油的鎖孔裡去；寶庫又再固若金湯，安度一晚。林蔭道走到底，就轉進另一條馬路——路名我忘了——沿著馬路走下去，只要不轉錯彎，一路可以走到封能[34]。不過，時間還很多哪。晚餐不到七點半不會上桌。吃過這樣一頓午宴，晚餐不吃也差不多。真是奇怪，一小段詩句竟然可以在腦中帶動兩條腿在馬路上順著節奏走。也就是……

但見一滴珠淚晶瑩清澈

滾落自門邊的受難花栽。

她來了，我的可人兒我心愛的……

就在我的骨髓當中歡唱，隨我的腳步急急往海丁利[35]走去。後來，換成了另一種韻律，在浪花拍打堤岸那裡我改唱起了：

我的心像歡唱的禽鳥
築巢在滴水的枝枒；
我的心像蘋果樹般……

眞偉大啊這些詩人，我大聲喊道——有暮色掩護就會這樣——眞偉大啊！

也算是一時嫉妒心起吧，我想，在我們這年代，雖然作這樣的比較未免無聊而且滑稽，但我還是忍不住要想一下，有誰眞的舉得出來在世的詩人當中，有哪兩位比得上當年的丁尼生和克莉斯汀娜．羅塞蒂那麼了不起的呢？顯然是斷無可能，我看著白浪翻掀的水面，

34 劍橋成立的女子學院「紐能」和「葛頓」，都不在原本的老校區內。葛頓學院在劍橋大學城郊西北方的葛頓村外緣。紐能在劍橋西邊的席治威克大道（Sidgwick Avenue）。

35 海丁利（Headingley）——於此大概是指梅丁利（Madingley），劍橋大學城郊的村子，有一條梅丁利路從劍橋通達葛頓學院。

心想，是不可能比美的。他們的詩句之所以激得人心蕩神馳，帶得人如痴如醉，就在於他們的詩句頌揚的是人心有過的情感（說不定就是戰前午宴流瀉的那般情感），所以，人心才會輕易便能產生共鳴，熟悉親切，不必費神去核對，不必費神去和現下的情感作比較。不過，在世的詩人表達的感情，卻是當下製造出來的，是硬從我們身上扯出去的。一開始還認不出來呢，往往還因故心生畏懼，而必須細細端詳，帶著妒意和猜忌拿來和自己熟悉的舊日感情作比對。現代詩的難題就是這樣子來的，就是因爲有這樣的難題，即使是優秀的現代詩人，也沒有誰的作品教人想得起來連續兩句以上的❖36。也因爲這樣——我的記憶力不管用——我的說辭才因爲沒有材料而顯得無力。只是，爲什麼呢？我繼續想，腳步也一直朝海丁利走去，爲什麼我們參加的午宴不再像以前那樣壓低嗓音、細細低吟了呢？爲什麼艾佛瑞不再吟頌：

她來了，我的可人兒我心愛的

爲什麼克莉斯汀娜不再應和

我的心歡快尤甚於此
因為我的愛即將來到

這是不是要去怪戰爭？一九一四年八月，砲火一經響起，世間男男女女的眼中就明明白白寫著情愛已告陣亡了嗎？在砲擊的火光當中看到我們領袖的臉龐，確實是莫大的震撼（尤以女性爲然，畢竟女性對教育等等的還懷抱遐想）。他們看起來好醜陋——德國也好，英國也好，法國也好——好愚蠢。然而，愛怪什麼隨你，愛怪誰也隨你，促使丁尼生和克莉斯汀娜·羅塞蒂去熱切吟頌愛人來到的遐想，在現在是遠比以前要難得一見了沒錯。我們只需要去讀，去聽，去記，就好。爲什麼要怪罪呢？而且，那些要眞是遐想的話，那爲什麼不反過來去讚美世間的大難，管它什麼天災人禍，反正不都摧毀了遐想代之以眞實

36 吳爾芙演講的年代，在世的重要詩人有幾位的風格，例如龐德（Ezra Pound, 1885-1972），摩爾（Marianne Moore, 1887-1972），T·S·艾略特（T.S. Eliot, 1888-1965），奧登（W.H. Auden, 1907-1973），展現的是第一次世界大戰之後掀起的「現代派」潮流，尤以T·S·艾略特一九二二年發表的名作〈荒原〉（The Waste Land），於風格、主題都是第一次世界大戰過後西方世界幻滅的鮮明象徵。吳爾芙和夫婿合開的出版社，雖然爲艾略特出版了〈荒原〉，吳爾芙還親手排版，但是她和艾略特一開始不太合得來，對他的詩作也頗有批評。

嗎?畢竟眞實……這個點、點、點,代表我爲了找眞實,結果錯過了轉向封能的街口。好!對——那眞實是什麼?遐想又是什麼?我在心底自問,例如這些房子的眞實是什麼呢?紅格窗映著暮色在這時候顯得氤氳朦朧,透著喜氣,但在早上九點的時候卻原形畢露,紅紅的、髒髒的,又是糖、又是鞋帶?而那楊柳、那河水,還有一路迤邐朝河水而去的一塊塊花圃,這時候是被悄然掩至的霧靄罩得迷迷濛濛,但是陽光一照,卻又金黃、緋紅一片——這又該以何者爲眞實?以何者爲遐想呢?我就饒了妳們吧,不再說我腦中千迴百轉的思緒了,反正在往海丁利的路上又沒想出個所以然來;所以,在此還要拜託各位,就假設我很快就發覺我忘了轉彎,掉回頭往封能去了。

先前已經說過,時序是在十月天,我也不敢去惹各位白眼,戕害小說創作的美名,擅自改動節氣,說什麼紫丁香就垂掛在花園的牆頭,還冒出了番紅花、鬱金香等等春日才見的繁花。小說也要不離事實,事實愈眞,小說愈好——一般不都這麼說的?所以,時序還是在秋天,樹葉也還是在泛黃,在落下;眞要說怎樣的話,不過就是好像掉得快一點了,因爲,這時候已經入夜(準確的話,就是七點二十三分),也微微起了風(應該說是從西南方吹過來才算對)。但是,怎麼就是覺得有事情怪怪的:

我的心像歡唱的禽鳥
築巢在滴水的枝枒；
我的心像蘋果樹般
枝幹有纍纍果實重壓……

搞不好克莉斯汀娜．羅塞蒂的詩句要負一部分責任，才害我冒出來這麼離譜的想像——當然純屬想像而已——只是，紫丁香的花朵硬就是在花園的牆頭輕輕搖曳，黃粉蝶❖[37]也眞的在四處蹁躚飛舞，花粉的微粒還漫天飄散。有風拂來，來自何方我不知道，但是，掀起新生的初綠隨風翻飛，空中閃現一抹銀灰。這是天光過渡到燈光的辰光，諸般色彩在這時候積深累鬱，深深淺淺的豔紫、金黃在窗櫺內燃燒，宛如雀躍的心跳。我想這人世的美，莫名便會驀地迸現卻又倏忽即逝（這時我推門走進了花園；這花園竟然沒關嚴，眞隨便；還有，附近也沒看到有司鐸神出鬼沒）；倏忽即逝的人世美景是兩刃的利劍，一刃以喜，一刃以悲，活生生將人心切碎。封能的花園就在我面前敞開，映著春日的薄暮

37 黃粉蝶（brimstone）——歐洲地區開春最先出現的蝴蝶，故一般都以黃粉蝶現蹤代表春天來了。

幽光，粗獷，遼闊，大片蔓生的高草當中可見星星點點的黃水仙和藍鈴草隨處散落，原本就再怎樣也不可能錦簇有序的花朵，如今更是迎風撩亂，扯著根莖款擺搖晃。屋舍的窗戶夾在起伏如大波浪的紅磚牆上，曲弧恰似船上的舷窗❖[38]，映著春日疾馳而過的雲影，忽焉如檸檬黃、剎時又成銀灰。有人在吊床上；還有一人——只是映著這樣的暮色活像幽靈幻影，只能半猜、半看——竟然飛奔衝過草地；怎麼沒人擋住她？還有，露台那邊有人；像是探頭吸一口新鮮空氣，看一看花園吧；身形佝僂，望之儼然卻謙恭溫和，前額高突，衣衫襤褸——難道是那位大學者？難道眞是J－H－本人？❖[39]什麼都看不清楚，感覺卻好強烈，彷彿暮色蓋在花園的披肩被星光或是利劍劃開片片——似乎有什麼可怕的東西悠忽閃現，在蹦跳，像是天生就要蹦跳，從春天的心頭蹦跳出來❖[40]。因爲，青春啊——

我的湯來了。晚餐是在大膳堂吃的。哪是春天啊，這是十月天的晚上。大家全聚在大膳堂裡。晚餐已經準備就緒。看我這湯吧。簡簡單單的肉湯。裡面沒什麼可以勾起想像的。輕易就可以透過清清如水的湯汁，看到盤底有什麼花紋沒有。沒有花紋。盤子是素面的。下一道菜是牛肉搭配蔬菜、馬鈴薯——稀鬆平常的三位一體，教人想起禮拜一早晨泥濘市集上的牛屁股，菜葉邊緣發皺、發黃的球芽甘藍，還價，降價，婦女手提網線袋。符

38 屋舍的窗戶夾在起伏如大波浪的紅磚牆上，曲弧恰似船上的舷窗——這是指劍橋紐能學院的大膳堂，「柯洛福堂」，也就是接下來吳爾芙用膳的那一處大膳堂。柯洛福堂之名，是紀念紐能學院的創院元老安．柯洛福（Anne Jemima Clough, 1820-1892）。吳爾芙在十月二十日赴劍橋紐能學院演講，先在紐能的柯洛福大膳堂用餐，之後就以大膳堂爲講堂，爲眾多女學生發表演講。

39 J — H — ——這指的是珍．哈里遜（Jane Ellen Harrison, 1850-1928），紐能學院第一批畢業生，文化人類學家，古典學者，於一八九八至一九二二年間在紐能學院擔任古典考古學的講師（lecturer），研究重點在女性於古希臘宗教中的角色，是現在希臘神話研究的先驅。重要著作有《古代藝術與儀式》（*Ancient Art and Ritual*, 1913）；對心理學也很有興趣，積極推動佛洛伊德心理分析。吳爾芙對她十分景仰，以自己的霍嘉斯出版社爲她出版了《學子憶往》*Reminiscences of a Student's* Life, 1925）。吳爾芙此番演講前沒幾個月，她才剛過世（四月十五日）。吳爾芙在日記寫過她去探望哈里遜爲她送終。吳爾芙在紐能演講過後一星期，紐能學院便舉辦了第一次的年度「哈里遜紀念講座」，由當時牛津大學的古希臘語言、文化大師，吉伯特．莫瑞（Gilbert Murray, 1866-1957）主講。

40 似乎有什麼可怕的東西悠忽閃現，在蹦跳，像是天生就要蹦跳，從春天的心頭蹦跳出來——珍．哈里遜說酒神頌歌（Dionysian dithyramb）的儀式是「跳躍激發的舞蹈」（leaping inspired dance），認爲山野精靈庫瑞特斯（Curetes）保護嬰兒宙斯（Zeus）所獻頌歌的舞蹈，也是集體跳躍達到恍惚出神；而重生祭典當中的春之「恐怖」（daimon），主要動作一樣是跳躍狂奔。吳爾芙愛用珍．哈里遜提出的不停「跳躍」作爲儀式和藝術表達的象徵。

合人類天性的日常需求[41]，沒有理由發牢騷，看看眼前可不算匱乏；煤礦工人坐上餐桌能吃的一定還沒這麼多[42]。接下來是甜李奶凍。要是眞有人挑剔這幾顆李子怎麼有奶凍幫襯也還是沒有愛心的蔬菜（算不得是水果），枯槁不下於守財奴的心腸，滲出來的汁液也像是從守財奴的血管流出來的，這一幫守財奴可是一連八十個年頭也不會賞自己一口美酒、一絲溫暖，對窮人更是一毛不拔；那他就應該好好反省一下了，這世上好歹還有一些人的愛心是施捨得出來甜李的。再下一道菜是乳酪餅乾；這時候水壺就四處傳得很勤快了；餅乾不乾自然不叫餅乾，但這餅乾可實在乾到透頂。就這樣囉。晚餐結束。每人吱吱嘎嘎把椅子往後推，彈簧門大力甩進來再甩出去；沒多久，大堂就空空如也，不留一絲用膳的痕跡，看來準是要等翌日早餐再來上一場。走廊、樓梯上上下下，英格蘭的青年才俊一路乒乒乓乓、又唱又鬧。而身爲來客，外人，要是敢膽數落「晚餐吃得不好」（話說我在三一、索默維爾、葛頓、紐能、基督堂那裡有什麼資格，我在封能這裡就有什麼資格）[43]，或是「我們別老是在這裡吃晚餐好吧？」（我們，就是指瑪麗．賽頓和我兩人，這時候正在她的起居室裡）[44]，我要是膽敢表達出這樣一丁點的意思來，便等於是在窺伺、探查人家祕而不宣的經濟狀況．人家在外人眼中擺出來的可是一派歡欣、勇敢的門面呢。不行，才不能說這樣的話。確實，我們兩個的談興就這樣一度減退。人體的構造不就是這樣，心靈、軀體、大腦全部攪和在一起，不是區隔開來分別放好的，再過一百萬年也不會。所以，晚餐愜不愜意對於閒談愜不愜意至關重要。吃不好，就沒辦法好好思考，好好愛人，好好睡覺。脊梁靈樞的明燈單靠牛肉和甜李是點不亮的。我們是有可能上得了天堂，也希望下一次轉彎就看得見范戴克等在那裡——這種疑信相參、加條件句的心境，便是一天忙

41 人類天性日常的需求——出自英國著名浪漫派詩人華滋華斯的作品〈完美的女性〉（Perfect Woman），當中的詩句：「不過於聰慧，不過於美好，符合人類天性日常的需求。」（A Creature not too bright or good, For human nature's daily food.）

42 英國總工會（General Council of the Trade Union Congress）於一九二六年五月發動全國大罷工，為煤礦工人爭取權益，維持九天但落敗收場，結果礦場老闆秋後算帳，對礦工百般刁難，以致礦工的處境更加困苦。

43 三一、索默維爾、葛頓、紐能、基督堂——這幾所學院當中，三一、葛頓、紐能都在劍橋大學，索默維爾（Somerville）、基督堂（Christchurch）則在牛津大學，索默維爾學院是牛津大學在一八七八、七九年間成立的三所牛津最早的女子學院之一。

44 瑪麗‧賽頓和我兩人，這時候正在她的起居室裡——據記載，十月二十月下午，吳爾芙在紐能克洛福大膳堂的演講結束之後，再到紐能校長的房間喝咖啡。所以這一位瑪麗‧賽頓大概就是柏內爾‧史崔奇（Pernel Strachey, 1876-1951）的化身，她在一九二三年至四一年間擔任紐能學院院長，也是布倫斯伯里文化圈當中的作家、評論家，利頓‧史崔奇（Lytton Strachey, 1880-1932）的姊姊。史崔奇家總共有十三個孩子，但只有十個孩子長大成人，柏內爾排行第八。利頓排行第十，他們的母親，珍‧史崔奇（Jane Grant/ Jane Strachey, 1840-1928）大力支持英國婦女爭取投票權運動。後文吳爾芙指瑪麗‧賽頓是科學家，但柏內爾本人是法語學

完之後只有牛肉和甜李果腹會在人心滋生的狀態。幸好，我這朋友是教科學的，有一具櫃子裡面收著大肚瓶和小酒杯——(但好歹先來點比目魚和山鶉，好嗎？)——所以，我們還是有辦法湊在壁爐前面，多少補上一點白天幹活兒耗損掉的元氣。約莫一分鐘後，我們就已經口沒遮攔大聊特聊起來，把某人不在場時腦中奇奇怪怪的念頭、感到興趣的事情，在遇到人時隨興拿出來講了——像是誰結婚了誰沒結婚，誰想這樣誰又想那樣，誰竟然改邪歸正出乎所有人意料，誰又走上歪路嚇得大家又驚又歎——有這樣的開頭，自然就蹦出來各色各類的想像，想這人性怎樣，想我們生存的這奇妙世界怎樣。我在和人東拉西扯之際，卻暗自羞愧，因爲，我發覺有暗流兀自生成，擅自席捲一切，帶向它自有的目的地。明裡說的或許是西班牙，或許是葡萄牙，或許是書，或許是賽馬，但是，不管說的什麼，我眞正的興趣都不在這些，而是在五百年前有一批泥水匠爬在高高的屋頂上頭。在王公貴族運來一大麻袋、一大麻袋的財寶倒進地底。這樣一幕在我腦中不斷浮現，而且，次次都會轉換到另一幕，出現瘦弱的母牛、泥濘的市集，萎黃的蔬菜，老頭子枯槁的心腸——這樣的兩幅畫面，既搭不上脈絡，也連不上關係，還沒有一點道理，卻始終連袂而來，相互衝突，搞得我只能任其擺布，束手無策。所以，除非任令談話走調，這上上策呢，就是把我腦中這些一股腦兒全攤開來，運氣好的話，可能一見光就碎成齏粉，像那死去國王的頭暢在溫莎開棺時那樣❖[45]。所以，我三言兩語對賽頓小姐講了一下那麼多年一直待在禮拜堂屋頂的那些泥水匠，講那些王公貴族肩上揹著一袋袋的金銀，一鏟一鏟送進地底；再講到我們這年代換成富商巨賈前來，在先人投下的一塊塊金錠、一堆堆粗礪的天然金塊當中，加進我看是支票、債券一類的東西。這些，我說，便都靜靜躺在這邊一所又一所學院的地底；但是，這一所學院，也就是我們那時坐的地方，在氣派的紅磚和花園蔓生的野草地下，躺著什麼呢？我們進餐時用的素面瓷盤，還有我們吃的（我還來不及閉嘴就說出口了）牛肉、甜李奶凍，背後撐持的又是什麼呢？

唔，瑪麗．賽頓說了，那是一八六〇年——哦，她再說，妳應該知道的麼；我想她是心煩了，怎麼要她再說一遍呢？但她還是說了——地方都租好了，委員會也開了，信封寫

者，是紐能學院的畢業生，後來返校擔任教職，於一九二三年以全票通過當上紐能的院長。

45 英格蘭國王查理一世於一六四八年問斬之後，歸葬英格蘭勃克郡溫莎的聖喬治禮拜堂。一八一三年，英國政府為了平息民間流言，開棺驗屍，以求證明查理一世確實歸葬該處。開棺驗屍的證人留下明確的證辭，刊載於當時的報刊雜誌。依證人口述，查理一世的頭顱大致完好，唯獨左眼於開棺時一接觸空氣，原本張開完好的眼睛幾乎瞬間消失不見，倒是他生前臉上那一抹流行的翹鬍子完好無損。至於吳爾芙說的「碎成齏粉」，當作修辭來看就好。

好，傳單擬出來。開會；讀信；某某某答應給這麼多；喔，這反過來，XXX先生——一毛錢也不給。《星期六評論》一直很不客氣[46]。我們哪裡去弄到錢來付辦公室的房租？辦一場義賣？那要不要找個漂亮女孩兒坐在第一排？[47]去找一找約翰・史都華・彌爾對這有什麼說法吧[48]。有沒有人說得動那XX的主編替我們登一封信？我們可不可以找XX夫人簽名？XX夫人出遠門去了。六十年前大概就是這樣子辦成的吧，千辛萬苦，耗費好多時間，奮鬥了很久，克服莫大的困難，終於籌到總計三萬英鎊的經費。所以，她說，顯而易見我們哪會有美酒、山鶉，哪會有侍者頭頂錫盤。哪會有沙發，哪會有個人的房間。她說，「這些排場，」不知在引用哪一本書，「就只有緩一緩吧。」[49]

一想到這些女子奔走多年，連兩千英鎊也很難湊齊，到最後頂多也只籌到三萬英鎊，我們不禁嗤笑出聲，笑我們女人怎麼窮到眞該好好痛罵一頓。我們母親那一輩是幹什麼去了，怎麼都沒留下半點兒財產給我們呢？只知道塗脂抹粉嗎？只知道逛街遛櫥窗？只知道在蒙地卡羅頂著豔陽天搔首弄姿[50]？壁爐檯上有幾張照片，瑪麗她母親——要是照片裡

46《星期六評論》——《星期六評論》對於愛蜜莉・戴維斯（Emily Davies, 1830-1921）等人爭取女性受教權的譏評，在史蒂芬夫人（Barbara, Lady Stephen, 1872-1945）爲葛頓建校所寫的著作當中留下了不少記載。

愛蜜莉・戴維斯是英格蘭婦女爭取投票權、受教

權的先鋒（參考第四章註38），和芭芭拉・博迪肯（Barbara Bodichon, 1827-1891）、史坦利夫人（Lady Stanley of Alderley, 1807-1895）合力在劍橋創建第一所專供女性就讀的葛頓學院。

史蒂芬夫人本人於一八九一至九四年間就讀於葛頓學院，攻讀歷史學。她是佛羅倫斯・南丁格爾（參考第三章註52）的表妹。

47 史蒂芬夫人的著作寫過，她們還眞找到了三個漂亮的女孩子坐在第一排。

48 約翰・史都華・彌爾（John Stuart Mill, 1806-1873）——英格蘭著名哲學家、經濟學家，倡言實用主義（Utilitarianism），以時事評論知名，支持女性爭取平等的權利。一八五二年和愛蜜莉・戴維斯等女權人士組成英國最早的婦女投票權運動組織，後來擴大爲「全國婦女投票權聯盟」（National Union of Women's Suffrage Societies）。他於一八六九年出版了他寫於一八六一年的《女卑之論》（*The Subjection of Women*），主張婦女解放、接受教育之於男性也有助益，成爲婦女爭取投票權的經典論述。

49 **（原註1）「每一毛錢都要攢下來蓋房子用，這些排場就只有緩一緩了」——《志業》**（*The Cause*），**瑞・史崔奇著。**

譯者註：瑞秋・史崔奇（Rachel Conn Costelloe Strachey, 1887-1940）——通稱瑞・史崔奇，二十世紀初期的女權作家。畢業自紐能學院，夫婿是利頓・史崔奇和柏內爾・史崔奇兩人的哥哥，奧利佛・史崔奇（Oliver Strachey, 1874-1960），她自己的妹妹嫁的則是維吉尼亞・吳爾芙的弟弟，愛德里安・史蒂芬（Adrian Stephen, 1883-1948）。

「他們跟我們說，我們至少要開口要到三萬英鎊才行……也不是多大的數目，想想這要蓋的可是大不列顛、愛爾蘭、殖民十三州加起來才一所這樣的學院呢，再想想看蓋的要是男校，隨便就可以弄到一大筆錢。但是話說回來，樂見婦女受教育的人少之又少，所以這樣一筆錢可確實還算划算。」——《愛蜜莉・戴維斯傳》（*Life of Miss Emily Davies*），史蒂芬夫人著。

50 蒙地卡羅（Monte Carlo）——位於法國蔚藍海岸，從十九世紀中葉開始成爲英國上流社會暨藝文名流愛去的度假聖地。

是她的話——說不定一有空閒就專門游手好閒（但她可是生了十三個孩子，先生只是教會牧師）。果真如此的話，那她縱情聲色的日子，在她臉上留下的快樂痕跡還真是難找。她那樣子好平常；老太太，披了一條格子呢披肩，用個大大的寶石浮雕扣住；坐在柳藤椅上，正在哄一隻長毛獵犬看鏡頭，臉上忍俊不禁但又要強壓下來，顯然知道橡膠吹球一按打出燈來，小狗準會一頭撲將過去。想想看，她要是去作生意，去開人造絲工廠，或是當股市大亨❖[51]；要是她留下二十或三十萬英鎊給封能，我們這天晚上可就能夠坐得舒舒服服的，聊的題材也可以從考古學、植物學、人類學、物理學、原子的性質，到數學、天文學、相對論、地理學。要是賽頓太太和她母親還有她母親的母親，學過賺錢術這一門重要的本領，留下了遺產，像我們父祖還有父祖之前的父祖輩一樣，獎助研究席、講座席，成立獎金、獎助學金，而且專供女性申請，我們這時候就大可以吃得像樣一點了，一人吃下一隻山鶉、灌下一瓶美酒都不成問題；也大可理直氣壯期待自己也能一生過得舒坦、體面，安享專門職業提供優渥資助的庇蔭。我們大可愛探險就探險，愛寫作就專事寫作，愛閒晃蕩到地球的哪一處名勝古蹟就晃過去，愛坐在希臘的帕特農神殿台階發呆就發呆，或是早上十點才出門上班，下午四點半就快活回家去寫幾首小詩。只是，那也要賽頓太太和她那一輩的女性年方十五就開始出外作生意才行，那——我的推論走到這裡就卡住了——可就不

會有瑪麗這個人了。那，我就要問了，這瑪麗是要作何感想呢？從窗簾的夾縫看出去，十月的夜色沉靜而美麗，有一、兩顆星星掛在泛黃的枝枒當中。那，她是否願意放棄她本有的，捨下她記憶中在蘇格蘭玩耍、爭吵的往事（他們家雖然人丁興旺，但是十分和樂），那裡空氣之清新，糕餅之美味她可是讚不絕口呢！單就爲了有人可能因此而大筆一揮，捐贈給封能五萬英鎊？畢竟，要捐款給大學，就非得要徹底犧牲家庭才辦得到啊。既要掙得大筆財富，又要生養十三個孩子——只要是人就受不了。事實如此，我們就說一說吧。首先是要懷胎九個月才生得下孩子，對吧？然後，孩子生下來了，再然後，總得要耗費個三、四個月給孩子哺乳。等孩子不吃母奶後，準又要再花個五年時間陪孩子玩耍。怎麼說妳也不能放孩子滿街亂跑吧。只要在俄羅斯看過孩子滿街亂跑，都會說不忍卒睹❖[52]。大家也都說人的性格在一至五歲期間塑造成形。所以，我說，賽頓太太要是出外賺錢，那妳能有的是怎樣的玩耍和吵架的記憶呢？妳對蘇格蘭，對清新的空氣、對美味的糕點什麼的，又

51 英國女性早先是不可以進出證券交易所的，直到一九七三年方才解禁。

52 俄羅斯於一九二〇年代因爲戰亂、革命、貧窮、饑饉交相夾擊，導致許多兒童或因父母雙亡，或因遭到棄養而失依，淪爲「棄兒」（besprizornost），流落街頭，不少還成群結黨、四處流竄，帶來許多社會問題。

能知道些什麼呢？只不過問這些問題也是白問，因爲，妳根本就不會來到人世。不止，連問一下要是賽頓太太和她的母親還有她母親的母親確實積攢了大筆財富，投入大學、圖書館作奠基之用，那會怎樣——也一樣是白問。因爲，首先，她們根本就賺不到錢，再來，就算她們賺得到錢，法律也明文禁止她們將她們賺得的錢財據爲己有。賽頓太太名下可以擁有財產，即使只是一毛錢，也不過是近四十八年才有的事[53]。在四十八年前，不知有千百年的時間，婦女的財產可是始終全歸丈夫所有——想到這裡，賽頓太太還有她母親不願進出股市的原因，說不定這一點也要記上一筆。她們想必要說，我賺的每一毛錢都要被人拿走，全看我丈夫的能耐去處置——搞不好還是拿去貝利爾學院或國王學院[54]設立獎學金或研究獎助；所以，講起賺錢，就算我賺得了錢，這樣的事在我也沒多大興趣。不如扔給我丈夫去管就好。

無論如何，這一件事要不要怪在瞅著長毛獵犬看的老太太頭上，先不管，我們母親那一輩處理起自己的事情，不管是因爲這樣、因爲那樣終歸都錯得十分嚴重，這一點確實沒有疑義。怎麼搞得擠不出一毛錢來擺「排場」；沒有山鶉，沒有美酒，沒有司鐸，沒有草坪，沒有書籍，沒有雪茄，沒有圖書館，沒有休閒娛樂。在光禿禿的地上蓋起光禿禿的牆，就是她們能做的極限。

所以，我們站在窗口談話，遠眺出去，就跟成千上萬的人每晚一樣，看到腳下這著名城市當中某一座建築物的圓頂和塔樓。映著秋天的月光，十分美麗，十分神祕。古老的石塊看起來極爲皎潔，極爲神聖。不由得就想起了下面那裡收藏的那麼些圖書，想起一幅幅古聖先賢的畫像掛在房間鑲板的牆上，想起彩繪窗戶在人行道投下奇特的圓球和月牙光影；想起那些碑版、紀念碑、銘文；想起噴泉，想起草地；想起安靜的房間隔著安靜的方院交相互望。還有，照樣又想起了（恕我造次）我心嚮往的菸、酒、深陷的安樂椅，好舒服的地毯；想起斯文儒雅，想起溫柔敦厚，想起雍容莊重，這些都是安逸、清靜、餘裕才能孕育的產物。我們母親那一輩提供給我們的，當然沒有一丁點兒足以和這一切比擬——我們的母親可是連勉強湊齊三萬英鎊都很難呢，我們的母親可還要爲聖安德魯的教會牧師生養十三個孩子呢。❖[55]

53 聯合王國一八七〇年通過《已婚婦女財產法》（*Married Women's Property Act*），准許婦女擁有自行賺取到的收入，也有權繼承財產。一八八二年又再通過法案，准許已婚婦女自行支配名下自有的財產。

54 貝利爾學院（Balliol College）或國王學院——貝利爾是牛津的學院，國王學院屬劍橋，但都只收男生。

55 聖安德魯（St Andrews）——於於蘇格蘭，有歷史悠久的名校，成立於一四一三年的聖安德魯大學。吳爾芙於文中指瑪麗．賽頓出身蘇格蘭。

所以，我在返回投宿的客棧途中，穿過黑黝黝的街道，心中還是不住在想這、想那，和一般人忙了一天過後一樣。我想那賽頓太太為什麼沒能留下遺產給我們；想那貧窮對於心靈有何影響；想那財富對心靈又有何影響；想那天上午我看到的那幾位怪模怪樣的老紳士，肩頭還有幾撮毛皮的那些；也想起了要是吹一聲口哨不就會有一人拔腿狂奔；想起了禮拜堂內的風琴澎湃洶湧的琴聲，想起圖書館緊閉的大門；想起被人拒於門外真是難堪；想起被人關在裡面恐怕更加難堪；這也就想起了怎麼有一性別的人得以享有平安和富足，另一性別的人卻要忍受貧窮和不安，傳統對作家心靈的影響，沒有傳統對作家心靈的影響。最後，終於想到這時候也該把日間皺成一團的皮囊收拾起來，連同日間的爭辯，日間的印象，日間的憤怒，日間的笑語，一股腦兒扔進樹籬裡去吧。千萬顆星辰遍撒在浩瀚的靛藍蒼穹，不住閃爍。剎那間，只覺得自己孤身一人，陷在深不可測的世界。世人皆已躺下入睡——趴著睡，仰著睡，沒聲音的睡。牛橋街頭看不出有人在活動。連旅店的大門也在一隻看不見的手才輕輕一碰就倏地大開——找不到有哪一個小廝還沒睡，可以點燈照路，讓我上床睡覺。太晚了。

Chapter 2

女性千百年來一直在當鏡子，當有法術、有美妙魔力的鏡子，可以把鏡子外的男人照成兩倍大。沒有這樣的法術，地球現在恐怕都還處處沼澤和叢林。……女性要是不低下，男性就大不起來。

現在呢，容我再請各位跟我走，場景要變了。秋葉依然飄飄落地，但是落在倫敦，不在牛橋；我也必須再請各位想像有一間房間，就像人世的千百萬間房間一樣，有一扇窗，看出去會越過行人的帽子、送貨馬車、汽車，而看進對面的窗內，看到屋內的桌上擱了一張紙，紙上只大大寫了「女性和小說」幾個字，此外就是一片空白。在牛橋吃過午餐、用過晚餐，之後，看來眞是不巧，好像非得到大英博物館去一趟不可。這時候務必要把這些印象當中屬於個人、偶然的東西過濾乾淨，得出純淨的甘露，眞理的精髓。畢竟到牛橋走過那麼一趟，又是午宴又是晚餐的，可是勾起一大堆問題蜂擁擠上心頭。爲什麼男性可以喝酒，女性就要喝水？爲什麼有一性過得那麼富裕，另一性卻過得那麼窮？貧窮對於寫小說有什麼影響？從事藝術創作有哪些條件是不可或缺的呢？——一時間千百條問題爭相湧現心頭。可是我這要的是答案，不是問題。而答案唯有就教於飽學、不阿之士方才可得，這樣的人方才懂得要超脫口舌之爭，袪除肉身之惑，經由深思熟慮、窮究經籍來得出結果，而這些，自然要到大英博物館的架子上去找。我拿起筆記本、拿起鉛筆，在心底自問，要是在大英博物館的架子上都還找不到眞理，那麼哪裡還找得到呢？❖1

就這樣收拾妥當，帶著信心要一探究竟，我出門去追求眞理了。天氣雖然不算潮濕，但是陰鬱淒清，博物館那一帶的街道到處都是掀開的煤炭口❖2，一袋袋的煤炭如雨洩下；

幾輛四輪馬車駛近停住，卸下一具具綁得牢牢的箱籠，裡面裝的搞不好是瑞士或義大利哪裡來的人家的全副家當，來找財富或找庇護，要不就是什麼其他的寶貨，入冬就會落腳在布倫斯伯里[3]這邊的民宿找得到呢。街上照例有男人家扯著破鑼嗓子，推著獨輪車叫賣花花草草。有大聲吆喝的，有高聲叫唱的。倫敦就像是作坊。倫敦就像是機器。我們全被梭子拋過來再拉回去，在空白的布坯上面織花紋。大英博物館則是這座大工廠的另一部門。彈簧門一推，就會一腳踏進碩大的圓頂穹窿之下，恍若一絲念頭懸在又大又禿的腦門

1 英國的大英圖書館（British Library）成立於一九七三年，於此之前，英國國家收藏的圖書一直收藏在大英博物館（British Museum）。吳爾芙作此演講的時候，所謂英國的「國家藏書」（national collection）便是收藏在大英博物館內的，只要辦理閱覽證就可以到「閱覽室」（the Reading Room）去調閱館內的藏書。吳爾芙於一九〇五年便已經辦了閱覽證。大英博物館位居吳爾芙住的布倫斯伯里區的核心地帶。

2 煤炭口——英國城市人行道常見一塊塊小型的人孔蓋，有的還有精美的雕飾，掀開蓋子，下面直通住家的地下煤槽，方便補充煤塊。十九世紀初期至二十世紀中葉，英國一般都以燒煤取援。後來因爲國會通過空汙法才慢慢絕跡。

3 布倫斯伯里——倫敦中區的文教區，以花園廣場薈萃、風景清幽雅緻著稱，有不少重要的學術機構和醫院，離大英博物館也很近。二十世紀初期，吳爾芙及兄姐住在這一區，文人雅士薈萃，而成爲吳爾芙及文友活動的大本營，進而有了「布倫斯伯里文化圈」的名號。布倫斯伯里區也有不少老建築改裝成簡陋民宿（boarding house）供人租賃、投宿。

兒裡，四面繞了一圈名人錄好不壯觀❖[4]。走向櫃台，拿起一張小紙頭，翻開一冊目錄，嗯……這裡的五個點代表一點一分鐘，總計發愣、驚訝、困惑五分鐘。各位可曾想過一年之內，以女性爲題目而寫就的書能有多少本呢？也曾想過由男性執筆寫就的書又有多少本呢？各位可知道妳們說不定是全宇宙討論最多的動物？那天我就帶著一本筆記本，一支鉛筆，打算花一整個早上好好讀一下，心想用功一早上下來，筆記本應該總能抄下什麼眞理吧。但又想，我應該要當一群大象或是滿坑滿谷亂爬的蜘蛛才對❖[5]；情急之下扯上這樣的動物，爲的是牠們號稱壽命最長、眼睛最多，要不怎麼應付得來這些呢。我還眞該長一副精鋼鐵爪外加黃銅鳥喙❖[6]，否則無以穿透這麼厚的一層硬殼。我眞能在浩瀚的故紙堆中撈到滄海一粟般的眞理麼？我在心底自問這麼一句，百般無奈，只好開始拿眼睛上上下下掃描一長串書名。就算只是書名也可以提供思考養分。性的分別以及性的本質，本來就容易吸引醫生和生物學家著書立說；但是，教人稱奇卻又費解的是這性別啊——應該就是指女性——竟然也吸引來了筆調宜人的散文家、愛當文抄公的小說家、攻讀文學碩士學位的年輕男子、沒有任何學位的男子、除了不是女性沒有其他拿得出手的條件的男子，也湊過來大寫特寫。這些書，有的乍看就覺得輕佻膚淺、嬉皮笑臉的，但有很多倒不一樣，有正經八百的，有先知口吻的，有標舉道德教化的，有殷殷勸世的。單單是略看一下書名，

腦中就浮現無以計數的校長老師、無以計數的牧師教士，爬上他們的講台神壇，張口吐出長篇大論，滔滔不絕；這樣的題目，一般講個一小時大概就可以了，居然停不下來。此情此景之怪，堪稱天下一絕；而且，顯然還——我只看M字開頭的喲——只是男性而已。女性從來不寫男性——還真教我高興，忍不住長吁一大口氣；要我讀完男性拿女性來寫的

4 大英博物館內的圓頂閱覽室（Reading Room），是原籍義大利的安東尼奧・潘尼齊（Antonio Panizzi, 1797-1879）在擔任英格蘭圖書監察官（Keeper of Printed Book）任內（1837-1856），爲英國建立國家圖書館而告成立的，一八五七年啓用，供外界借閱圖書。後於一九〇七年開始，在閱覽室內的圓頂沿邊一圈陸續寫上英國文學巨匠的名諱：中古詩人喬叟、將印刷機引進英倫的凱克斯頓（William Caxton,c.1422-c.1491）、英譯基督教《聖經》的廷戴爾（William Tyndale, c. 1494-1536）、史賓塞（Edmund Spenser, 1552/1553-1599）、莎士比亞、培根（Francis Bacon, 1561-1626）、彌爾頓、洛克（John Locke, 1632-1704）、艾迪遜（Joseph Addison, 1672-1719）、斯威夫特（Jonathan Swift, 1667-1745）、波普、吉朋、華滋華斯、史考特（Walter Scott, 1773-1832）、拜倫（George Gordon Byron, 1788-1842）、卡萊爾、麥考萊（Thomas Macaulay, 1800-1859）、丁尼生、布朗寧。

5 滿坑滿谷亂爬的蜘蛛（a wilderness of spiders）——改自莎翁寫的《威尼斯商人》（*The Merchant of Venice*），劇中的主人翁，猶太商人夏洛克，在第三幕第一景講過「滿山遍野的撒潑猴子」（a wilderness of monkeys）。

6 黃銅鳥喙（beak of brass）——吳爾芙的作品《燈塔行》（*To the Lighthouse,* 1927），描述蘭錫先生將他貧弱的男性生命力投入妻子洋溢生命活泉的懷抱，「宛如黃銅鳥喙，不育，不生。」（like a beak of brass, barren and bare）

每一本作品之後，再接下去讀女性拿男性來寫的每一本作品，百年才開花一次的龍舌蘭鐵定得開兩次花❖[7]，我的筆尖才有辦法沾到紙稿。所以囉，我就完全隨興所至，任選了十幾本書，把我那幾張小紙頭放進鐵籃子，就回我的小隔間去等著了，廁身同樣也在追尋眞理精髓的人群當中。

那麼，我不禁納悶了，到底是什麼原因造成這麼奇怪的差異呢？我一邊想一邊在一疊小紙頭上畫車輪❖[8]；這是英國納稅人供應的東西，只是不是這樣子用的。依這份目錄來看，怎麼男性對女性的興趣要遠人於女性對男性呢？這還眞是奇也怪哉呢我看；我的思緒就這樣跑去勾畫一堆男人痛下工大拿女性爲題材在寫書；不管老、少，已婚、未婚，酒糟鼻還是駝背的——就算這樣也還是隱隱教人得意，自己竟然也能博得如此青睞；只要不全是老弱殘障就好——我就這樣胡思亂想直到一堆書嘩啦一下子倒在我面前的桌上。唉！麻煩來了。在牛橋受過良好研究訓練的學生，當然知道怎樣像趕羊一樣帶著心底的問題掠過所有旁枝末節，直像羊一頭撞進羊圈撞見問題的答案爲止❖[9]。像我旁邊這學生就正在振筆疾書狂抄一本科學手冊；那樣子我敢說他應該每隔十分鐘左右就從大礦脈挖到了純淨的金塊。聽他不時滿意的嗯嗯哼哼，不就說得很清楚了嗎。但要不巧是個沒進過大學接受訓練的人，心底的問題可就不僅壓根兒沒辦法乖乖進羊圈，反而還會像被一大群獵犬追著亂跑，嚇得四下逃竄，亂七八糟。所以呢，只見大學教授、老師校長、社會學家、牧師教士、小說家、散文家、記者，還有，除了不是女人沒別的條件的男人，就這樣全都追著我這簡簡單單的問題——爲什麼有的女人就是沒有錢？——直到一條問題追成了五十條；再直到五十條問題全被追得情急跳河，被水沖走。我的筆記本每一頁都鬼畫符般寫得橫七豎八。爲了說明我腦子有多亂，我就唸幾句給各位聽聽；先說明一下，我在筆記本上寫的標題很簡單，只有「女性與貧窮」幾個大字，接下去卻是這樣：

7 龍舌蘭（aloe），另一俗名是蘆薈。出身紐西蘭的現代派小說家，凱瑟琳．曼斯斐德（Katherine Mansfield, 1888-1923），有一篇作品，《序曲》（*The Prelude*），於一九一八年由吳爾芙的霍嘉斯出版社出版。《序曲》後經曼斯斐德改寫爲長一點的《龍舌蘭》（*The Aloe*）。曼斯斐德因病早逝，《龍舌蘭》於她身後由丈夫莫瑞（John Middleton Murry, 1889-1957）重新編訂在一九三〇年出版。曼斯斐德於小說當中寫過龍舌蘭百年才開一次花，但屬誤解，龍舌蘭只是很久才開一次花，不到百年。

8 畫車輪——吳爾芙想事情的時候愛在紙上亂塗，最常畫的就是車輪。她曾經拿《年歲》（*The Years*）書中的帕吉特家寫過一部小說，但沒寫完，後人將殘稿出版爲《帕吉特家》（*The Pargiters*, 1977），內文於多處就看得到吳爾芙畫的車輪、圓圈之類的塗鴉。

9 羊一頭撞進羊圈（sheep runs into its pen）——pen，也是「筆」。

中古時代的情況
斐濟群島的習俗
奉為女神崇拜
道德觀薄弱
理想主義
良知比較強
南太平洋島民青春期開始的年紀
魅力
作為祭祀的犧牲
大腦容量較小
潛意識比較深
體毛比較少
智能、道德、體能較差
愛孩子
壽命比較長

肌肉的力氣比較小

感情的強度

虛榮

高等教育

莎士比亞的看法

勃肯海德勳爵的看法

英格教長的看法

拉布呂耶的看法，

約翰遜博士的看法，

奧斯卡．布朗寧先生的看法……

來到這裡，我深吸一口氣再加一句，當然只能擠在紙頁邊緣，爲什麼薩繆爾．巴特勒要說，「智者從來不說出來他們對女性是什麼看法」❖10？看起來這智者好像別的什麼也說

10 薩繆爾．巴特勒（Samuel Butler, 1835-1902）——英格蘭作家，反基督教，反正統達爾文學說，重要作品是匿名出版的烏托邦諷刺小說《何有烏》（*Erewhon*, 1872）和半自傳體小說《眾生之路》（*The Way*

不出來。不管怎樣，繼續往下想吧；我往後朝椅背一靠，抬頭望向頭頂的巨大穹窿；這時候我在那裡還是一絲念頭，但也是有點苦惱的念頭；怎麼這麼倒楣，智者對女性的想法竟然從來就不一致。看看波普麼：

> 多數女性毫無性格可言。[11]

再看看拉布呂耶：

> 女人都趨於極端，不是強過男性，就是不如男性。[12]

兩句話直接牴觸，卻出自身在同一時代、觀察同樣敏銳的人物筆下。女性有沒有能力接受教育呢？拿破崙認爲沒有[13]，約翰遜博士的看法正好相反[14]。女性是有靈魂還是沒

of All Flesh），一九〇三年於他身故之後出版。

「智者從來不說他們對女性是什麼看法」——吳爾芙這一句引述，巴特勒寫的原文是：「據說有腦筋的人信的都是同一宗教，而有腦筋的人也從來不說是哪一宗教。以此類推，有腦筋的人對女人都是一樣的看法，而有腦筋的人也從來不說那是什

麼看法。」出處為《巴特勒劄記》(*The Note-books of Samuel Butler*)

11 亞歷山大・波普(Alexander Pope, 1688-1744)——英格蘭自學而成的詩人,善諷刺,一生筆戰不斷;英譯荷馬史詩《伊里亞德》(*Iliad*, 1720)和《奧德賽》(*Odyssey*, 1726)。

「多數女性毫無性格可言」——出自他一七四三年致女性友人的信函,以二九二行詩句申論〈女性的性格〉(Of the Character of Women),算是繼踵他十年前的舊作,〈論男性:詩信第一篇〉(An Essay on Man, Epistle I, 1733-1734)。他在信中以他出名的「英雄雙韻體」(heroic couplet),說男性的「主宰情感」(ruling passion)有許多的面貌,女性卻只找得到兩種,「逸樂」、「弄權」。波普於第一節第二行開宗明義表示「多數女性毫無性格可言」,再於第四句指女性僅能以黑、棕、金的髮色來作區別。此信一出,女詩人安・英格倫(Anne Ingram, Viscountess Irwin, c.1696-1764)便寫下〈致波普先生函〉(An Epistle to Mr. Pope)反駁波普。

12 拉布呂耶(Jean de La Bruyère, 1645-1696)——法國諷刺作家,以針砭時弊、世道人心的法文散文傑作《論品格》(*Les Caractéres de Theophraste traduits dugrec avec les caractéres ou les moeurs de ce siècle*, 1688)聞名於世。吳爾芙引用的此句「女人都趨於極端,不是強過男性,就是不如男性。」便是出自《論品格》。

13 拿破崙(Napoleon Bonaparte, 1769-1821)——女性於法國大革命雖然有吃重的角色,也積極為女性爭取權利,但是拿破崙掌權之後,一八〇四年頒布的《拿破崙法典》(*Naponeonic Code*)當中,法國女性的權利依然未得彰顯,法典當中明文將女性劃定為丈夫的財產,必須順從丈夫的意旨,丈夫通姦不是離婚的條件,妻子外遇則是。拿破崙雖然不反對女性擁有受教權,但是對於女性受教的看法卻流於通俗的男尊女卑論,認為女性的能力先天便不及男性,所以應該以持家主內為本分,女性的教育自然要偏重於相夫教子的訓練。

14 (原註2)「『男性知道女性勝過他們,因此總是挑最差、最蠢的。他們要不是這樣子想,那他們何必老是擔心女性知道的和他們一樣多』。……為了公平起見,我想還是別這樣子坦白招認的好,但後來

有？有些野蠻民族說沒有。有些卻反而為認為女性是半人半神，而去膜拜女性[15]。有些哲人認為女性的大腦比較淺薄[16]，有些則認為女性意識要更深邃[17]。歌德禮讚女性[18]，墨索里尼鄙視女性[19]。只要去查　查男性對女性的看法，查到的還真是言人人殊。所以，我斷定這一堆我是沒辦法理出個頭緒來的；這時便忍不住要瞄一眼隔壁隔間的那人了，好生羨慕啊，他寫的筆記好整齊，好多都放在A、B、C的標題下面；而我的呢，鬼畫符一樣的短句到處都是，橫七豎八的亂得不得了，還句句矛盾，互有扞格。真慘、真亂、真丟臉。真理早就從我的指尖溜走了，涓滴不剩。

這怎麼回家呢，我暗自思忖，針對「女性與寫作」的研究弄了半天，我做出來的嚴肅貢獻難道就只是說女性的體毛比男性少？南太平洋島民的青春期是九歲開始[20]——還是，九十歲？——唉，字寫得太潦草連自己都看不懂。真沒面子，拿不出比較有分量、比較像樣的東西給人看，我可是忙了一整個早上。要是連前人針對W（為了行文簡潔，我這

他和我聊天，卻跟我說他說這話是認真的。」——鮑斯威爾（Boswell），《赫布里迪群島遊記》（*The Journal of a Tour to the Hebrides*）。
譯註：這是鮑斯威爾記下的約翰遜語。

薩繆爾·約翰遜（Samuel Johnson, 1709-1784）——俗稱約翰遜博士（Dr. Johnson），英國詩人、散文家、評論家、記者、詞典學者，十八世紀英國文化界的代表人物。除了一七五五年編成的《英語

字典》(*Dictionary of the English Language*)之外，還於一七六五年出版了他編的《莎士比亞全集》。

詹姆斯・鮑斯威爾(James Boswell, 1740-1795)——蘇格蘭作家，和約翰遜博士是英國文壇著名的伯牙子期，鮑斯威爾也以《約翰遜傳》(*The Life of Samuel Johnson*, 1791)留名後世。《赫布里迪群島遊記》(*The Journal of a Tour to the Hebrides with Samuel Johnson*)是鮑斯威爾邀約翰遜同遊故鄉蘇格蘭高地的旅遊記趣。

15 (原註3)「**古日耳曼人相信女性具有神性，因此常向她們請教神諭。**」——**佛瑞澤，《金枝》**(*Golden Bough*)。

譯註：詹姆斯・佛瑞澤爵士(Sir James Frazer, 1854-1941)——出身蘇格蘭的社會人類學家，神話學和比較宗教學的開路先鋒，畢生的學術鑽研盡現於十二卷的巨著《金枝》。

16 丁尼生在他寫於一八三五年的戲劇獨白，長詩〈洛克斯里堂〉(Locksley Hall)，主人翁求愛未果，有感而發：「自然賦與她們盲目的情感，束縛於淺薄的腦內」。

17 女性意識要更深邃——十九世紀後半葉，英國、美國的醫學界、心理學界有一研究主題叫做「雙重意識」(double consciousness)，還認爲「雙重意識」主要見於女性。當時也有心理學者提出女性擁有「第二意識」(second consciousness)的說法。

18 歌德(Goethe)禮讚女性——參見歌德名著《浮士德》(*Faust*)結尾，永恆的女性帶我們飛升。

19 墨索里尼(Benito Mussolini, 1883-1945)——義大利法西斯領袖，於一九二二年當上總理，推行獨裁統治，一九二五年自冠「領袖」(Il Duce)頭銜，而且和天主教會聯手整肅社會風氣，嚴懲墮胎，嚴格規定女性的衣著、舉止，視女性爲生產機器，於一九二七年推出「生育大戰」，推動年輕女性多多生育，訂下一九五〇年前將義大利人口從四千萬拉到六千萬的目標。

20 南太平洋島民——著名的人類學先驅，美國學者瑪格麗特・米德(Margaret Mead, 1901-1978)，於一九二八年出版她在南太平洋群島進行的研究成果，《薩摩亞成年記事》(*Coming of Age in Samoa: A Study of Adeloscence and Sex in Primitive Societies*)。

樣子叫她）而說的眞理都抓不到，那還談什麼W的未來呢❖[21]？看來全是白費工夫，何必參考這些男士專家怎麼談女性、談女性的影響，不管影響到什麼——政治也好，兒童也好，工資也好，道德也好——再多、再有學問也沒用。他們的書不翻也罷。

我灰心又絕望，一邊思量手上卻也不知不覺便在紙上信筆亂塗，結果，其實應該跟隔壁那位一樣寫些結論什麼的我，竟然亂畫出一張臉，亂畫出一個人的身形。這臉，這身形，是個姓氏帶著「馮」（von）的X教授正在寫他的皇皇巨著：《女性智能、道德、體能低下論》❖[22]。他在我筆下可沒有一絲吸引女性的魅力。體格壯碩，下巴很寬，爲了對稱，所以眼睛很小；臉色紅得厲害。由表情看得出來他心頭正百般糾結，所以下筆很用力，每一筆戳在紙上都好像恨不得戳死一隻有毒的小蟲。但是，就算小蟲戳死了他還是不滿意，還要繼續戳，戳死牠；但是就算他一直戳、一直戳，惹他這麼生氣、煩躁的原因還是未能消除。會不會是他太太的緣故？我看著我畫的圖在心裡頭問，莫非是他太太跟騎兵隊長有私情？那騎兵隊長是不是體形修長、優雅，一身俄國羔羊皮衣？還是他以前被人笑過，套用佛洛伊德的理論❖[23]來說，像是還在吃奶的時候就被漂亮女生笑過？因爲，我想這位教授就算還在吃奶一樣不會好看。不管是什麼緣故，我硬就是把這位教授在寫他的《女性智能、道德、體能低下論》時畫成一副很生氣、很醜陋的模樣。在忙了一早徒勞無功之後，信筆

21 W（為了行文簡潔，我這樣子叫她）——奧地利哲學家奧圖・萬寧格（Otto Weininger, 1880-1903）的名作《性別與性格》（*Geschlecht und Charakter /Sex and Character*, 1906），行文論說是以W代表女性，M代表男性。

奧圖・萬寧格少年早慧，《性別與性格》一書是他的博士論文，卻於論文發表同年舉槍自盡。他在書中提出人人兼具同雌、雄兩性原生質（protoplasm）的創見，出版後一時洛陽紙貴，旋即迻譯為多國文字，影響極大。但也因為論文有厭女、反猶的思想，頻遭抨擊，例如他說人人身上都有W（女性）、M（男性）這兩面，不過，男性一面偏向優點，女性一面偏向缺點。

22《女性智能、道德、體能低下論》——影射英格蘭文人阿諾德・班奈特（Enoch Arnold Bennett, 1867-1931）一九二〇年出版的雜文集《我們的女性：論兩性不一之處》（*Our Women: Chapters on the Sex-discord*）。他於第四章〈男性是否優於女性〉（Are Men Superior to Women?），明指男性的認知、創造能力天生就比女性要強。甫一出版，遭吳爾芙撰文抨擊，寫下〈女性的智能狀態〉（The Intellectual Status of Women），刊載於雜誌《新政治家》（*New Statesmen*）。

又，von（馮）是歐洲日爾曼貴族姓氏才有，可能和當時一本名著有關。班奈特的《我們的女性：論兩性不一》出版後，吳爾夫的文友，戴斯蒙・麥卡錫（Desmond MacCarthy, 1877-1952），馬上在《新政治家》以筆名「和藹大老鷹」（Affable Hawk）發表評論，對班奈特的貶女論給與佳評，文章結尾還引述萬寧格寫的《性別與性格》，歸納萬寧格的論點為一般人雖然是男、女兩性同體，但是優點都在男性這一邊，缺點都在女性那一邊。不過吳爾芙寫〈女性的智能狀態〉還擊班奈特的時候，還不知「和藹大老鷹」便是布倫斯伯里文化圈內的同道戴斯蒙・麥卡錫。

這一次因班奈特貶女論而掀起的筆戰，算是《自己的房間》論戰的濫觴。

23 佛洛伊德的理論——指的應該是佛洛伊德一九〇五年於〈性學三論〉（Drei Abhandlungen zur Sexualtheorie）提出來的理論，指嬰兒期的經驗，對日後的心

塗鴉還真能拿來作個無聊的收尾。然而，搞不好就是要無聊，要作白日夢，壓抑在深處的眞理才會浮現上來。看著我的筆記，只需運用最基本的心理學——連心理分析這樣的名詞都不必用來自抬身價——就看得出我畫的這位怒氣塡膺的教授，是在怒氣塡膺之下畫出來的。怒氣趁著我大作白日夢時奪走了我的筆。但是，怒氣跑來插這一腳是要幹什麼？有趣，困惑，好笑，煩悶——這些情緒一上午紛至沓來，樣樣我都找得到源頭，叫得出名字。唯獨這怒氣，黑色的蛇啊，難道就躲在這些情緒裡面[24]？對，我畫的隨筆對我說，就躲在裡面。它明明白白要我看那本書，看那句子；是它引來惡魔的，就是那教授寫的什麼女性智能、道德、體能低下論。我心頭怦怦亂跳。我臉頰灼熱發燙。怒氣湧向全身。不管有多愚蠢，這其實也沒什麼特別的。誰會喜歡聽人說她天生就樣樣不如那個小男生——我瞥一眼隔壁的男生——瞧這小男生還呼吸粗重，繫的是活結領帶[25]，兩個禮拜沒刮鬍子。誰沒有愚蠢的虛榮心。這是人性本色；我想了想，又開始在怒氣塡膺的教授臉上畫車輪、畫圓圈，直把他畫成一團熊熊燃燒的矮樹叢，一球火苗四射的彗星——反正就是把他畫得像是一團鬼影，不成人形、不是東西便是了。這大教授現在不過是一捆木柴，扔在漢姆斯戴荒原[26]燒得正旺呢。沒多久，我的怒氣便紓解了，消散了；但是費解依然。那些大教授的怒氣又該作何解釋呢？他們到底在氣些什麼呢？每次分析這些書讀起來的印象，每次都抓得出來一股熱力。這股熱力有許多形式，有嘲諷，有傷感，有驚奇，有責難。但這當中始終有一種感覺揮之不去，卻又沒辦法馬上分辨得出來。我叫它「怒氣」。但這是潛藏在

理成長有極爲重大的影響。

吳爾芙熟知奧地利心理分析先驅佛洛伊德（Sigmund Freud, 1856-1939）的理論，佛洛伊德的名作《夢的解析》（*Die Traumdeutung*, 1899），一九一三年在英國出版了英譯本：吳爾芙的弟弟愛德里安還自一九一九年起開始學習心理分析，霍嘉斯出版社自一九二四年起開始出版佛洛伊德的著作，佛洛伊德在德國納粹上台、併呑奧地利後，因爲猶太人的身分不得不流亡海外，於一九三八年六月流寓英國倫敦的漢姆斯戴（參考註26），而且已經病入膏肓，不久人世。吳爾芙就是在這時候見過佛洛伊德，佛洛伊德送她一枝水仙花。

24 佛洛伊德在《夢的解析》當中以他自己爲例，分析「沒有生活」（non vixit）的夢，指他痛惡教授的怒氣無處發洩，而在夢中用怒氣沖沖的眼神一舉殲滅他痛惡的朋友、同事。怒氣於佛洛伊德的觀點是劃歸於「男性」的，「蛇」在佛洛伊德的解析也代表男性性徵。要是放大來看，蛇從亞當、夏娃的故事開始，在西方文化便是邪惡的象徵。

25 活結領帶（ready made tie）——做成活結狀，往脖子一套就好的領帶。講究服飾的人，不會用這樣的領帶。

26 漢姆斯戴荒原（Hampstead Heath）——漢姆斯戴荒原位在倫敦郊區，是倫敦下層民眾愛去休憩的地方，在神探福爾摩斯的故事當中數度出現作背景。吳爾芙也在那一帶住過一陣子。英國有「篝火夜」（Bonfire Night）的習俗，也叫做「蓋伊．福克斯夜」（Guy Fawkes Night），每年十一月五日當天民眾搭建篝火，燃放煙火，焚燒芻像，紀念一六〇五年蓋伊．福克斯（Guy Fawkes, 1570-1606）密謀炸死國王暨政要未遂的歷史事件。

底層的怒氣，和其他的情緒糾結在一起。從這怒氣奇奇怪怪的各種效果來看，這怒氣有僞裝，很複雜，不是平常那種簡單明瞭的怒氣。

但不管原因是什麼，看一下桌上這一堆書，我想，這些書對我的目的一點用處也沒有。也就是說，這些書於科學研究一無是處；但對人文倒是滿載教誨，滿載趣味，滿載乏味，滿載斐濟群島居民風俗極爲古怪的奇聞。這些書都是以情緒的火紅光影所寫就的，而不是眞理的潔白光輝。因此，這些書是應該送回中央那張桌子，就放它們回去它們那特大號的蜂窩裡去各就各位！忙了一早上，唯一的收穫就是抓到了「怒氣」這一件事。那些大教授啊——我把他們全算作是一夥兒——一個個滿肚子怒氣。但爲什麼呢？我把書還回去後在心底問過自己這問題；隨後站定在柱廊下面，身邊一堆鴿子和史前獨木舟❖[27]，我再問一次，他們爲什麼生氣呢？我一邊問一邊信步朝外走，想找地方吃午餐。暫且被我叫做怒氣的這情緒，根源是怎麼回事呢？我在心底反覆思量，而且這樣的謎團在我走進大英博物館附近的一家小餐館等到他們把菜送上來之前，看來是會一直懸在那裡了。先前用餐的客人留下一份晚報的午間版，丟在椅子上，我在等上菜時便拿起報紙瀏覽一下新聞標題。一列通欄大字橫貫整版。有人在南非大有斬獲。幾條小一點的標題說張伯倫爵士❖[28]在日內瓦。有地窖發現一支肉斧沾著人髮。某某法官大人在離婚法庭大發議論，批評「女性之

無恥」❖[29]。報上還散見其他新聞。有電影女明星被人從加州的高山垂吊下來半上不下的。天氣會起霧。我想，即使是地球上最短暫的過客撿起這份報紙，就算看的只是這些零零散散的事證，也一定看得出來英格蘭這地方是由父權在統治的。只要腦筋還算清楚，絕對不會看不出來這一批「教授幫」的手中握有怎樣的支配權。他便是力量，他便是金錢，他便是權勢。報紙的老闆是他們在當，總編輯是他們在當，副總編輯也是他們在當。外相是他們在當，法官也是他們在當。板球是他們在打，賽馬是他們在買，遊艇也是他們在買。公司是他們在管，付百分之兩百的股利給股東的也是他們。留下千百萬英鎊的錢捐給慈善機構和學校是他們，掌管慈善機構和學校的也是他們。把電影女明星吊在半空中的是他們。

27 大英博物館南向大門是莊嚴堂皇的高大柱廊，廊下有一八三四年在蘇塞克斯（Sussex）一帶找到的古老獨木舟殘骸，可能是羅馬人入侵不列顛之前的不列顛原始居民所造。柱廊外有大片廣場，群鴿棲息，後來館方還養老鷹專門驅鴿。

28 張伯倫爵士（Sir Austen Chamberlain, 1863-1937）——一九二四至二九年間於鮑德溫（Stanley Baldwin）首相任內擔任外相，赴瑞士日內瓦出席「國際聯盟」（League of Nations）會議。他於一九二五年因外交成就而獲頒諾貝爾和平獎。

29 據一九二九年二月二十六日《泰晤士報》載，有法官希爾（Mr Justice Hill）在家事法庭上對陪審團表示：假如你一直在離婚法庭審理離婚案件，有時通姦女性之無恥實在教人髮指。要是你覺得通姦的女性還有一點羞恥心的話，那就錯了，因爲常有通姦的證據是女方自動提供以求順利離婚的。

判定肉斧上的毛髮是不是人類的也是他們。定凶手罪的是他們，免凶手罪的也是他們。吊死凶手的是他們，釋放凶手的還是他們。除了起不起霧他們管不了，這世上好像什麼都歸他們管。但是，他們竟然很不高興。我知道他們很不高興是從這一點來判斷的。我讀他們對女性的看法時，我想到的不是他們說了什麼，而是他們的人。和人辯論的人，口氣若是不慍不火，那他心裡想的只是他的論點；讀的人不由得也就會想著那人的論點。所以，他寫他對女性的看法時，假如他的筆調不慍不火，假如他引用了確鑿的證據來支持他的論點，假如看不出一絲跡象顯示他罔顧事實強詞奪理；那就沒有人會生氣。讀的人反而會接受他的看法，像豌豆就是綠的，金絲雀就是黃的一般無可辯駁。我頂多只能回這麼一句：那就這樣子吧。但我卻生氣，因爲他在生氣。但這豈不荒謬；我把晚報翻面，心想，這男人家都有這麼多的權力了，竟然還在生氣！還是說他們這怒氣啊，我不禁納悶，根本就是跟在權力身旁如影隨形的常見小妖精？像有錢人就常生氣，因爲老是擔心窮人會來搶他們的錢。所以，這大教授，或許應該叫做「大家長」才對，可能也有一部分原因是這樣子才會生氣的吧。但另外一部分原因，看起來就沒那麼簡單明瞭了。說不定他們根本就沒在「生氣」，其實，通常他們在私生活的感情對女性還是相當傾慕、忠誠、堪稱模範的呢。搞不好這些大教授強調女性之低下有一點太用力，是因爲他們在意的不是女性的低下，而是他

們之優越。他之所以氣急敗壞、大力強調，是在捍衛他自己的優越感，因爲這優越感是他的無價之寶。生活，不論於哪一性別——看看他們，一個個在人行道上硬是要擠到別人前面去——都很艱辛，都須刻苦，都是一生不懈的奮鬥。需要付出極大的勇氣和毅力。說不定像我們這些滿腦子妄想的生物，最需要的還是對自己的信心吧。沒有了自信，恐怕就跟搖籃裡的小嬰兒差不多。而要產生這般無從估量、卻又珍貴無比的心理素質，最快速的作法是什麼呢？就是把別人想作比自己差麼。就是覺得自己天生就比別人強麼——或許是錢多，或許是階級高，或許是鼻子挺，或許是家裡有隆姆尼[30]親筆畫的祖父肖像吧——管它是什麼，人類用想像力製造出來的可悲玩意兒可沒完沒了。所以，這些大家長，這些既需要征服別人、也需要統治別人的人，才一定要覺得這世上有好多人，其實也就是人類裡的半數人口，天生就不如他；這一點對他們絕頂重要。這一點想必也是他們掌握權力的主要源頭。但我又再想，不妨再將觀察到的領悟投向現實人生。也就是說，我們在日常生活的邊邊角角常會注意到的心理謎題，是否可以用這一點來求解釋呢？幾天前我遇到一件萬沒想到的事，是否也可以用這一點來解釋？那天，我們那位最斯文、最謙遜的Z先生，

30 喬治．隆姆尼（George Romney, 1734-1802）——英格蘭肖像畫家，一七六二年在倫敦開設畫坊，爲貴冑名流畫像打出名聲。

拿起了李貝卡・魏斯特[31]寫的書，讀了一段就大聲驚呼，「這個荒唐的女權分子！她說男人都是勢利鬼！」[32]他那一聲驚呼聽得我好不驚奇——怎麼魏斯特小姐說了一句關於男性的評語，雖不甚中聽、未嘗不是一針見血，就會被人罵作是「荒唐的女權分子」？——這中間透露的可不只是虛榮心受損，也是在抗議有人在滅他志得意滿的威風。女性千百年來一直在當鏡子，當有法術、有美妙魔力的鏡子，可以把鏡子外的男人照成兩倍大。沒有這樣的法術，地球現在恐怕都還處處沼澤和叢林。史上戰爭的榮光，男人家絕對見識不到。大家也還在刮羊骨頭刻劃鹿的輪廓，拿打火石換人家的綿羊皮，或是人類原始的品味會喜歡的什麼其他簡陋飾品。「超人」和「命運的手指頭」[33]絕對無從出現。那些皇帝不管沙皇或是德皇也絕對無從戴上冠冕，無從失去冠冕。不管鏡子在文明社會能有什麼功用，鏡子對人類所有的暴戾恣睢、壯烈英勇，都是不可或缺的條件。也就是因爲這緣故，拿破崙和墨索里尼才會那麼賣力在強調女性有多低下；女性要是不低下，男性就大不起來。女性之於男性爲什麼老是必需品，由此也可以解釋一二。由此一樣可以說明男性何以遇到女性

31 李貝卡・魏斯特（Rebecca West）——西西莉・費爾菲德（Cicely Isabel Fairfield, 1892-1983）的筆名，英國記者、小說家、評論家，以報導第二次世界大戰之後的紐倫堡大審最爲知名，早年當過演員，後來轉任記者，爲女性投票權奮鬥不懈，筆名出自她心儀的挪威戲劇大師易卜生（Henrik Johan Ibsen,

1823-1906）的傑作《羅斯莫莊》（*Rosmersholm*, 1886）當中爭取女權不遺餘力的女主角。
魏斯特和吳爾芙在一九二八年認識，魏斯特後來在一九三二年撰文，〈秋天．維吉尼亞．吳爾芙〉（Autumn and Virginia Woolf），力讚吳爾芙的《自己的房間》爲「不折不扣的女權宣導」，「依我看是有史以來無出其右的傑作。」

32 「荒唐的女權分子！」——罵這一句的 Z 先生便是吳爾芙的文友戴斯蒙．麥卡錫，吳爾芙在日記當中寫過這一件事。麥卡錫是文評家、記者，讀的是伊頓公學和劍橋的三一學院，是劍橋著名祕密社團「劍橋使徒會」（Cambridge Apostles）一員，日後的文友圈也不限於吳爾芙一幫人的「布倫斯伯里文化圈」。第一次世界大戰之後他先在《新政治家》寫戲評、當編輯，一九二八年轉任《文學與人生》（*Life and Letters*）的主編。
「男人都是勢利鬼」這一句，是一九一二年九月十一日，年方二十歲的魏斯特致函《先鋒日報》（*Daily Herald*），痛斥時任下議院議員的邱吉爾反對女權組織「婦女社會政治聯盟」（WSPU, The Women's Social and Political Union, 1903-1917）舉辦遊行活動，還拿邱吉爾盡享嬌妻美眷、榮華富貴來和無權無勢的婦權運動人士作對比，因而出現「全天下的男人都是勢利鬼」這樣一句。這一篇文章收錄在《李貝卡的青年時代》（*The Young Rebecca: Writings of Rebvecca West*, 1911-1917）。
麥卡錫雖然歧視女性，卻積極捍衛出版自由。一九二八年《寂寞之井》（*The Well of Loneliness*）、《查泰萊夫人的情人》（*Lady Chatterley's Lover*）二書出版以淫穢遭政府查禁，他便一馬當先在他主編的《文學與人生》抨擊英國政府箝制藝術創作。

33 超人（Superman）——德國哲學家尼采（Friedrich Nietzsche, 1844-1900）在名作《查拉圖斯特拉如是說》（*Also sprach Zarathustra*, 1833-1885）首度拈出 Übermensch 一字的英譯，以之指稱不同於世間眾人的完美人類，是得以戰勝虛無主義的人類，是人類應該追求的典型。
「命運的手指頭」（Fingers of Destiny）——手指頭是長在手上的，所以，從「命運之手」再推演出去，不知吳爾芙是否遙指尼采在《查拉圖斯特拉如是

開口發表議論，就會坐立難安；要是有女性對他們說哪本書不好，哪幅畫的筆力弱，或是其他什麼意見，不管說的怎樣都比出自男性之口還更加刺人、更加氣人。因爲，女性一說出眞相，鏡子裡的男性就開始縮小；人生的安適感也就開始消滅。他要是沒有每天至少在早、晚餐的時候看見兩倍大的自己，妳要他怎樣再去下判決，再去教化土著，再去制訂法律，再去寫書，再去穿上大禮服在宴會上高談闊論？我一邊想一邊捏碎麵包、攪拌咖啡，不時看看街頭的行人。鏡子裡看到的映像絕頂重要，因爲，那映像可以提振元氣，可以刺激神經系統。拿走那映像男人就活不下去了，跟毒蟲少了古柯鹼一樣。我看著窗外，心想，就是要靠這樣的映像施法，人行道上才會有半數的人口昂首闊步出門工作。他們每天早上得以戴上帽子、穿上大衣，靠的就是這樣的映像散發悅目的光輝。他們一早得以信心飽滿，精神昂揚，靠的就是相信他是哪個小姐舉辦茶會樂見的佳賓。他們踏進門都會叮嚀自己，說我是屬於比較優越的半數人口這一邊的，也因此講話才會那麼自信、那麼自負，在公眾生活投下如此深遠的影響，也在心智不爲人知的邊邊角角，弄出了這麼些奇奇怪怪的眉批。

這時，這麼危險又迷人的主題，也就是另一性別的心理狀態——但願各位在一年拿得到五百英鎊的進帳時可以去研究研究❖34——我能作的貢獻因爲必須要付帳而被打斷。總計五先令九便士。我遞給侍者一張十先令的鈔票，他轉身去找錢。我的錢包裡面還有一張

十先令的鈔票，我特地看了一眼；因爲這時候看見錢包裡有錢我還是會倒抽一口氣；我的錢包有法力，竟然會自動長錢。我打開錢包，錢就在那裡。我取之於社會者，如雞肉、咖啡、臥床和住所，是拿我姑媽留給我的幾張紙鈔換來的；而我姑媽留錢給我，原因無他，我和她同姓。

在此我得跟各位報告一下，我這姑媽，瑪麗．貝頓，是有次在印度孟買騎馬出去呼吸新鮮空氣的時候落馬身亡的。我接獲消息，得知獲贈遺產的那一晚，約當也是國會立法賦與女性投票權的時候❖[35]。律師的信掉進信箱，我打開，赫然發現我姑媽留給我每年五百

說》提出的「永世輪迴」無法掙脫的悲觀命運觀。吳爾芙在此暗指尼采，和尼采本人常被人戴上「厭女」的帽子有關，其作品《查拉圖斯特拉如是說》便找得到不少厭女論。

34 五百英鎊——吳爾芙的姑姑卡洛琳．史蒂芬（Caroline Emelia Stephen, 1834-1909）過世之後，留給侄女維吉尼亞二千五百英鎊，每年領取利息。吳爾芙於一九〇四年因父親逝世而精神崩潰，第一次自殺未遂，便到劍橋去和姑姑住了一陣子。卡洛琳．史蒂芬一生從事慈善工作，也是作家，於一八九五年因爲侄女凱瑟琳．史蒂芬（Katharine Stephen, 1856-1924），也就是維吉尼亞的堂姊，時任劍橋大學紐能學院的院長，而遷居劍橋大學。吳爾芙能夠領取的利息金額其實遠不及五百英鎊，倒是另一位女權先驅，佛羅倫斯．南丁格爾，由愛女心切的父親每年給與五百英鎊作爲生活費，讓她可以無後顧之憂，專心追求志業。

35 英國女性的投票權原本並未明文禁止，但是在一八三二年和一八三五年卻因爲通過法案而變成在明文禁止之列，女性爭取投票權的運動乃告風起雲

英鎊，還可以領上一輩子。對此二者——投票權和錢——我承認，絕對是錢比投票權要重要得太多了。在那之前，我一直有賴報社施捨一些零工來做做，勉強掙錢糊口，所以一下子要去報導這裡的驢子展，一下子要去報導那裡的結婚典禮，再要不就是要幫別人代寫信封，替老太太唸唸書，做做人造花，到幼稚園教小孩子認字母等等，賺個幾英鎊過活。一九一八年前，女性能做的差事不脫這幾樣[36]。在這裡，恐怕就毋須我再多對各位詳述這樣子工作有多辛苦了；因爲，各位說不定自己就認得這樣子工作的女性；我也一樣毋須再多對各位詳述，這樣賺到了錢來過活又有多艱難；因爲，各位說不定早就嚐過這滋味。然而，相較於此二者，還有更深的磨難留在身上始終未褪；那便是這些年在我心底種下了恐懼、憤恨的毒素。首先是我一直只能做些自己不想做的事，而且做起來還像個奴才，不是阿諛奉承就是搖尾乞憐，可能也未必一定要這樣子吧，只是看起來最好要這樣才行，因爲關係太過重大了，不好冒險。再來就是想起自己的才華要是埋沒毋寧一死[37]——雖然不高，但是敝帚自珍——正一步步凋萎，我的自我、我的靈魂亦隨之凋萎——這些，全都像鏽菌一般在啃蝕春天的花蕊，在掏空樹心。不過呢，我說過了，我姑媽死了，所以，後來我每找開一張十先令的紙鈔，我心底的鏽菌和腐蝕就褪去一些；恐懼和憤恨也消失了。是啊，我把銀幣收進錢包，心想，眞是奇妙！回想起那些時候心裡的怨苦，單靠一筆固定

的收入，就足以為性情帶來這麼重大的變化。世上沒有什麼可以把這五百英鎊從我手中搶走。食衣住行全都在我的掌握當中，永遠不會消失。所以，不僅勞苦戛然而止，怨恨也隨之消失。我再也不必去恨任何男人，因為，他們再也無法傷我一絲一毫。我再也不需要去奉承任何男人，因為，他們對我再也無法施與。如此這般，不知不覺當中，我注意到自己對人類的另外半數人口有了新的看法。把一切全怪在哪一階級全體、或是哪一性別全體，並不合理。群體永遠沒辦法為他們所做的事情負責。他們都由本能驅使，而本能遠非他們所能控制❖[38]。所以，他們也一樣，那些大家長，那些大教授也有無窮無盡的困難要面對，

湧，到了一八七二年，隨著大型組織陸續成立，蔚為英國的全國運動。「全國婦女投票權聯合會」成立，氣勢洶洶，頗有大功告成之勢。未料一九一四年第一次世界大戰爆發，逼得一切活動戛然而止。所以，英國婦女還要等到第一次世界大戰結束的同年，一九一八年，英國聯合政府才通過法案，賦與年過三十、符合最低財產標準的婦女投票權。之後還要再過十年，於一九二八年，英國的成年婦女（二十一歲）方才全體擁有無條件的投票權。

36 英國於一九一九年通過《〔廢除〕性別不平等法案》（*Sex Disqualification* (*Removal*) *Act* 1919），有利於女性接受高等教育、從事專門職業例如教師、醫生，出任公職例如法官、陪審員等等。只不過縱使法有明文，人心難改，日後英國女性爭取權利還有漫漫長途要走，而就算走上法庭要公道，拿這一道法律作護身符的用處竟然還不大，歧視依舊。

37 要是埋沒毋寧一死（that one gift it was death to hide）——出自彌爾頓的詩作，《詩集》（*Poem*, 1645）中之〈商籟第十九首〉（Sonnet XIX）第三句。

38 「群體永遠沒辦法……本能遠非他們所能控

有艱鉅的障礙要跨越。他們接受的教育有些方面其實跟我一樣有問題。在他們身上養成的缺點也一樣嚴重。沒錯，他們是有錢，是有權，但所付出的代價是在胸口養了一隻兇猛的鷹，弱肉強食的禿鷲，永遠在撕扯五臟，永遠在刨挖六腑——這豢養的是掠奪的本能，是占有的慾望，不斷驅使他們去搶別人的土地財物，去劃疆域，去插旗子，去建軍艦，去造毒氣，去犧牲自己的性命，也去犧牲子孫的性命。只要走一趟海軍拱門（我已經走到了紀念碑那裡了）[39]，或是到任何 條淪落爲戰利品或大砲所屬的大道去走一趟，想想這樣的街道禮讚的榮光是什麼，就會懂了。或是明明有春日的麗陽在外，股票經紀人和大律師卻只顧著進辦公室去賺錢、賺錢、賺更多的錢，但想想看，一年只需要區區五百英鎊就足以教人活在陽光裡。他們懷抱的可都是些不良的本能呢！我想，都是生活條件培養出來的，都是缺乏文明薰習而來的！我看著劍橋公爵的銅像一邊思索，眼光還特別落在他三角帽上的羽毛[40]，看得之專注，人概是這一撮羽毛難得享有的殊榮。看著看著，在想通了這些問題後，我心裡的恐懼和憤恨也一點一滴變成了憐憫和容忍，然後，再過一、兩年的時間，憐憫和容忍又會消退，代之以最大的解脫，也就是可以就事物的本然去作自由思考。以那座建築物爲例好了，我喜歡它嗎？那幅畫，好不好看呢？那本書，依我看好還是不好呢？我姑媽留給我的錢的確爲我掀開了蒼穹，將那具威風凜凜的巨大人像，彌爾頓建議要永遠膜拜的巨大偶像❖[41]，去掉，代之以浩瀚無涯的天際。

就這麼一路思索、一路推敲，我順利回到了河邊的住處沒走丟。燈火一盞盞亮起，一股難以言喻的變化罩上了倫敦的街頭，迥異於早上的辰光。彷彿這一座大機器在轟隆隆運

制」——英國外科權威、神經外科先驅，威爾佛瑞・卓勞特（Wilfred Trotter, 1872-1939）醫生，於一九一六年將他先前有關群眾行為的著述集結成書出版，《太平盛世暨硝煙戰火中的盲從衝動》（*Instincts of the Herd in Peace and War*），剖析盲目從眾的心理和社會脈絡，謂為群眾心理學的里程碑，影響深遠，延續至後世的公共關係學和行銷學等等。

39 海軍拱門（Admiralty Arch）——英王愛德七世（Edward VII, 1841-1910）為了紀念母親維多利亞女王（Queen Victoria, 1819-1901）的豐功偉業，委託著名建築師艾斯頓・韋伯（Aston Webb, 1849-1930）設計，於一九〇六至一九一一年建立起宏偉的凱旋門，往西北方走去便是特拉法加廣場。這一凱旋門建築落成之後一直是政府機關所在，海軍總部便在其間，直到二〇一二年，英國政府將之出租與民間公司開發成豪華旅館、餐廳、公寓。

40 劍橋公爵（Duke of Cambridge）的銅像——英國政府為了紀念劍橋公爵二世喬治王子（Prince George, 1819-1904），而由英格蘭雕刻家愛德里安・瓊斯（Adrian Jones, 1845-1938）設計出真人大小的騎馬銅像，樹立於戰爭部（War Offices）前面，一九〇七年揭幕。從海軍拱門朝白廈街（the Whitehall）的方向走去便到。喬治王子是維多利亞女王的堂哥，生前任英國陸軍總司令（1856-1895）長達四十年，以古板守舊、力抗創新知名。
三角帽上的羽毛是「勳羽」，代表其人功勳，象徵征伐、狩獵的殺戮戰利品。

41 彌爾頓建議要永遠膜拜的巨大偶像——關於吳爾芙到底是指什麼眾說紛紜，大致不脫上帝、人類始祖亞當、傳教士、父權社會，還有被彌爾頓在《失樂

轉了一整天後，在我們協助之下織出了幾碼教人驚豔、極其美麗的東西——閃著一隻隻火紅眼睛的灼灼布料，口吐滾燙熱氣的黃褐怪獸。即使拂來的晚風，也像鼓動的大旗，鞭打一棟棟屋舍，撼動圍籬。

不過，我住的這條小街倒是瀰漫家庭的氣息。漆房子的油漆工順著梯子爬下來，保姆小心將嬰兒車推進屋內往後去吃幼兒午茶❖42；煤炭工把他空空的煤袋子一個疊一個摺好；開蔬果鋪子的婦人戴著紅手套在算她一天的收入。可是，我太專心在思索妳們套在我肩頭上的問題，以至於原本司空見慣的景象，這時候看在眼裡也一概要歸納到一個中心去。我心裡想，他們做的這些工作當中，要說有哪一樣比別的更加高尚、更不可少，放在現在比起一百年前恐怕更難區分得出來了。當煤炭工比較好還是當保姆呢？生養了八個孩子的清潔婦，對這世界的價值眞的就不如賺了十萬英鎊的大律師嗎？只不過，問這些問題根本沒用，因爲沒人答得出來。不僅是因爲清潔婦和律師的相對價值隔個十年來比都會有上下起伏，也因爲即使是現下，我們也沒有量尺可以度量兩邊的價值。想來還眞是笨啊，我居然要我那位教授提出「確鑿」的證據來給我看，以證明他這樣、那樣的女性論點站得住腳。就算有某樣才華在這時候標得出來價值，這價值也不可能一成不變；不出百年，說不定就截然不同了。不止，不出白年，我一邊想一邊踏上門前的台階，女性應該也不是由

人保護的那一性別了。依理，以前一概不准女性涉足的事情、活計，到了那時女性一定都可以去做，像是保姆可以運煤炭。蔬果鋪的老闆娘可以開火車。視女性爲應該保護的弱者，以之相待而衍生出來的一切假設——例如（現在正好有一小隊軍人從街上踏步走過），女性、教士和園丁的壽命比其他人長——也將煙消雲散。去掉這一層保護，讓女性去做男性在做的事情、在幹的活計，隨她們去當兵、跑船、開火車、到碼頭當搬運工，女性難道不會反而比男性早死、快死，搞不好有朝一日還有人會說「我今天看見了個女人」，活像以前大家說「我今天看見了一架飛機」[43]？有朝一日，當女人家不再是要由人保護的行當，

園》（*Paradise Lost*, 1667）當中描寫得無比迷人的撒旦，或者乾脆就是彌爾頓本人。另也可參閱彌爾頓早年的詩作〈聖誕之晨〉（On the Morning of Christ's Nativity, 1629）第一節。

彌爾頓也是出色的歷史學家、學者、文官，吳爾芙曾在日記讚美彌爾頓筆下勾畫的天使、戰爭、屋宇壯觀又美麗，但也認爲依他在《失樂園》中對夏娃的描寫，彌爾頓堪稱史上「大男人主義第一人」。

42 幼兒午茶（nursery tea）——這名稱起自十九世紀中葉，最先由小說家薩克萊用在作品當中。英國愛德華時代的中上階級人家流行雇保姆照顧孩子，父母只有在下午到育兒室和孩子共進午茶，方才有親子互動。雖然名爲「午茶」，但是茶點以幼兒的飲食爲主，所以是以牛奶取代茶。

43 飛機——萊特（Wright）兄弟的飛機首度於一九〇三年升空，迄至一九二〇年代末期，飛行技術的發展大幅推進，原本在第一次世界大戰不堪重用，這時已經躍升爲重要的空中武力，在民間也已司空見慣。吳爾芙在《戴洛維夫人》（*Mrs. Dalloway*, 1925）書中寫過在空中寫字的飛機。

我一邊打開大門一邊想，那就沒有什麼是不可能的了。只是，這對我要寫的題目，「女性和小說」，又有什麼關係呢？我一邊問一邊進門。

Chapter

3

莎士比亞要是有個天才洋溢的妹妹，如何？她滿腹的才華需要以寫作來抒發，需要大量汲取世間男女的生命，汲取她對他們生命的探究。結果——有誰量得出來一顆詩人的心困在女性的身體糾結成一團不得脫身，能鬱積多大的熱力、多猛的狂亂？

可眞洩氣，傍晚回家沒能帶什麼重要的主張、可靠的事實回來。這女性比男性窮是因爲——唉，反正不就是因爲這、因爲那的。說不定現在最好不要再找什麼眞理不眞理；不如在腦子裡任想法排山倒海湧進來就好，管它熱得像火山熔岩、髒得好比洗碗的水。還是拉上窗簾；把雜事摒擋在外頭吧。點上燈。縮小問題的幅度。去找歷史學家好了；他們寫下來的不是意見而是事實。所以，那就去問問他們女性是活在怎樣的處境好了。不必說什麼古往今來，只管英格蘭就好；像是——伊麗莎白時代吧❖[1]。

女性爲什麼從來沒爲女性寫過一個字，也算是亙古之謎了吧；妳看那些男人家不就一個個能爲女性寫頌歌、寫商籟而留下非凡的傑作麼。女性到底是活在怎樣的處境呢？我在心底自問；寫小說這樣的事是想像力的工作，可不是像小鵝卵石子掉在地上就有了，那是科學還差不多。寫小說像蜘蛛織的網，看起來可能輕飄飄的沒固定住，但是四個角可還是扣在生命之上的。這一層附著的關係，通常飄忽得難以覺察；例如莎士比亞的戲劇便像是完全憑空掛在那裡似的。但是，一旦蛛網拉歪了，邊緣勾住了，中間拉破了，就教人想起這些蛛網畢竟不是由無形無相的東西憑空編造出來的，而是人類苦難淬鍊的結晶，是扣在完完全全實在的東西上的，像健康，金錢，我們居住的房子之類。

我走到歷史類的書架前面，隨手拿起一本時代最近的；崔佛連教授寫的《英國

史》❖[2]。我還是只看有關女性的部分；找到了「地位」，依標註的頁碼，翻到那幾頁去看。「毆妻」，我讀道，「眾所公認爲男性的權力，不論社會地位高低一概習以爲常，不以爲恥……同理，」歷史學家繼續寫道，「若有女子不肯奉父母之命成婚，就難免遭家人拘禁，毆打至滿地打滾，至於社會大眾則無人爲之駭異。婚姻不是個人感情的事，而是在家族貪財，特別是在標榜『騎士俠義』（chivalrous）的上層階級……常在一方或是雙方尚在襁褓便早早訂下婚約，也在奶媽勉強放得了手的時候早早成婚。」這說的是一四七〇年前後的狀況，也就是喬叟的年代過後沒多久。書中再次提到女性地位，就約莫要再過兩百年的

1 伊麗莎白時代——吳爾芙在一九二八年十月十一日出版的小說《奧蘭多》（*Orlando:A Biography*, 1928）當中，就以英國女王伊麗莎白一世（Elizabeth I, 1533-1603）的治世（1558 -1603）作開始，斯時英格蘭藝文昌盛，是莎士比亞一流文才大顯身手的舞台。

2 崔佛連教授寫的《英國史》——喬治・崔佛連（George Macaulay Trevelyan, 1876-1962）英國著名歷史學家，一九二七年至四〇年任劍橋大學歷史教授，一九四〇年至五一年任三一學院院長，著有《十九世紀英國史》（*British History in the Nineteenth Century*, 1922）、《威廉四世之五年政治》（*The Five Years of William IV*, 1952），以及吳爾芙正文所指的《英國史》（*History of England*, 1925）。不過他寫的歷史時常沾染他的政治觀點。

時間。來到斯圖亞特王朝[3]。「在這時代，中、上層階級的女性自行選擇夫婿依然算是例外；夫婿一經派定，夫婿便是她的天、她的主，至少依法律和習俗是如此。然而，即使如此，」崔佛連教授再說，「不論是沙士比亞筆下的女性，抑或十七世紀眞人自傳裡的女性，如維爾尼家族和赫金遜家族的女子[4]，似乎都不缺個性和特色。」是啊，只要略想一想，克麗奧佩特拉一定有她的本事；馬克白夫人想必有極強的意志；至於羅莎琳，推斷起來應該是位大美人[5]。崔佛連教授眞是一語中的，莎翁筆下的女性確實個個不缺個性和特色。

3 斯圖亞特王朝——斯圖亞特王朝（The House of Stuart）起自蘇格蘭國王羅伯二世（Robert II, 1316-1390）一三七一年加冕，於蘇格蘭的治權一直延續九代，至一六〇三年女王伊麗莎白一世過世，英格蘭王位傳與當時的蘇格蘭國王詹姆斯六世（James VI, 1566-1625），英格蘭、蘇格蘭合併，詹姆斯六世是爲大不列顚國王，斯圖亞特王朝於英格蘭的治權於焉開始。肆後大不列顚的王位在斯圖亞特家族當中傳衍五代，最後在安妮女王（Queen Anne, 1665-1774）過世之後結束，因爲安妮女王沒有子嗣，王位外移至旁支。

4 維爾尼家族——維爾尼家族（Verneys）是英格蘭克萊頓（Claydon）地方的豪門巨室，家族歷史可以回溯至十三世紀初葉，數百年來利用政治關係經商，累積龐大的財富和勢力。佛羅倫斯·南丁格爾的姊姊，法蘭西斯（Frances Parthenope Verney, 1819- 1890），嫁入維爾尼家，身爲記者、作家，便用丈夫家族收藏在克萊頓莊

（Claydon House）的材料，爲維爾尼家族寫下他們十七世紀的家族史，後由妯娌瑪格麗特・維爾尼（Margaret M. Verney, 1844-1930）整理、編輯成《維爾尼家族憶往》（*Memoirs of the Verney Family*），於一九〇四年出版，總計兩冊。

赫金遜（Hutchinson）家族——英國另一豪門巨室，源出自北歐海盜，因爲協助征服者威廉（William the Conqueror, c.1028- 1087）有功而落籍英格蘭，遊走於達官貴人之間。有一後人任英國駐美洲殖民地總督，厲行印花稅，結果引發美國獨立戰爭。

赫金遜家族一樣有家族史，也和維爾尼家一樣是由家族中的女性編纂。露西・赫金遜（Lucy Hutchinsons, 1620-1681）生前寫下《赫金遜上校生平憶往》（*Memoirs of the Life of Colonel Hutchinson*），後來由家族的後人在一八〇六年出版問世。她的丈夫，約翰・赫金遜上校（Colonel John Hutchinson, 1615-1664），生前是英格蘭的清教領袖，於內戰期間在一六四九年簽署了英王查理一世的死刑令，後於復辟時代入獄過世。露西寫這一本書便是要爲夫婿辯護。書的序言是她親筆寫的〈赫金遜夫人生平事略〉（Life of Mrs.Hutchinson）。露西留下來的書稿，不僅是英國內戰期間重要的社會史料，也勾勒出露西過人的聰慧、深厚的學養，她不僅寫詩，還英譯拉丁文作品，迥異於同時代的女性。

5 克麗奧佩特拉（Cleopatra VII Philopator, 69-30 BC）——古埃及最後一位法老，死後埃及併入羅馬帝國成爲行省。生前巧施手腕，遊走於凱撒（Julius Caesar, 100- 44 BC）和安東尼（Mark Antony, 83-30 BC）之間，企圖爲岌岌可危的埃及在羅馬帝國的霸權陰影之下找出活路。故事爲莎士比亞寫進名劇《安東尼和克麗奧佩特拉》（*Antony and Cleopatra*），一六〇七年首演，一六二三年出版。

馬克白夫人（Lady Macbeth）——莎翁悲劇《馬克白》（*Macbeth*）當中唆使丈夫弒君、心狠手辣的女主角。史上確實有個馬克白在一〇四〇年登上蘇格蘭的王位，他也有位王后叫做葛露娥（Gruoch），不過，生平事略不合莎翁故事。

羅莎琳（Rosalind）—— 莎翁喜劇《皆大歡喜》（*As You Like It*）女主角，機智聰慧，女扮男裝，突破逆境，成就自己的姻緣。該劇於一六〇三年首演。

甚至呢，既然我又不是歷史學家，那就不妨進一步再說女性自洪荒以來，在詩人筆下始終燃燒如熊熊烽火——克萊婷聶思卓、安蒂歌妮❖[6]、克麗奧佩特拉、馬克白夫人、菲黛拉、克麗西妲❖[7]、羅莎琳、戴思蒂夢娜、瑪爾菲公爵夫人❖[8]，這些都出自劇作家。再來看看散文作家吧：蜜拉曼、克萊麗莎、貝琪．夏普、安娜．卡列妮娜、愛瑪．包法利、蓋爾芒特夫人❖[9]——一個個名字紛至沓來，湧進腦內，這些女人一樣絕對稱不上「沒個性，沒

6 克萊婷聶思卓（*Clytemnestra*）——希臘神話的人物，名將阿加曼農（Agamemnon）之妻。依古希臘悲劇大師埃斯奇勒斯（*Aeschylus*, c.525-c.455 BC）所寫的悲劇《奧瑞斯提亞》（*Oresteia*, 458 BC），阿加曼農在外流浪期間，她與人私通，在阿加曼農歷盡千辛萬苦終於返鄉之際，演出了謀殺親夫一幕，特洛伊公主卡珊德拉（Cassandra）也是死在她手下。但在荷馬的史詩《奧德賽》（*Odyssey*）當中，倒是無法看出她真的謀殺了親夫。

安蒂歌妮（Antigone）——希臘神話人物，提比斯國王伊底帕斯（Oedipus）之女，她的故事在傳說故事以及索福克里斯（Sophocles, c.497/6-406/5 BC）的悲劇當中，年代暨情節容或略有差別，不過大抵不脫她違抗君令，執意要偷偷殮葬兄長，被抓之後送到當時的提比斯國王克里昂（Creon）面前，安蒂歌妮不懼權勢，在國王面前慷慨陳辭，直指「神意」高於人律，堅決不向君令低頭。安蒂歌妮在索福克里斯筆下是在獄中自縊身亡，連帶導致未婚夫暨準婆婆，也就是克里昂的兒子、妻子，隨她自盡。但在另一位名家，尤里皮底斯（Euripides, c.480-c.406 BC）失傳的作品當中，倒是安排了皆大歡喜的圓滿結局。

7 菲黛拉（Phèdre）——希臘神話人物，故事大意是菲黛拉以為丈夫戰死，而向繼子希波利特斯（Hyppolytus）示愛，導致繼子為返國的父親所殺，菲黛拉也自盡身亡。古希臘作家尤里皮底斯、羅馬作家小塞內加（Seneca/Seneca the Younger/ Lucius Annaeus Seneca, c.4 BC-AD 65）、法國戲劇作家拉辛（Jean Racine, 1639-1690）等多人都寫過她的故事，重點也略有差別。

克麗西妲（Cressida）——特洛伊戰爭故事當中希臘卜者之女，愛上特洛伊國王之子，叛變投向敵營，被特洛伊人送回希臘陣營去交換人質，卻又戀上希臘陣營當中的戰士。她的故事在中古、文藝復興時代廣為流傳，版本紛呈，來源不一，一般不脫「善變女人心」的路線。喬叟寫過，莎士比亞也寫過。

8 戴思蒂夢娜（Desdemona）——莎翁著名悲劇《奧賽羅》（*Othello*, c.1603）當中枉遭多疑夫婿奧賽羅殺死的女子。

瑪爾菲公爵夫人（Duchess of Malfi）——喬凡娜・達拉哥納（Giovanna d'Aragona, Duchess of Amalfi, 1478-1510），在夫婿瑪爾菲公爵身故之後，於一四九八至一五一〇年出任瑪爾菲公國攝政，同時於一九四八年聘雇義大利貴族出身的安東尼奧・貝卡迭利（Antonio Beccadelli of Bologna, c.1475-1513）出任府邸總管，後來兩人相戀，祕密成婚，只是兩人的婚姻關係終究是紙包不住火，而且因為兩人階級上下有別，惹得喬凡娜的兩位兄長暴怒，橫加阻撓，喬凡娜攜家人外逃，不幸偕同兩名幼子落入兄長手中，禁錮之後下落不明，據信身亡。安東尼奧雖然僥倖逃脫，後來還是遭人暗殺，據信是當初極力反對他和喬凡娜婚事的主教派人下的毒手。瑪爾菲公爵夫人的悲慘故事出現在多位後世作家筆下，最出名的作品當屬英格蘭作家約翰・韋伯斯特（John Webster, c.1580-c.1634）於一六二三年出版的同名劇作（*The Duchess of Malfi*）。

9 蜜拉曼（Millamant）——蜜拉曼，威廉・康格利夫（William Congreve, 1670-1729）寫的喜劇《世事皆如此》（*The way of the World*）女主角，運用巧計，安然度過各種陰錯陽差的考驗，終於得以和情人締結良緣。該劇於一七〇〇年首演。

克萊麗莎（Clarrisa）——薩繆爾・李察遜（Samuel

特色」。的確，假如女性只存在於男人寫的小說，看了之後，我們一定會把女性想成是絕頂重要的人物；形形色色，在所多有，有英勇過人也有卑賤下流的，有雍容華貴也有猥瑣汙穢的，有風華絕代也有醜陋之至的；有英偉不下於男人的，甚至有英偉勝過男人的❖10。但是這些都是小說裡的女性。在現實的世界，崔佛連教授不也說得很清楚：女性遭家人拘禁，毆打至滿地打滾。

這樣子浮現的可是一個模樣詭異、七拼八湊出來的生命呢。在想像裡，女性據有絕頂

Richardson, 1689-1741）寫於十八世紀中葉的長篇小說，字數之多，一般認爲是英文長篇小說之最。女主角的家人三番兩次要以她的婚事爲晉身階，爬進貴族的行列，女主角奮勇和情人私奔，卻發現所遇非人，遭情人挾持、軟禁、強暴，受盡磨難，但是始終不肯屈服於淫威，背棄自己的道德原則，最後不惜一死了之。

貝琪．夏普（Becky Sharp）——威廉．薩克萊的諷刺小說《浮華世界》當中的角色，多才多藝，聰明狡黠，但是不顧禮法、不講良心，單憑姿色和手段作晉身階，夤緣富貴就是要往上爬。

安娜．卡列妮娜（Anna Karenina）——俄國文豪托爾斯泰（Leo Tolstoy, 1828-1910）一八七八年出版成書的同名小說女主角，因爲婚外情而受困於社會禮教的羅網，無力掙脫，雖然選擇外遇對象弄出私奔，最後還是因爲內、外壓力交相侵逼而自殺身亡。

愛瑪．包法利（Emma Bovary）——法國文豪福樓拜（Gustave Flaubert, 1821-1880）著名小說《包法利小說》（*Madame Bovary*）的女主角，鄉下長大的女孩，美麗但是不甘於平淡度日，嚮往熾熱的愛情，

以致婚後生子依然出軌，終至因負債而以自殺解脫。福樓拜因爲此書「淫穢」還被拉上法庭，但被判無罪，反而聲名大噪。

蓋爾芒特夫人（Madame de Guermantes）——法國作家普魯斯特（Marcel Proust, 1871-1922）以意識流手法寫下七卷長篇《追憶似水年華》（*À la recherche du temps perdu*, 1913-1927），其中的角色，蓋爾芒特夫人，是蓋爾芒特公爵的妻子，名叫歐麗安娜（Oriane de Guermantes）。金髮碧眼，聰慧狡黠，風華出眾，但是對待下人頗爲苛刻，而且丈夫專愛拈花惹草她卻百般縱容。主人翁從小便傾慕這位夫人，及長更是無法自拔，千方百計要追隨她的一顰一笑，迄至主人翁多年期待終於成眞，和蓋爾芒特夫人說了幾句話後，主人翁的迷戀竟然消失無蹤，反倒是公爵夫人對主人翁愈來愈注意。

10 （原註4）「這在現今依然是離奇而且幾乎無解的謎，在雅典娜的城市，女性備受東方一慣施加的壓迫，和婢女、奴隸差不多。但在這樣的地方，居然也在舞台上面創造出克萊婷轟思卓、卡珊德拉、艾朵莎（Atossa）、安蒂歌妮、菲黛拉、梅蒂亞（Medea）等女主角來，連尤里皮底斯這位『厭女』大作家，筆下的女性照樣一個個獨霸他的舞台。在現實生活，這裡的端莊女性幾乎不會獨自上街把臉露出來；但在舞台上，女性卻 個個和男性平起平坐甚至凌駕其上。在這一方世界有這樣的矛盾，至今還找不到充分的解釋。再到現代寫的悲劇，女性獨擅勝場的情形依然如故。不管怎樣，粗略瀏覽一下莎士比亞所有的作品（韋伯斯特的也一樣，不過，馬婁和約翰遜的作品倒是沒有），已經足以證明女性獨霸、女性主導的的地位，是從羅莎琳到馬克白夫人一以貫之的。拉辛的作品也一樣。他寫的悲劇有六齣皆以女主角的名字作劇名，而且他劇作裡的男性人物有誰是可以和赫蜜安（Hermione）、昂洛瑪（Andromaque）、貝瑞尼絲（Berenice）、羅珊（Roxane）、菲黛拉和亞泰莉（Athalie）相提並論的呢？看看易卜生也一樣。我們舉得出來有誰可以和索爾薇（Solveig）、諾拉（Nora）、希妲（Hedda），還有希爾妲·萬格爾（Hilda Wangle）、李貝卡·魏斯特平起平坐的呢？」——盧卡斯（F. L. Lucas），《論悲劇》（*Tragedy*），頁一一四－一一五。

重要的位置；在現實裡，女性完全微不足道。在詩集裡，女性是貫串首尾的主題；在歷史裡，女性始終悄無聲息。在小說裡，女性主宰了君王、將帥的人生；在現實裡，女性聽憑父母之命被迫在手上套上婚戒，成為夫婿的奴隸。在文獻裡，有些最高妙的言辭，最洞徹的思想出自女性之口；在現實裡，女性卻幾乎不認得字，不會寫字，還是她丈夫名下的財產。❖11

先讀歷史再讀詩文，湊合出來的當然是怪里怪氣的怪物——像長了鷹翅的蟲；像洋溢生命和美善的精靈卻在廚房裡面切板油❖12。可是，這樣的怪物不管想像起來多逗趣，於現實根本就不存在。眞要把她變成活生生的人，就要同時發揮詩情、又回歸平實來作勾劃，這樣子緊扣住現實不放才有辦法——像是馬丁太太，三十六歲，身穿藍衣，頭戴黑帽，腳踏棕鞋；但又絕對不可以忘掉女性在小說裡的形象——女性有如舟楫，承載世間萬般的精神、力量，不斷流瀉、永遠發光。然而，要想將這方法用在伊麗莎白時代的女性身上，卻見照亮的光芒倏忽熄滅；事證太少絆住了前路。這個她，相關的細節、確鑿的事實、具體的知識，一概無從知曉。歷史極少提到這個她。我再去翻崔佛連教授的書，想看看歷史在他看來到底是什麼——「莊園法庭和公田露耕農業……西妥修會和牧羊業……十字軍……大學……下議院……百年戰爭……玫瑰戰爭……文藝復興時期的學者……修道院解散……

農業和宗教的衝突……英國海權之崛起……西班牙之無敵艦隊……」，等、等、等。偶爾會有一位女性榮獲提起，像伊麗莎白或瑪麗這樣的名字，像女王或是貴胄奇女子之流。但是，再怎樣也絕對找不到有哪個中產階級的婦女，除了大腦和性格之外別無憑仗，卻得以

譯註：馬婁（Christopher Marlowe, 1564-1593）——和莎士比亞同時代的作家，畢業自劍橋大學，寫戲劇、詩歌也作翻譯，作品對於莎士比亞劇作有重大的影響，可惜離奇早逝，獨留莎翁一人盡攬盛名。盧卡斯——法蘭克・盧卡斯（Frank Laurence Lucas, 1894-1967），英格蘭古典學者。寫文學評論、詩歌、長篇小說、戲劇、政論，T・S・艾略特的〈荒原〉發表後在一九二三年被他批得一無是處，他寫的《文體論》（*Style*, 1955/1962）倒是備受好評的作文指南；引文出處的《論悲劇》（*Tragedy in Relation to Aristotle's 'Poetics'*, 1927/1957）也是長年於學府奉爲教科書。在此引用的是盧卡斯一九二七年出版的初版，一九五七年的版本作過大幅度的修訂。

11 她丈夫名下的財產——英格蘭已婚婦女的法律權，早自十一世紀諾曼征服的時代起，便依「從夫理論」（coverture）變成丈夫名下的附屬品，幾乎等於沒有一點法律權。倒是未婚女性在英格蘭擁有的法律權比歐陸要多。一二一五年的《大憲章》（*Magna Carta*）和一六八九年的《權利法案》（*Bill of Rights*），都讓女性享有歐陸神聖羅馬帝國禁止的法律權。伊麗莎白一世的時代，單身女性還享有繼承財產、賺取財物等權利，和單身或是已婚男性差不多。只是，這些權利卻在結婚之後便被剝奪。這樣的情況要到十九世紀後葉因財產法修訂才告扭轉。

12 板油（suet）——牛、羊腰部、腎臟一帶比較厚實

在歷史學家所見的諸般史事流變當中與聞其一。即使是閒聞軼事的劄記，也遍尋不著她的身影。奧伯瑞幾乎從沒提過她❖[13]。她又從來不寫自傳，不怎麼寫日記，傳世的書信也寥寥無幾。她沒留下劇作或是詩集供後人評斷。我想呢，我們需要的就是蒐集大量資料——在紐能或葛頓是不是有高材生願意代勞呢？像她嫁人的年紀是多大？她一般生幾個孩子？她住的房子是什麼樣子？能有自己的房間嗎？她自己下廚嗎？有傭人嗎？這些資料全都在某處地方，或許就在教區名冊❖[14]、帳冊裡面。伊麗莎白時代女性一般的生活狀況一定就散落在某些地方，一定有人可以找出來筆之成書。這想法未免太龐大了；我在架上四處搜尋不會出現在架上的書，心想，我膽子再大，也不好去向著名學府的學生提議要她們重寫歷史吧。雖然我是要承認，現下的歷史書看起來老是有一點怪怪的，失真，偏頗；話雖如此，她們去寫一份歷史補遺又有何妨呢？當然拈個不起眼的書名就好吧，這樣，女性在歷史中的角色就不至於顯得唐突了。我們不常在偉人的生平事略瞥見她們的身影，只是倏地便閃進背景裡去；我有時想那身影說不定還偷偷眨一下眼睛或是悄然輕笑一聲，甚至，掩蓋掉一滴清淚。畢竟珍・奧斯汀的生平我們知道的已經夠多了❖[15]，喬安娜・貝利寫的悲劇作品對艾倫坡❖[16]的影響，似乎也毋須再多費心。至於我自己，瑪麗・密特福生前住過

的脂肪硬塊，常用於油炸、製作油酥糕點，或是英國人的耶誕布丁。

13 奧伯瑞（Aubrey）——約翰・奧伯瑞（John Aubrey, 1626-1697），英格蘭的古文物專家、作家，以他爲時人撰寫傳記小品集成《人物小傳》（*Brief Lives*）而留名後世。

14 教區名冊（parish register）—— 英國教區的教會通常會造冊登錄宗教儀式、教會財產、教區大事、教區會眾受洗、結婚、生育、逝世等等紀錄，依法一般也要提供一份檔案給政府保存。

15 珍・奧斯汀的生平史料雖然傳世不多，但是迄至一九二八年，珍・奧斯汀的相關傳記、事略可見的有：

珍・奧斯汀的哥哥亨利・奧斯汀（Henry Austen, 1771-1850）寫的〈作者生平事略〉（A Biographical Notice of the Author），收錄在一八一七年他爲過世的妹妹安排出版的《勸說》和《諾桑覺寺》。

《珍・奧斯汀記事》（*A Memoir of Jane Austen*），由珍・奧斯汀的外甥詹姆斯・奧斯汀—李（James Edward Austen-Leigh）出版於一八六九年。

《珍・奧斯汀其人其文》（*Jane Austen and Her Works*），莎拉・泰勒（Sarah Tytler）編著，出版於一八八〇年。

《珍・奧斯汀的一生》（*The Story of Jane Austen's Life*），奧斯卡・亞當斯（Oscar Fay Adams）編著，出版於一八九一年。

《珍・奧斯汀傳》（*Jane Austen*），瑪格麗特・薩克維爾仕女（Lady Margaret Sackville）編著，出版於一九一二年。

珍・奧斯汀和姊姊卡珊德拉（Cassanddra Elizabeth Austen, 1773-1845）來往的書信也由親戚愛德華・奈許勃爾—休格森（Edward Hugessen Knatchbull-Hugessen）編纂，第一卷於在一八八四年出版。

16 喬安娜・貝利（Joanna Baillie, 1762-1851）——出身蘇格蘭的女詩人、劇作家，戲劇作品生前廣受好評，於生前是當世寥寥幾位建立起文名的女作家，但卻是以詩集《即興詩鈔》（*Fugitive Verses*, 1790）還有文壇的交遊知名於後世。她的戲劇作品有幾齣的故事悽慘悲涼，論者舉以爲哥德（Gothic）小說的濫觴，影響及於日後的哥德派作家如英格蘭的瑪麗・雪萊（Mary Shelley）、美國的艾倫坡（Edgar

或是流連的地方，要是被封起來起碼一百年不准大眾接近，我才不在乎❖17。可是，我覺得最為可歎的呢，我再看看書架繼續想，便是我們對十八世紀以前的女性生活一無所知。我在腦海裡怎樣也找不出有什麼可以當作例子來這樣或是那樣翻案的。所以，我就要問了，爲什麼女性在伊麗莎白時代不寫詩呢？我也不太清楚她們的教育情況；不太清楚她們是不是讀書認字，是不是有自己的起居室；她們有多少人在二十一歲之前已經生了孩子？❖18總而言之，就是她們從早上八點到晚上八點的日子是怎麼過的。她們沒有錢，這一點顯而易見；而且，依崔佛連教授的說法，不管她們的意願如何，她們在連奶媽都還沒辦法完全扔下的時候，就早早由父母決定該嫁誰了；很可能才十五、六歲而已。所以，即使依這裡的說法，我還是要斷言她們有誰要是居然寫出了莎士比亞的戲劇，那包準是絕頂的怪事。這時我也想起了那位老先生，他現在已不在人世，是個主教吧我想。他就公開表示過，女性，不論過去、現在、未來，絕對不可能有誰能有莎士比亞的天才的。他是在報紙投書提出這說法的。他也曾經在有女士向他請益的時候說，貓咪確實是上不了天堂的，還補充說貓咪雖然也算有靈魂。那些老先生啊，費了多大的心思在拯救世人！人類無知的領域在他們步步進逼之下，縮減了多少啊！貓咪當然上不了天堂。女人當然寫不出莎士比亞的戲劇。

就算是這樣好了，看著架上的莎士比亞作品，我還是禁不住要想那主教至少說對了一件事：在莎士比亞那時代，女人是眞的寫不出莎士比亞那樣的作品，絕對如此，不會有別的。既然事實那麼難找，那就想像一下好了，像是，莎士比亞要是有個天才洋溢的妹妹，如何？嗯，就叫茱蒂斯好了❖[19]。莎士比亞本人小時候很可能是上過學的——他母親繼承了不少財產——在學校裡說不定學過拉丁文——像是奧維德、維吉爾、賀拉斯等人的作品❖[20]——也學些基本的文法和邏輯。他性子很野，這一點大家都知道；會偷抓人家的兔

Allan Poe, 1809-1849）、英格蘭的夏綠蒂・戴徹（Charlotte Dacre, 1771-1832）、美國的查理・布朗（Charles Brockden Brown, 1771-1810）等多人。

17 十九世紀英格蘭興起一股文學朝聖旅遊熱，遊客到處走訪文人故居、尋訪生前足跡，附庸風雅，作家也循此路線紛紛跟進寫作，吳爾芙對此頗不以爲然，一九一〇年針對女作家艾莉斯・查德威克（Ellis Chadwick）寫的蓋斯柯夫人傳記《蓋斯柯夫人：故居，足跡，事蹟》（*Mrs. Gaskell:Haunts,Homes and Stories*），發表過一篇評論，略有針砭。後來查德威克又再拿密特福寫了類似的作品。

18 英國法律以二十一歲爲成年，所以，這說的是未能成年便須兒育女。

19 茱蒂斯（Judith）——莎士比亞沒有妹妹，倒是有女兒就叫茱蒂斯（Judith Quinney Shakespeare, 1585-1662），和莎士比亞的兒子漢奈特（Hamnet, 1585-1596）是孿生子。

20 奧維德（Ovid, 43 BC-17 AD）、維吉爾（Virgil, 70-19

子，說不定還殺過人家養的鹿；而且，可能還沒到成家的年紀，就早早娶了家附近的女子爲妻，而該女子婚後也在不該生得出來孩子的時候就生出來了孩子。結果這樣一時放浪，害得他只好遠走高飛，到倫敦去碰運氣了[21]。而他呢，看來是對演戲情有獨鍾，跑到戲院後台門口去幫人家牽馬。沒多久，就在戲院裡弄到了份差事，嶄露頭角，成爲紅牌演員，生活在世界的中心，可以看見各式各樣的人物，可以認識各式各樣的人物，有舞台供他施展天分，有街頭供他磨練才智，甚至連女王的皇宮他都進得去[22]。於此同時，我們再想一下，他那天才洋溢的妹妹卻一直待在家裡。她一樣性好冒險，一樣有豐沛的想像力、一樣迫不及待要一探世界，絕不下於莎士比亞。但她沒法兒上學，她沒機會學文法和邏輯，更別談什麼賀拉斯還是維吉爾了。她在家裡偶爾也會找書來讀，可能就是去翻她哥哥的書吧，拿來讀上幾頁。但這時就見她父母跑來要她去補襪子、去看灶上燉的湯，別拿書啊紙的混日子。他們說話雖然不留情面但還算溫和，因爲，他們是實在的人，知道女性的生活環境也眞心鍾愛女兒——說實在的，她父親說不定還把她當掌上明珠小心呵護呢。她搞不好會躲在堆蘋果的閣樓裡偷偷寫上幾頁，但要小心藏好，要不就放火燒掉。不過，沒多久，才十幾歲的年紀，她就被家人許配給了住家附近那位羊毛商的兒子。她哭鬧不從，說她討厭結婚，結果被她父親痛打一頓。之後父親不再罵她，反而哀求女兒不要害他，不要在婚

姻大事上面丟他的臉。他還說會給她買一串珠鍊或一件漂亮的襯裙，說時眼裡泛出了淚光。這教她怎麼違抗呢？這教她怎麼好去傷他的心呢？但是，單就她的才氣就由不得她。夏日一天晚上，她收拾了個小行囊，垂了一條繩子就逃家到倫敦去了。那時她還沒滿十七歲。樹籬上歡唱的小鳥，音韻的天賦比起她來都顯得遜色。她於文字聲韻的才思敏捷非凡，和她哥哥絕對不相上下。她也和哥哥一樣，對戲劇情有獨鍾。她站到戲院後台門口跟人說

BC）、賀拉斯（Horace, 65-8 BC），三人皆為古羅馬時代的著名詩人。

21 莎士比亞出身的家庭算是不錯，父親是小市議員、小商人，母親出身地主農家。年方十八就娶了二十五、六歲的女子安．海瑟威（Anne Hathaway, 1555/56-1623），婚後六個月就生下長女，兩年後（一五八五年）再生下茱蒂斯和漢奈特這一對雙胞胎。漢奈特十一歲時早夭。莎士比亞的生平紀錄在雙胞胎誕生之後就中斷了，直到一五九二年才又在倫敦一家戲院看到他的身影。關於這段行蹤不明的歲月有一些傳說傳世，吳爾芙文中偷偷獵鹿的軼事，是幫莎士比亞作傳的第一人，尼可拉斯．羅伊（Nicholas Rowe, 1674-1718），記載下來的傳聞（*The Works of Mr William Shakespear*, Rowe edition, Volume 1, 1709），因而有一些人認為莎士比亞是因為偷鹿的關係，不得已而離家背井去闖天下。偷鹿的軼事到了十九世紀還有人以之入畫。

22 伊麗莎白一世極愛看戲，會要戲班子進宮演戲給她看，一六五四年十二月莎士比亞就和多位演員一起到格林威治（Greenwich）的皇宮在女王御前演出了兩齣喜劇。

她要演戲。男人聽了，一個個當面訕笑。戲院經理——一個口沒遮攔的胖子——還捧腹大笑，嚷嚷些什麼貴賓狗跳舞和女人家演戲的話[23]！他說沒有女人當得成演員的。他還給了暗示——對這各位心裡有數吧。她沒機會磨練才華。她是不是甚至得到小酒館去混飯吃或夜半在街上晃呢？只是，她滿腹的才華需要以寫作來抒發，需要大量汲取世間男女的生命，汲取她對他們生命的探究。所以，最後！畢竟她太年輕了，那面龐竟然活脫脫就是詩人莎士比亞；同樣的灰色眼睛，同樣隆起的眉毛——後來，尼克．葛林[24]，這位演員兼戲團經理，可憐她；但最後，她發覺自己懷了這位紳士的骨肉，結果——有誰量得出來一顆詩人的心困在女性的身體糾結成一團不得脫身，能鬱積多大的熱力、多猛的狂亂？——到了冬季，一天晚上她自盡身亡，埋骨於一處十字路口；就是現在「大象和城堡」[25]那裡的公車停靠站。

這故事八成就是這樣子的吧；我想在莎士比亞那年頭，女性要是擁有莎士比亞的才華大概就是這樣的下場。不過，就我而言，我倒是同意那位過世主教說的話——假如他還眞是個主教——在莎士比亞那年頭，有女子竟然有莎士比亞那樣的才華，匪夷所思啊。因爲，像莎士比亞那樣的才華，從沒有受過教育、從事體力勞動的下層階級才長不出來。英格蘭的薩克遜人和不列顛人[26]，不可能。放在今天的勞動階級，不可能。所以，那年頭

23 貴賓狗跳舞和女人家演戲——鮑斯威爾在他寫的《約翰遜傳》當中寫過，他跟約翰遜說他在貴格會（Quaker）的禮拜看到女性傳道，約翰遜回答說，「女人家講道就像小狗用後腿走路。走得不好，不過，看見了還是大開眼界便是了。」（a woman's preaching is like a dog's walking on his hinder legs. It is not done well; but you are surprised to find it done at all.）文藝復興時期，女性是不准上戲台演出的，女性的角色一般是由男性或是少男反串，莎士比亞製作的戲劇便是如此。英格蘭大概是在一六六〇年後才開始有女性粉墨登場。

24 尼克·葛林（Nick Greene）——吳爾芙在一九二八年十月出版的《奧蘭多》當中，有人也叫尼克·葛林，在故事裡他先是作家，後來變成文學評論家，一直從文藝復興時代活到現代。至於莎士比亞生前的戲劇同行當中，確實也有人姓葛林，羅伯·葛林（Robert Green, 1558-1592），也寫戲，和莎士比亞的關係算是同行相嫉，曾在自己寫的戲裡對莎士比亞明嘲暗諷。

25 十字路口——依英格蘭的傳統，自殺以及犯案遭到處死的人只能埋在十字路口，以免褻瀆墓地，也有說法是認爲十字路口會把自殺或是處死的人的「惡靈」搞得暈頭轉向，沒辦法找人麻煩。英國在一九六一年通過法案之前，自殺以及自殺未遂都屬犯法。

「大象與城堡」（The Elephant and Castle）——英國歷史悠久的酒館，在泰晤士河南岸，最早叫做「城堡公主」（infanta de Castille，西班牙文），時移事轉之後變成這樣。酒館位在交通極爲繁忙的十字路口，後來於一九〇六年因倫敦地鐵開通設站，交通更加繁忙。酒館名稱指稱的地區開始從十字路口擴大到南華克（Southwark）區一帶，一般簡稱「大象」（the Elephant）。

26 薩克遜人（Saxons）和不列顛人（Britons）——薩克遜人指公元五、六世紀渡海征服英格蘭部分地方的日耳曼部族。不列顛人則是從鐵器時代到中古時代早期一直居住在不列顛群島（British Isles）的凱爾特人（Celts）。

的女人又怎麼可能？依崔佛連教授的看法，那年頭女人的天職，早在還脫不了奶媽照顧的年紀，就由父母強加在她們身上了，也由法律和習俗強制執行。然而，女性當中一定找得到天才；勞動大眾當中也一定找得到天才。偶爾不就有個叫愛蜜莉．勃朗蒂或是羅伯．彭斯❖[27]那樣的人物脫穎而出，證明我們也有這種天才的麼。只是，這樣的天才顯然未曾留下白紙黑字的記載。不過，只要我們讀到有女巫被判處以水刑❖[28]，有女子被魔鬼附身，或有智慧高超的女子在賣草藥，甚至聽人說某位傑出男子也有母親大人，那我想，我們就可以由此追蹤到一位被埋沒的小說家，一位被迫害的詩人，或是一位有口難言、湮沒無聞的珍．奧斯汀❖[29]，一位愛蜜莉 勃朗蒂在荒郊野地撞得頭破血流，或在公路旁邊掃地、割草，被滿肚子才華帶來的痛苦折磨得發狂。我甚至還要大膽一猜，說那寫了好多詩歌卻從來不唱出來的「無名氏」多半都是女的。我想是愛德華．費茲傑羅❖[30]說的吧；他說歌謠和民歌往往都是女性在編、在唱，像輕聲哼給孩子聽，一邊紡紗一邊唱來消遣，或是唱來打發冬季的漫漫長夜，等等。

或許對吧或許錯——誰說得準呢？——但在我看來有一點準錯不了：回頭看一下我編的莎士比亞妹妹故事，教人覺得生在十六世紀的女人要是擁有極高的天賦，不是會發瘋就是會自殺，要不就孤獨一人終老於村子外的小茅屋，半魔，半仙，備受世人懼怕、訕笑。

因爲，不需運用多少心理學的技巧就可以知道，那時的少女若是天賦異稟，想以詩作抒發才情，一定備受旁人牽絆、阻撓，備受內心反向的本能摧折、撕扯，勢必因而斲傷健康和神智。沒有哪個少女可以一人走路到倫敦，站在戲院後台門口，硬是要劇團的經理見一見她，內心卻沒有一絲掙扎、痛苦的；這些，可都是會把人逼瘋的折磨啊——雖然貞節很可

27 羅伯・彭斯（Robert Burns, 1759-1796）——蘇格蘭首屈一指的詩人，他是佃農之子，出身貧困。他雖然也會寫標準英文，但是偏好以蘇格蘭方言寫作，長年蒐集民歌，也爲名曲填詞。

28 水刑——原文ducked，出自ducking stool（浸水刑凳），自中古時代起便開始用到十九世紀初期的刑具，專門用於女犯，犯人綁在特製的木椅上面，吊在池邊或是河岸，由長桿浸入水中再拉起多次。刑罰的目的主要在羞辱，但也可能致死。這種刑罰從中古時代起至十八世紀初期，也專門用來測試女巫嫌疑人，甚至不用刑凳，而是將嫌疑人的右手大拇指綁在左腳大腳趾，腰上繫繩，投人水中，嫌疑人要是下沉，表示不怕基督教的「洗禮」，自然就洗清罪嫌。若否，等於定罪。

29 有口難言、湮沒無聞——英格蘭詩人湯瑪斯・葛雷（Thomas Gray, 1716-1771）膾炙人口的名作，〈鄉間墓園輓歌〉（Elegy Written in a Country Churchyard, 1751）第五十九行，「有口難言、湮沒無聞的彌爾頓長眠於此」（some mute inglorious Milton here may rest）。葛雷是在感歎天分再高也會因爲未受教育而告埋沒。

30 愛德華・費茲傑羅——英格蘭作家、譯者，從波斯原文英譯《魯拜集》（*The Rubaiyat of Omar Khayyam*）。至於吳爾芙指他說歌謠和民歌往往都是女性在編、在唱，目前不知所出。

能只是某些社會因爲不明原因而編造出來的盲目崇拜——但痛苦終歸就是痛苦。貞節在那時候，即使現在依然如此，之於女人的生命有信仰的重要意義；也因此，貞節的觀念重重裹在女性的神經和本能之內，要將之斬斷剝離，攤在陽光下，需要罕見之至的勇氣。在十六世紀那年代，要在倫敦自中自在過活，對於身具詩人、劇作家秉賦的女性而言，等於日日身陷神經緊張、進退維谷的困境，壓力之大，可能早早便將她扼殺。就算她熬過來了，所寫的作品也一定扭曲、畸形，因爲她的想像力備受緊張摧殘已非健全[31]。而且，毋庸置疑，再看看架上沒有一部戲劇作品是女性所寫，我想，就算眞有女性寫了劇本也一定不會署名。以此尋求保護，勢所必然。這是貞節觀念的遺毒在箝制女性，化身爲無名氏以求遮掩，直到十九世紀這麼晚了都還未能掙脫。丘瑞．貝爾、喬治．艾略特、喬治．桑[32]等人全是內心衝突的犧牲品，她們的作品便是明證；雖然化名爲男性，企圖掩人耳目卻事與願違。這樣一來，也等於是在向傳統輸誠；這傳統就算不是另一性別樹立起來的，也是他們大量鼓吹來的——培里克里斯就說，女性最大的榮耀就是無人樂道；但他自己可是別人津津樂道的對象[33]——也就是女性出名可是可鄙的事。隱姓埋名，流竄在她們的血液。遮掩躲藏，依然是盤據心底的需求。即使到了現在，她們對於實至是否隨之名歸，依然不像男性一般注重；而且，一般說來，連走過墓碑或是告示牌都不會有一絲衝動想要把自己

的名字往上面擺，像那些張三李四王二麻子，不就個個聽任本能驅使，一看見漂亮女子甚至一隻狗走過面前，便在心底呢喃：「這狗是我的。」❖[34]當然囉，也未必是狗，我想起了

31 備受緊張摧殘已非健全——英格蘭女演員、作家、記者西西莉．漢彌爾頓（Cicely Mary Hamilton, 1872-1952），也積極參與婦女投票權運動，爲婦女爭取權益。她的著作當中有一本，《以婚姻爲交易》（*Marriage as a Trade*, 1909），剖析女性身受的壓迫，認爲女性的個性和天性，從小到大一路都因外在的要求而遭扭曲、摧折，一生的力氣泰半因此而耗盡。

32 丘瑞．貝爾，喬治．艾略特，喬治．桑——丘瑞．貝爾是夏綠蒂．勃朗蒂的筆名，喬治．艾略特是瑪麗．安．艾凡斯的筆名，喬治．桑（George Sand）是法國名媛歐荷．杜德凡（Amanandine-Aurore-Lucile Dudevant Dupin, 1804-1876）的筆名，她是法國女小說家，著有《魔沼》（*La mare au diable*, 1846）、《鄉間浪人》（*Francois le Champ*, 1848）、《小法黛特》（*La Petite Fadette*, 1849），也以追求婦女解放、和藝文名流的風流韻事而聞名，最有名的是和鋼琴詩人蕭邦（Frédéric Chopin,1810-1849）的一段情。

33 培里克里斯就說，女性最大的榮耀就是無人樂道；但他自己可是別人津津樂道的人——出自史上有名的演講。培里克里斯（Pericles, 495-429 BC）是古雅典著名政治家、軍事家，雅典於他治下，文化和軍事皆臻鼎盛。古雅典的軍人歷史學家，修昔底德（Thucydides, 460/455-c.400 BC），寫下《伯羅奔尼撒戰記》（*History of The Peloponnesian War*），記載戰爭爆發初期，培里克里斯曾在一場雅典陣亡戰士的葬禮上面發表悼辭，對陣亡戰士的遺孀說：「各位此後便是寡婦，假如要我跟妳們談婦德，那就容我歸結到這一句簡單的忠告上來：身爲女性，在天性本有的弱點之外再無其他弱點便是崇高的榮耀，而不淪爲男性品頭論足談論是非的對象，也是榮耀。」

34 張三李四王二麻子——吳爾芙原文作：Alf, Bert or

「國會廣場」、「凱旋大道」和其他什麼大道[35]；也可能是一塊地，或長了一頭鬈曲黑髮的男子[36]。想來身為女性至少還有一大福氣：即使走過非常漂亮的黑人女子身邊，也不會想要去把人家變成英國女人。

所以那樣的女性，深具詩人天賦卻生在十六世紀，會是個不快樂的女性，內心衝突不斷的女性。她生活的環境，她本能的直覺，對於宣洩大腦內的東西所需的心智狀態一概直接沖犯。只是，我這就要問了，最有利於創作的心理狀態又是什麼呢？有誰說得出來這狀態應該要怎樣才可以推動、促成這奇怪的活動呢？這時我翻開《莎士比亞悲劇》一書。舉個例子吧，莎士比亞在寫《李爾王》和《安東尼和克麗奧佩特拉》的時候，心理的狀態是怎樣的呢？應該可以說是古往今來最適於作詩的心理狀態吧。但是，莎士比亞對這卻隻字不提。我們只是不期然巧遇過一句話，說他「從來一行也不改」[37]。藝術家確實一直不說他自己的心理狀態，這情形或許要到十八世紀才見改觀。始作俑者，說不定應該算是盧梭吧[38]。不管怎樣，到了十九世紀，自覺的意識風起雲湧，文人雅士變得習慣要在懺悔錄或自傳裡面描述一下自己的心理狀態。他們的生平事蹟、生前書信，死後也都有人記述、出版。因此，我們雖然不知道莎士比亞寫《李爾王》時的心理狀態，但我們知道卡萊爾寫《法國大革命》時的狀態，知道福樓拜寫《包法利夫人》時的狀態，知道濟慈在以詩心力

Chas，分由A、B、C開頭，故試譯作此。

「這狗是我的」（Ce chien est à moi）——出自法國數學家帕斯卡（Blaise Pascal, 1623-1662）的名著《沉思錄》（*Pensées*）：「這狗是我的。」這幾個窮小孩說，「這是我曬得到太陽的地方。」這一幕，便是篡奪天下疆土的開始。

吳爾芙的夫婿，雷納德．吳爾芙寫的反帝國霸權著作，《帝國暨商業橫行非洲》（*Empire and Commerce in Africa*, 1920），扉頁便以這一句作爲題詞。吳爾芙也參與此書編撰的工作，爲夫婿蒐集了不少資料，對於西方帝國於非洲橫行霸道的惡行惡狀深惡痛絕。

35 「國會廣場」（Parliament Square）——位於倫敦西敏宮（Palace of Westminster：國會大廈）西北邊，廣場除了有大片開曠的綠地、西邊有樹叢之外，還有十具名人塑像。白廈街在廣場北邊，最高法院在廣場西邊，西敏寺（Westminster Abbey）在廣場南邊。「凱旋大道」（Sieges Allee）——位於德國柏林（Berlin）的一條寬敞大道，乃一八九五年由德皇威廉二世下令擴建，峻工於一九〇一年。擴建的大道還另外樹立了許多大理石雕像，極爲冗贅，連德國人民都受不了拿來當笑柄。

36 長了一頭鬈曲黑髮的男子——就是黑人特有的細密鬈髮。

37 從來一行也不改（never blotted a line）——英國作家班．瓊森（Ben Jonson, 1574-1637）在他寫的《木材》（*Timber*）書中，說他記得有幾名演員提過「一件事，當作是誇讚，說莎士比亞寫的東西（不管寫的什麼）從來一行也不改。」

38 盧梭（Jean Jacques Rousseau, 1772-1778）——出身瑞士的哲學家，思想與作品對法國大革命及十九世紀歐洲浪漫主義影響甚大，重要作品有談人民主權、民主政治的《民約論》（*Du Contrat Social*, 1762），談全人教育的《愛彌兒》（*Emile, ou, De l'education*, 1762），至於自剖心路歷程的《懺悔錄》（*Confessions*, 1782-89），則是西方自傳流風的發端。沒寫完的《孤獨遐想》（*Les Rêveries du promeneur solitaire*），也有自傳色彩，渲染濃重的主觀、自省情調。

抗步步進逼的死神以及漠不關心的世人，走過了怎樣一段的心路歷程[39]。

綜觀現代文學作品當中汗牛充棟的內心剖白和自我分析，可以推知非凡的作品問世的過程，往往也是非人的折磨。無事不會打擊作家，抵銷作品問世而且得以保持完整的希望。物質條件一般都在作對。有狗亂叫，有人打擾；要去賺錢；一定把身體搞壞。不止，還有別的打擊教這些痛苦變本加厲，更難負荷，這便是眾所周知：世人冷漠的嘴臉。這世界又沒要誰去寫詩、寫小說、寫歷史的，誰需要這些！這世界才不在乎福樓拜找不找得到切中他意思的字眼兒，也不在乎卡萊爾怎樣字斟句酌在改這、改那。它既然沒想要這些，自然也不想要花錢買這些。所以囉，作家啊，不論是濟慈、福樓拜還是卡萊爾，無不飽嚐形形色色的困擾和打擊，特別是創作力旺盛的年輕時代。因而有詛咒、有苦悶的呼喊，從那些分析、剖白裡傳出來。「偉大的詩人死於痛苦」[40]——便是他們詩歌的重擔。要是歷經萬難終於做出了些許成績，還真是奇蹟，而且，世間恐怕也沒哪一本書問世時的面目，就是孕生時完完整整、絲毫無損的面目。

看著空空的架子，我想，在女性這邊，這些難題絕對要更加艱鉅得不知多少。首先，

39 卡萊爾——湯瑪斯・卡萊爾（Thomas Carlyle, 1795-1881），蘇格蘭學者、作家，名作有《衣裝哲學》（*Sartor Resartus*, 1883-1834）、《法國大革命》（*The French Revolution*, 1837）、《論英雄與英雄崇拜》（*On Heroes, Hero Worship and the Heroic in History*, 1841）。英國作家詹姆斯・佛勞德（James Anthony Froude, 1818- 1894）和卡萊爾私交甚篤，在卡萊爾妻子珍・威爾許（Jane Baillie Welsh, 1801-1866）死後讀了她的日記、信扎，卡萊爾另也把妻子生前的文稿交給了他。卡萊爾過世之後，佛勞德根據他握有的這些私人材料寫下《卡萊爾傳》（*Life of Carlyle*），於一八八二年出版，傳記引述的材料，有不少便是卡萊爾自述寫《法國大革命史》的波折和心情，例如第一部的手稿被彌爾的女傭誤當垃圾拿去燒柴，害他必須從頭再寫一遍；他在寫給友人的信中也曾自述《法國大革命》是「直接從他心頭像怒火一樣直迸出來的」（direct and flamingly from the heart），「是狂放、野蠻的書，從他靈魂迸現，由黑暗、旋風、悲愁孕育而成的」（that is was a wild, savage book that had come out of his soul, born in blackness, whirlwind and sorrow）。福樓拜——福樓拜生前和文友通信頻繁，例如喬治・桑，他在寫《包法利夫人》時的心境、掙扎，也在多篇信函表露無遺。而由信函可知，福樓拜寫作極重視遣辭用字，一改再改，總無寧日。約翰・濟慈（John Keats, 1795-1821）——英格蘭浪漫派詩人，生前除了詩作也留下不少信函，由於生前作品難獲共鳴，多有惡評，他於信函自然不時流露落寞和失意，到了後來病情加劇，自知生命已近末了，他寫的信函以及詩作對於評論家的苛評更難釋懷，不時著墨自遣。

40 「偉大的詩人死於痛苦」（Mighty poets in their misery dead）—— 出自英格蘭浪漫派詩人華滋華斯寫的〈革命暨獨立〉（Revolution and Independence, 1807）第一一六行，這一行指的是湯瑪斯・查特頓（Thomas Chatterton, 1752-1770）和羅伯・彭斯。彭斯出身貧農人家，命運多舛，健康不佳，生命末年不僅早衰，也常陷抑鬱，終至以三十七歲的壯年棄世。查特頓更是出身赤貧，卻勤奮自學，十一歲就開始發表詩作，卻因爲怎樣也無法維持生計，絕望

有自己的房間——還不敢奢望是清靜的房間或是隔音的房間❖[41]，純屬奢談；除非她的父母特別有錢或是特別高貴，這情況即使到了十九世紀初期依然如此。女兒家的零用錢多少得看父親高興，一般只足以供她有衣服蔽體而已；如濟慈、丁尼生或卡萊爾這麼窮的人都還有休養生息的機會，像是遠足旅行，到法國走走，有自己的住處，再簡陋也還可以爲他們擋下家人的需索和壓迫，對女性就明白在禁止之列了。物質生活的困難固然艱苦，但更艱鉅的困難還是在非物質這邊。濟慈、福樓拜還有其他天才都覺得難以抵擋的冷眼，在女性身上可就成了敵視。世人對寫作的男性說的是：好啊，你愛寫就寫，於我無妨。世人對寫作的女性就是哄笑一聲，說：啊！寫作？妳能寫出個什麼名堂！我再看看架上空出來的位置，心想，紐能和葛頓的心理學家或許可以幫一下忙了。現在眞該好好評估一下潑冷水對藝術家的心理有何影響。我就看過一家乳品公司評估普通牛奶和優質牛奶對老鼠身體的影響。他們把兩隻老鼠關的籠子並排擺在一起，一隻長的是萸葸、怯懦、瘦小，另一隻卻油光水亮、大膽、粗壯。所以，我們餵給女性藝術家的東西到底是什麼呢？我問這一句時連帶就想起了，我看大概就是那一頓甜李奶凍的晚餐吧。要回答這問題，只需要翻開晚報看看勃肯海德勳爵又有什麼高見就好——我才不花那力氣去抄勃肯海德勳爵對女性寫作的看法呢❖[42]！英格教長說的話我也放它一邊涼快去也❖[43]。哈雷街上的那些專家愛嚷嚷什麼

之餘，才活到十八歲便服毒自盡。

41 隔音的房間——卡萊爾寫《法國大革命期間》曾經因爲住處的環境太過吵鬧，請人在他寫作的小閣樓加裝隔音設備。

42 勃肯海德勳爵（Lord Birkenhead, 1872-1930）——全名是佛德瑞克・愛德文・史密斯（Frederick Edwin Smith, 1st. Earl of Birkenhead），律師出身的英國保守黨權貴，一九一二至二二年間於勞合・喬治（Lloyd George）首相任內出任「上議院大法官」（Lord Chancellor），一九二四至二八年於鮑德溫首相任內出任「印度大臣」（Secretary of State for India），之後從政壇退休，出任亞伯丁大學（Aberdeen University）校長。他於政壇和時任下議院自由黨議員的溫斯頓・邱吉爾私交不錯，兩人還在一九一一年一起成立聯誼會，「異己俱樂部」（The Other Club），兩人也跨黨派一起反對給與女性投票權。勃肯海德不僅反對女性投票權，也堅決反對女性參政，他私生活卻是放浪奢華，以獵豔高手聞名當世，自己也引以爲豪。

據《泰晤士報》刊載，一九二八年三月十四日勃肯海德勳爵獲邀在「作家俱樂部」（Author's Club）的仕女餐會上面演講，哀歎「講起來還眞是難得一見的事，縱觀世界，古往今來，女性的文學成就足以傲世的，寥寥可數。我們這國家是有不少出眾的女性作家，但是論傑出，怎麼看就是沒辦法和男性相提並論。」「……我不相信〔女性智力低下〕，不過恕我直言，即使莎芙從未吟詩賦歌，聖女貞德從未上過戰場，席頓從未上台演戲，還有喬治・艾略特從沒提筆寫作，人類的幸福、知識、成就幾乎不會改變。」

「作家俱樂部」於當時歷史還不算悠久，由小說家兼評論家華特・貝桑（Walter Besant, 1836-1901）成立於一八九一年，首任會長是小說家喬治・梅瑞迪斯（George Meredith, 1828-1909），繼任的是小說家湯瑪斯・哈代（Thomas Hardy, 1840-1928）。王爾德（Oscar Wilde, 1854-1900）寫的《莎樂美》（*Salome*）被禁，他就在俱樂部召開記者會發言駁斥。左拉（Émile Zola, 1840-1902）、馬克吐溫（Mark Twain, 1835-1910）、吉卜齡（Joseph Rudyard Kipling, 1865-1936）、邱吉爾、T・S・艾略特、柯南・道爾（Conan

都隨便去吧，反正回音也只在哈雷街上，我頭上的頭髮可連一根也不會動[44]。不過，我倒是要引述一下奧斯卡·布朗寧先生的看法，因爲奧斯卡·布朗寧先生曾是劍橋大學的大人物，也曾爲葛頓和紐能學院的學生辦過考試。奧斯卡·布朗寧先生常說，「不管哪一批考卷看過之後，他的印象都是不管他給的分數是多少，女性的智慧再高也比不上男性最低的那位。」布朗寧先生說完之後便轉身回房——倒是之後的事情讓他變得可親了起來，襯得他有些許分量、有些許威嚴、人模人樣——因爲他回房去之後，發現有個馬僮躺在他房裡的沙發上——「骨瘦如柴，雙頰深陷，臉上蠟黃，牙齒泛黑，神態慵懶，四體不勤……〔布朗寧先生說〕『是亞瑟』。『眞可愛的孩子，心地最高尚了。』」[45]我老覺得這兩幅畫面像是一體之兩面。也幸好在我們自傳風行的這年代，這兩幅畫面還眞是一體之兩面，讓我們在闡釋偉人的話時，除了聽其言之外，也要觀其行。

雖然現在是做得到了；但是，這類的話要從大人物嘴裡吐出來，就算是五十年前，也一定像千鈞重擔。想想看有作父親的秉持最崇高的愛心，不願女兒離家去當作家、畫家或是學者什麼的。他就會對女兒說，「妳聽聽奧斯卡·布朗寧先生說的話吧。」而且，還不止奧斯卡·布朗寧先生；還有那《星期六評論》；還有那葛列格先生——葛列格先生不就曾經說得義正詞嚴，「女性存在的根本，就在於女性是由男性扶養，女性必須侍候男

Doyle, 1859-1930）都曾經獲邀演講。

43 英格教長——威廉・英格（William Ralph Inge, 1860-1954），英國聖公會教士、作家，聖保羅大教堂的「教長」（dean），也是劍橋大學的神學教授，鑽研古代哲學，以悲觀主義聞名。他認爲人類生而不會平等，女性依先天的條件，生活的領域本來就會比男性狹隘，女性天生就不會關心政治，也搞不懂政治，沒有資格從政，因而堅決反對女性投票權，反對女性參政。

44 哈雷街（Harley Street）——名醫薈萃倫敦的名人巷，吳爾芙的小說《戴洛維夫人》當中的醫師布德蕭（Dr. Bradshow）便在那裡執業，而吳爾芙筆下的這位醫師，是有她的親身經驗爲藍本的。吳爾芙的精神病醫師，便是哈雷街首屈一指的神經專家。喬治・賽維奇（George Savage, 1842-1921）醫師是吳爾芙父親的朋友，於英格蘭精神醫學地位顯赫，歷任要職，後來離開公職，自行開業，病人以上流社會爲主。一九〇四年吳爾芙因父親過世精神崩潰，便由賽維奇診斷爲生理性的精神病，判定可能是從父親家族那邊遺傳來的，再加上吳爾芙好學深思的性格而更嚴重。他曾公然表示，屬於弱者的那一性別（女性）不應該讀書，因爲對女性沒有用處，還說女孩子在家自學，像吳爾芙那樣，自己一人會胡思亂想，也就容易精神失常。對於女性從事醫學專門行業，他自然更是極力反對。吳爾芙此番精神失常自殺未遂，由他治療，一度送進精神病院，依當時流行的療法還不得閱讀、寫作，說不定還不得接見親友，只能略略寫幾封信，吳爾芙在寫給友人的幾封信中，數度提及賽維奇作風獨裁、兇悍，療程也頗爲痛苦。

45 奧斯卡・布朗寧（Oscar Browning, 1837-1923）——英國歷史學家，教育改革家，是劍橋國王學院的院士，劍橋大學師範學院（Day Training College）創辦人之一，一八九一至一九〇九年任該學院院長。吳爾芙文中所述，出自布朗寧外甥渥森（H. E. Wortham）爲他寫的傳記《維多利亞時代的伊頓和劍橋：奧斯卡布朗寧的生平暨時代》（*Victorian Eton and Cambridge: Being the Life and Times of Oscar Browning*, 1927）。

性」[46]——大男人路線的意見多得不可勝數，總之就是認定女性的智能概不足觀。即使她的父親沒將這樣的看法明說出來，女孩兒家自己也會心領神會。而領會出這樣的含義，即使已到了十九世紀，也還是會教她元氣大傷，對她做的事情有深遠的影響。生活裡無處不見這樣的斷語——這妳不能做，那妳做不來——在在需要去反抗，在在需要去克服。或許在小說家身上，這樣的害菌已無用武之地；因爲我們已經有不少優秀的女性小說家。但對於畫家，就一定還是帶刺；至於音樂家呢，我想這害菌在這時候的活性、毒性依然強大之至。現今女性作曲家的處境跟莎士比亞那時代的女演員處境一樣。我想起了那位尼克．葛林，也就是我編的那位莎士比亞妹妹的故事，說過他一看女人演戲，腦子裡就冒出了小狗跳舞的情景。約翰遜兩百年後講起女性傳教時，又套用了這樣的說法。而我說，現在呢，打開一本談音樂的書，就看見同樣的句子在這一年，耶穌紀元[47]一九二八年，又用來描述想作曲的女性了。「關於這位潔蔓．泰伊費爾小姐，我們只能再將約翰遜博士當年說女性傳教的用語，轉用到音樂再說一遍。『先生啊，女性作曲，就像小狗用後腿走路一樣，走得不好，不過，看到了還是大開眼界便是了。』」[48]所以，歷史確實是會重演！

就這樣，我拋開奧斯卡．布朗寧先生的生平，再把其他也全都推開，下了個結論：顯然，即使到了十九世紀，女性要當藝術家可不是被潑冷水而已，還反會被拋白眼、打耳

光、要聽別人說教兼規勸。所以，她的腦神經一定繃得緊緊的，元氣一定大傷，因爲，她時時刻刻都得對抗這個、反抗那個。說到這裡，我們就又觸及那非常有趣、但又非常模糊

46 葛列格先生——指英格蘭散文作家威廉・葛列格（William Rathbone Greg, 1809-1891），寫過幾本政治、社會哲學作品。
吳爾芙指他說：「女性存在的根本，就在於女性是由男性扶養，女性必須侍候男性」（essenteials of a woman's being are that they are supported by, and they minister to, men），出自他一八六二年的文章，〈何以女性會是多餘？〉（Why Are Women Redundant?），葛列格這一句話的重點在說明女僕絕非多餘的女性，「對於我要努力解決的這問題（女性多餘），絕對和女僕沒有關係（有也非常小）。女僕怎麼說也不會多餘……總而言之，女僕履行女性存在的兩大根本：由男性扶養，侍候男性。我們怎樣也少不了她們。」只是「少不了她們」的原因惹惱了吳爾芙。

47 耶穌紀元（year of grace）——雖然一般中譯都作「公元」，然而這一詞的用法起自基督教，以耶穌基督誕生起算，是爲grace（恩典），由於直接譯作「公元」恐怕抹煞吳爾芙於此點明grace（恩典）作反諷，故試作「耶穌紀元」。

48 （原註5）《當代音樂概述》（*A Survey of Contemporary Music*），西塞爾・葛雷，頁二四六。
譯註：西塞爾・葛雷（Cecil Gray, 1895-1951）——蘇格蘭作曲家、樂評家，他譏諷的潔蔓・泰伊費爾小姐（Mlle. Germaine Tailleferre, 1392-1983）是法國女作曲家，一九二〇年代活躍巴黎古典樂壇的作曲家「法國六人團」（Les Six）中唯一的女性，交遊廣闊，來往的藝文名流包括音樂界的史特拉汶斯基（Igor Stravinsky, 1882-1971）、拉威爾（Maurice Ravel, 1875-1937），舞蹈界的狄亞吉列夫（Sergei Diaghilev,

的大男人情結了；這情結對女權運動有太多的影響；而這一股深埋的慾念，要的未必是女性一定要比男性弱，反倒是男性　定要比女性強；搞得舉目所見到處硬插進這樣一個人影擋路，不僅擋在藝術跟前，也擋在從政的路上❖[49]；即使危險在他小之又小，還擺出了謙卑、忠誠的哀求姿態，他們依然故我。所以，我記得，貝斯布羅伯爵夫人縱使對政治懷抱滿腔熱血，卻也不得不低頭，去信葛蘭維爾勳爵說，「儘管我對政治極為熱衷，也講過那麼多政治方面的事，但我完全同意你們的看法，女性是不該插手政治或其他嚴肅的事務，遑論發表意見（就算是旁人請教也一樣）。」所以，接下來她把滿腔熱血轉了個方向，灑在一件無比重要的事上：葛蘭維爾勳爵進入下議院的第一次演講，在這上面倒是沒有障礙了。❖[50]這鬧劇眞是再奇怪不過了，我想，男性反對女性解放的歷史，恐怕比女性追求

1872-1929）、美術界的畢卡索（Pablc Picasso, 1881-1973），等等。

49 勃肯海德勳爵於上議院大法官任內，雖然依照政府政策推動法案給與女性投票權，但在一九二〇年代遇到女性參政卻百般阻撓，一心一意就是要將女性擋在國會的大門外面。他雖然曾經自清，說他從來未曾歧視女性智力低下，也力讚沒有女性人類就會消失。但又馬上說，「若非千百年來女性善盡婦職，人類這物種根本無由存在，激發人類生命最溫柔、最聖潔的力量也會消失。我縱使對此深信不疑，卻

覺得這些力量都因爲女性擅闖政治重地，而遭嚴重破壞。」

當時貴族出身的隆達女爵（Lady Rhondda, 1883-1953），除了事業經營有成，也自一九〇八年起便積極投身女權運動，而且行事激烈，還因此一度入獄。她在父親於一九一八年過世之後，繼承家族的子爵爵位。要是她是男性，馬上順理成章便可繼踵父親坐進上議院，但卻無法如願。雖然英國國會於一九一九年通過《（廢除）性別不平等法案》，明文指陳女性不得因性別或是婚姻而被剝奪出任公職的權利，也就表示女性應該有權出任民意代表。勃肯海德卻領頭堅決反對隆達女爵進入國會。待上議院的「特權委員會」（Lords Committee for Privileges）裁定她依法可以繼承席位，送到時任上議院大法官的勃肯海德勳爵手中，馬上就被他拿細節吹毛求疵一番硬是退了回去。迄至隆達女爵過世，英國國會雖然屢屢推出法案准許女性進入國會，卻一直未能通過成眞。直到在一九五八年英國才正式通過法案，准許女性取得上議院席位。隆達女爵生前一直未能繼任的席位，也要一直等到一九六三年才終於有人繼任。

50 貝斯布羅伯爵夫人（Lady Bessborough）——原名亨莉耶妲・史賓賽（Herientta Frances Spencer, 1761-1821），出身貴族人家，嫁進貴族人家。姊姊也是史上赫赫有名、常陷醜聞、物議的美人，喬吉安娜・史賓賽（Georgiana Spencer, 1757-1806），德文郡公爵夫人。亨莉耶妲因爲家世的關係，於當時的政界交遊廣闊，依時人所述，亨莉耶妲聰慧狡黠，對時政、時人都有犀利的洞察力，也對政治有很大的興趣，和姊姊都曾不顧時局禮法，拋頭露面爲國會議員候選人掃街拉票。亨莉耶妲的婚姻是政治聯姻，婚後和夫婿同有好賭的惡習，不僅關係不睦，還不時因爲賭債而搞得焦頭爛額。亨莉耶妲一生多次外遇，小她十二歲的葛蘭維爾勳爵（Lord Granville Leveson-Gower, 1773-1846）只是其一。兩人是一七九四年在義大利的那不勒斯相遇，之後不倫的關係長達十多年，迄至一八〇九年勳爵經由亨莉耶妲牽線，迎娶亨莉耶妲姊姊喬吉安娜的女兒方才告終。期間亨莉耶妲和葛蘭維爾勳爵育有兩名私生子女，冠以葛蘭維爾勳爵母親娘家的貴族姓氏，

解放的歷史還要精采。葛頓或是紐能的學生裡面要是有人願意蒐集資料，歸納結論，絕對寫得出趣味橫生的書來——但她也一定要戴上厚手套、準備好棍子，因爲有純良眞金如她需要好好保護。

不過，拋開貝斯布羅夫人，我又想起這些事情我們現在看起來不禁莞爾，但想當年的人做起來可是激切絕望的啊。現在剪貼成冊的這些意見，標題是可以叫做「公雞發酒瘋」❖[51]沒錯，保存下來，夏日清夜可以拿來讀給挑選過的賓客聽；但想當年，我敢跟各位保證，可是有人潸然淚下的啊。各位的祖母、曾祖母她們絕對有許多是以淚洗面的。佛羅倫斯．南丁格爾便曾因爲痛苦掙扎而放聲尖叫❖[52]。還有，想來各位有辦法進大學唸書，有自己的起居室——或者僅僅是臥室兼起居室？——自然大可表示：眞是天才不就該將這樣的說法置之度外？天才不就應該要有不計毀譽的氣魄嗎？只是啊，眞不巧，這天才不論

斯圖亞特（Stuart）。吳爾芙文中引述，出自亨莉耶妲一七九八年寫給葛蘭維爾勳爵的兩封信。葛蘭維爾勳爵生前留下大量書信，於一九一六年由其媳婦卡絲妲利亞（Castalia Countess Granville, 1847-1938）整理出版爲兩大冊的《葛蘭維爾勳爵私人書信集》（*Lord Granville Leveson Gower (First Earl Granville) Private Correspondence 1781 to 1821, Vol. I and II*），收錄不少亨莉耶妲寫給葛蘭維

爾勳爵的私人信函。此書信集連同亨莉耶妲本人的書信集，都是英國攝政時期重要的政治、社會史料。亨莉耶妲先於一七九八年八月覆信勳爵，針對勳爵先前說要帶男性政界友人去看她的事表示歡迎，但也說勳爵和友人談起正（政）事的時候，勳爵最好不要讓她在場，要不然勳爵的友人會對勳爵不滿甚至鄙夷，因爲「儘管我對政治極爲熱衷，……不該插手政治或其他嚴肅的事務，遑論發表意見（就算是旁人請教也一樣）。」

關於葛蘭維爾勳爵在下議院第一次公開演講一事，則是之後於同年十一月，亨莉耶妲去信勳爵，洋洋灑灑指點公爵怎樣撰寫政治演講的講稿。勳爵雖然在一七九五年便已進入下議院，但一直迴避公開演講。亨莉耶妲針對勳爵的心理障礙提出針砭，也列出一些要點供勳爵參考。前述亨莉耶妲婉拒相見的男性政界友人，也就是特地要協助勳爵在下議院演講，勳爵才想要帶他一起去找亨莉耶妲的。

51

公雞發酒瘋（cock a doodledum）——吳爾芙略改自英格蘭兒歌 Cock-a-doodle-doo，時代可回上溯到十七世紀初期，一七六五年的《鵝媽媽歌謠》（*Mother Goose's Melody*）首次記載下完整的版本，到了十九世紀中葉更爲流行，版本也變出比較多的花樣。

Cock-a-doodle-doo 於兒歌當中是在模仿公雞的叫聲，然而 cock 一字的俚俗用法也可以指稱男子性器官。doodle，有塗鴉意，dum，有大醉、笨蛋的意思，於吳爾芙筆下加起來，意思不言可喻，故試譯作「公雞發酒瘋」。

52

（原註6）參見《卡珊德拉》（*Cassandra*）**，佛羅倫斯·南丁格爾著，收錄於《志業》，瑞·史崔奇著。**

譯註：佛羅倫斯·南丁格爾（Florence Nightingale, 1820-1910）——女性投入護理工作的先驅，近代護理學和護士教育創始人。出身僑居義大利佛羅倫斯的英國上流富家，因爲出生於佛羅倫斯，故父母以之爲女兒取名。早年遊歷歐洲各地，行走遠達希臘、埃及，於日爾曼地區的見聞激勵她投身護理工作。回英國後於一八五三年開始在護理之家擔任主管。一八五四年，正逢克里米亞戰爭（Crimean War, 1853-1856）爆發，她率領護理人員遠赴前線照顧傷患，開啓了她爲現代護理披荊斬棘之路。

男女，偏偏就是最最計較毀譽的人。記不記得濟慈？記不記得他墓碑上刻的字❖[53]？想想丁尼生❖[54]；想想——再不甘心也得承認這樣的事情雖然不幸，畢竟也是不爭的事實，我就不必再堆砌其他的例子來說明了吧：反正，藝術家天生就愛計較毀譽計較得緊呢。文獻裡不就到處可見計較毀譽到不合情理的人，留給後世的殘形遺骸嗎？

再回到了之前的問題：最有利於創造的心理狀態是什麼？這時，我想這種瞻前顧後的心態可就加倍不幸了；因爲，藝術家若要克服創作的艱辛考驗，將腦中孕育的一切釋放出來，完整透徹，那他心裡的那一把火就一定要燒到燦爛白熱才行；就像莎士比亞那樣吧。我驀地想起了他，看著我面前的書正翻到《安東尼和克麗奧佩特拉》。他的心一定了無罣礙，外在的塵埃無一未曾化除。

因爲，就算我們說我們對莎士比亞的心理狀態一無所知，這樣子還是等於在說莎士比亞的心理狀態。我們之所以對莎士比亞所知不多——比起鄧恩、班·瓊森或彌爾頓是這樣沒錯❖[55]——大概就是因爲他就算有忌恨、有怨懟、有憎惡，也一概藏著沒教人知道。我

南丁格爾在一八五〇年至一八五二年間寫下不少文章，集結成爲三冊，標題爲《追求宗教眞理的思索提議》（*Suggestions for Thought to Searchers after Religious Truth*），從未出版，但有一部分被瑞·史崔奇收錄

在她爲女權運動編著的《志業》當中，標題更換爲《卡珊德拉》。《卡珊德拉》以南丁格爾對母親、姊姊的生活觀察出發，抗議女性即使有良好的教育，也依然要按照社會的成規，謹守女性溫柔嫻淑的標準，而將女性從柔弱逼得幾近乎無能又無力，堪稱女權運動的先驅之作。

53 濟慈墓碑上面刻的字——濟慈於他生前自知來日無多的時候，便已自擬了墓碑題字爲：「此處安息之人，名字寫於水中」（Here lies One Whose Name was writ in Water），但如今看到的卻是：「墓中安葬人間凡軀，乃英格蘭一介年輕詩人，臨終病榻猶自悲苦，宿敵惡念快意欺壓，兀自希望墓碑鐫此：此處安息之人，名字寫於水中」。多出來的字句是他的兩位朋友，一個是照顧他至離世未曾離棄的好友畫家約瑟夫・塞文（Joseph Severn, 1793-1879），另一個是他的知交，查爾斯・布朗（Charles Armitage Brown, 1787-1842），兩人因爲好友英年早逝，哀痛逾恆，也感慨濟慈生前失意於文壇，備受譏評打擊，因而自作主張加上一些字替濟慈打抱不平，不過日後兩人也頗懊悔，自承不應如此。

54 丁尼生雖然貴爲英國的桂冠詩人，不等於一路春風得意，聲名鵲起也有暴跌之時，例如他以克里米亞戰爭入詩的名作，〈輕騎兵衝鋒陷陣〉（The Charge of the Light Brigade, 1854），還有前文吳爾芙引用過的〈摩德〉（1855），發表之後都因爲戰事、政治的牽扯，喜愛者有之，痛惡者有之，惡評如潮不輸佳評，丁尼生對此也未能以平常心看待，或是反脣相譏，或是暗自神傷。在這之前，一八三三年他便慘遭一名評論家克洛克（John Wilson Croker, 1780-1857）的毒手，將他比擬作濟慈，而濟慈在一八一八年早就先一步被克洛克批得體無完膚。吳爾芙在一九三九年曾在一篇評論（Lockhart's Criticism, 1931）當中寫過，「敏感的丁尼生」（the sensitive Tennyson）不僅會應評論人的要求而更改詩句，甚至還因爲惡評而考慮去國離鄉；吳爾芙同樣痛斥洛克哈特（John Gibson Lockhart, 1794-1854）對濟慈的譏評，指他形同捏熄了英國文學永恆之光。

55 鄧恩（Donne）——約翰・鄧恩（John Donne, 1572-1630），英國聖公會教士、詩人，與莎士比亞同一時代。

們不會被作品裡無端洩露出來的「天機」扣住，提醒我們別忘了作者其人。就算有事要抗議、有話要宣揚、有苦要訴、有仇要報、有艱難困苦要舉世爲之作見證，他也全部將之投射出去，燃燒盡淨。所以，他的詩全是從了無罣礙的心裡自由流瀉出來的。若是說古往今來有誰眞正能將腦中的創作完完整整形諸於外，此其人也，非莎士比亞莫屬。若是說古往今來有誰的心燃燒到了燦爛白熱，燒去了一切迷障，我再瞥一眼書架，心想，一樣也是非莎士比亞的心靈莫屬。

Chapter

4

圖書館要鎖你就鎖，但是我的大腦可沒有門，沒有鎖，沒有門，沒有任何東西可以讓你箝制我心靈的自由。

所以，想在十六世紀找到女性能有那樣的心理狀態，顯而易見等於水中撈月。只需想想伊麗莎白時代有那麼多墓碑都有小孩子跪著合掌祈禱❖[1]，想想他們怎麼那麼早死，看看他們黝暗、壅塞的房間，就可以明瞭在那年代是沒有女性寫得出來詩的。唯一能期待的大概就是再多等一陣子，看看是不是有哪一位貴冑奇女子膽敢利用她比較自由、比較安逸的條件，具名出版自己的作品，就算被人當作怪物❖[2]也在所不惜。這男人啊，我再說，當然不是勢利鬼，這裡就要特別注意避而不提麗貝卡．魏斯特那「荒唐的女權觀」了；畢竟他們遇到伯爵夫人提筆賦詩，一般還是以共鳴應和爲多。這不可想而知麼，有貴族頭銜的女子在那時代提筆寫作，比起藉藉無名的珍．奧斯汀或是勃朗蒂姊妹，應該更容易得人垂青才是。但我們也想得到她的腦子裡會有不該有的情緒在作怪，像恐懼，像憤恨，在她的詩裡留下搗亂的痕跡。就拿這位溫徹爾席夫人❖[3]作例子好了；我從架上拿下她的詩集。她出生於一六六一年，生於貴族家也嫁入貴族家，終生未育，但是寫詩。只消翻開她的詩集，便可看見她對當時女性的處境難掩憤恨，不得不怒聲說道：

吾等落難至此！未得明君之故，
肇因教育遠大於天生愚魯；

心智進步的追求一概不許
只准遲鈍，只求依順，只須亦步亦趨，
有人敢挾熱切的想像飛揚，凌駕
於眾人之上；志氣必然橫遭摜壓，
反對的派系依然現形，聲勢凌厲，

1 墓碑都有小孩子跪著合掌祈禱——西方早夭孩童的墓地、墓碑常見小天使合掌祈禱的雕像或是浮雕作爲裝飾。

2 瑞·史蒂芬在《志業》當中寫過，「受過良好教育的婦女會被一般人看作是滑稽的怪物，這可不是危言聳聽。」

3 溫徹爾席夫人（Lady Winchilsea）——本名安·芬契（Anne Finch, Countess of Winchilsea, 1661-1720），因爲家人注重女兒的教育，所以一反當時常態，通曉古典經籍、法語、義大利語和聖經。由於出身貴族，婚前曾在英國宮廷服侍，而在宮中和其他侍女一起開始寫詩，因而領教到時人看待女性寫作的嘴臉。幸獲夫婿鼎力支持，成爲英國史上女性出版詩作的拓荒先驅。於藝文界交遊廣闊，波普和斯威夫特便在文友之列。她過世之後，文名湮滅達一世紀，直到華滋華斯於一八一五年撰文推崇，她的作品才重見天日。但是還要再多等近一百年，直到一九〇三年蜜拉·雷諾茲（Myra Reynolds 1853-1936）爲她匯編詩集出版，她的文名才得以確立，傳揚後世，相關評論、文集陸續問世。

鵬飛的嚮往，永遠不敢諸般懼意。❖[4]

顯然，她的心絕非「燒到了燦爛白熱，燒去了一切迷障」；反而備受憤恨、痛苦淩遲、羈絆。人類於她眼中分裂成兩派；男性於她眼中是「反對的派系」，男性是她痛恨、恐懼的對象；因爲男性擁有權勢阻擋她的道路，不讓她做她要做的事——寫作。

唉呀，女性要是膽敢提筆，
便是惡客進犯男性的權利，
放肆狂徒注定難逃如此罪名，
這般大錯，無美德足以抵過滌清。
他們說我們弄錯了性別和正道；
好出身，還有流行舞步服飾嬉鬧，
才是我們應該嚮往的成就；
寫作，或是閱讀思考探究，
遮蔽我們的美貌，虛耗我們的光陰，

打斷青春芳華該有的青睞慇懃，
認為支使僕役操持枯燥的家務，
才是我們才華所在能力所用之處。❖[5]

她確實要給自己打氣，她確實要假設她寫的絕不會出版她才有辦法寫作；所以，她唱出悲歌聊以自慰：

只為寥寥幾位知交唱出傷悲，
畢竟叢叢月桂絕非為妳而栽；

4 出自溫徹爾席夫人詩作〈導言〉（The Introduction），第五十一至五十七行。原本是她爲一七一三年出版的《詩歌雜鈔》（*Miscellany Poems*）所寫的序文，但是並未眞的收錄進詩集一起出版，而改以匿名發表，大概生恐觸犯當時男性主宰的文壇而未敢付梓，改用另一篇戲謔的〈墨丘瑞和大象〉（Mercury and the Elephant）取代。女性寫詩在當時像是擅闖禁地的非法之徒，溫徹爾席夫人便以詩作描述女性詩人的處境，抗議社會對女性的不公不義。

5 〈導言〉（The Introduction），第九至第二十行。吳爾芙原文引述漏掉第十行：such an intruder on the rights of men，中譯補上。

縱使陰影黝暗，汝心得償所愛。[6]

不過，她要是掙脫心中鬱積的憤恨和恐懼，不再滿腹辛酸、怨尤，她體內顯然就有熊熊的火焰燃燒，筆下便不時流瀉精純凝鍊的詩句：

不願在褪色的絲錦繡帷
編織神形盡失的絕世玫瑰。[7]

——這樣的佳句！難怪莫瑞先生[8]會大加讚揚；波普看似還記住了她別的詩句，順手借用一下：

而今長壽花征服軟弱的大腦；
我們苦於芳菲而昏眩伏倒。[9]

只是萬分可惜啊，有女子寫得出這樣的詩句，又性好自然、勤於深思，卻被逼得耽溺

於憤怒和怨恨。但是，我問自己，她又能拿自己怎麼樣呢？想想那譏誚，那訕笑，馬屁精的奉承，還有職業詩人的猜忌吧。她想必是把自己關在鄉間別墅的房間裡偷偷寫詩，說不

6〈導言〉（The Introduction），最後結尾末三行。

7 出自溫徹爾席夫人詩作〈脾性〉（The Spleen），第三節，倒數第五、第四行。
〈脾性〉也收錄在溫徹爾席夫人一七一三年出版的《詩歌雜鈔》當中，但是早在一七〇一年便以匿名發表過了，是溫徹爾席夫人生前最有名的作品，風靡一時，詩中描述了不少憂鬱症的症狀。溫徹爾席夫人生前出入宮廷，因政爭波及備受刁難，夫婿一度入獄，以致罹患嚴重的憂鬱症，糾纏終生未解。

8 莫瑞先生——約翰．莫瑞（John Middleton Murry, 1889-1957），英格蘭文人，出身牛津，寫散文、評論，也編書，縱橫文壇，著作等身，但也得罪多人，雖和布倫斯伯里文化圈人士來往密切，但是吳爾芙的丈夫還是在回憶錄中對他頗有微辭。作家凱瑟琳．曼斯斐德是他四任妻子中的第一任，夫妻二人和D．H．勞倫斯是交情很好的文友，他為妻子、勞倫斯還有濟慈、莎士比亞都編過評論集。一九二八年為溫徹爾席夫人編了詩集，《溫徹爾席公爵夫人詩集》（*Poems by Anne, Countess of Winchilsea. London: Jonathan Cape*, 1928）。

9〈脾性〉，第二節倒數第四、第三行。溫徹爾席夫人對古今文學涉獵頗深，文壇交遊也廣，詩中的「苦於芳菲」（aromatic pain），靈感可能出自當時的英格蘭桂冠詩人約翰．德萊頓（John Dryden, 1637-1700），之後再被波普直接拿去用在詩裡，而在詩作〈論男性：詩信第一篇〉（An Essay on Man, Epistle I）第六行第二節寫出「苦於玫瑰芳菲而致死去」（Die of a rose in aromatic pain）。莫瑞在他編的《溫徹爾席公爵夫人詩集》的序文便已點出了波普借用的詩句。

定還因爲怨恨和顧慮而陷於天人交戰的撕扯；就算她的丈夫是天下最好的一位，婚姻生活完美無憾，也無濟於事。我說她「想必是」，是因爲原想找些溫徹爾席夫人的生平資料來看一看的，卻發現她跟一般的情況一樣，大家對她所知少之又少。已知她備受憂鬱症荼毒，這大概多少可以解釋一下爲什麼她說她一陷入憂鬱就會幻想：

> 我的詩句怒罵，我做的事想說
> 一無是處的愚行，狂妄的過錯：❖10

她做的事就這樣成了禁忌；但其實怎麼看都算無傷大雅，不過是在田野四處徜徉、作作白日夢罷了麼：

> 我的手愛追索奇特非凡，
> 偏離循規蹈矩的已知路途，
> 不願於褪色的絲錦繡帷，
> 編織神色盡失絕世玫瑰。❖11

當然了，假如她的習慣就是這樣、她的愛好就是樣，那她還真是活該被人笑話；果不其然，波普和蓋伊據說就挖苦過她，譏刺她是「手癢愛塗鴉的藍襪子」[12]。還有，據說她也笑過蓋伊，因此得罪了人家。她說由蓋伊寫的《微物瑣事》來看，「他還是走在轎子前

10 〈脾性〉，第三節，倒數第十一、第十行。

11 〈脾性〉，第三節，倒數第七至第四行。

12 「手癢愛塗鴉的藍襪子」（as a blue-stocking with an itch for scribbling）——出自約翰．蓋伊（John Gay, 1685-1732）、波普和約翰．阿巴瑟納特（John Arbuthnot, 1667- 1735）三位「塗鴉社」（Scriblerus Club, 1714-1745）人士合寫的諷刺鬧劇，《大婚之後三小時》（*Three Hours after Marriage*, 1717）。他們拿「手癢愛塗鴉的藍襪子」取笑劇中女主角菲比．克林凱（Phoebe Clinket）。該劇推出只演了七場便草草下台，口碑也差，氣得波普此後再也不寫戲劇。蓋伊還在他寫的《新喜劇大婚之後三小時索引》（*Key to the New Comedy: Called Three Hours after Marriage. London*, 1717）當中，明指菲比．克林凱就是在影射溫徹爾席夫人，還說公爵大人因爲譏諷自己不適合坐轎，所以把公爵夫人拉上台，回敬一下，但也自承這樣子報復一個女人家不太厚道。

約翰．蓋伊——英格蘭詩人、劇作家，布莊學徒出身，因爲結交文友而涉獵寫作，後來到貴族人家當管家，才有餘暇從事創作；最有名的作品是拿當時的首相羅伯．華波（Robert Walpole, 1676-1745）打趣的《乞丐歌劇》（*The Beggar's Opera*, 1728）。《微物瑣事：漫步倫敦街頭的瑣言碎語》（*Trivia, or, The Art of Walking the Streets of London*, 1716）是蓋伊寫的上千句長詩，描述漫步倫敦街頭必須注意的事，例如如何穿衣戴帽著鞋，小心天上落磚、地上爛泥等等微物瑣事。

蓋伊和波普、斯威夫特都是好友，同是當時男性

面比較得體，不要眞坐進去」。但這些全屬「不可盡信的閒話」，莫瑞先生說，「沒什麼意思」[13]。不過，在此我可不敢苟同；因爲，我倒寧可手上多弄來一些不可盡信的閒話，這樣才好爲這位鬱鬱寡歡的女士多少勾勒出一部分的輪廓。這位女士愛徜徉在田野裡，愛亂想些奇特非凡的事，還這麼冒失、這麼不智，竟然拿「支使僕役操持枯燥的家務」來譏笑。但可惜她變成了脫韁野馬，莫瑞先生說，她的才華流瀉橫溢，只見雜草蔓生，野薔薇棘刺如籬，而沒有機會展現精致脫俗的妙境。所以，我把她放回書架，轉向另一位傑出的貴胄奇女子，蘭姆雅好的公爵夫人，也就是那位急躁魯莽、古靈精怪的新堡瑪格麗特[14]。她比溫徹爾席夫人年長，但還算同年代的人。她們倆兒南轅北轍，相同之處只在於同樣都是貴族出身，同樣沒有一兒半女，同樣嫁了個全天下最好的丈夫。兩人心底同都有詩心熊熊燃燒，也同都因此而被燒得扭曲變形。一打開公爵夫人的書，同樣有怒火轟然竄出，「女性過的是蝙蝠、貓頭鷹的日子，做的是野獸的苦工，死得像蟲子……」[15]瑪格麗特應該也可以當詩人的；放到我們這時代，她這些全都可以轉動什麼巨輪的。像這樣的情形，狂放、不羈、原始的智慧，能有什麼可以加以束縛、馴服，或是教化而爲人類所用呢？才情如狂濤亂流泉湧噴濺，傾瀉在韻文，在詩歌，在散文，在哲學，凝聚在一本本四

文友俱樂部「塗鴉社」的社員，專門拿賣弄學問的事來揶揄取笑。他們說的「藍襪子」，則是指同時代由女性組成的文友俱樂部。「藍襪子」一詞起自十七世紀初期，乃「學究」意。十八世紀中葉，著名女史伊麗莎白．蒙太古藉由取得夫婿遺產，有錢有閒，領軍成立「藍襪社」，芬妮．勃妮也在一干學究娘子軍的行列，由於侵犯男性重地，激起眾怒，招來一片罵聲，時人便有散文名家威廉．哈茲利特（William Hazlitt, 1778-1830），痛罵一干女流是「臭氣薰天的社會敗類」（the most odious character in society）。「藍襪子」一詞就此從男女通稱的學究，變成男性拿來譏諷女性附庸風雅的貶詞。

又，當時所謂「藍」襪，依現今的標準應是「灰」色的。

13 「不可盡信的閒話」、「沒什麼意思」——莫瑞爲《溫徹爾席公爵夫人詩集》所寫的序文當中，提起過溫徹爾席夫人和蓋伊兩人這一次的齟齬，而且說是「不可盡信的閒話」（dubious gossip），「沒什麼意思」（uninteresting）。

14 新堡瑪格麗特（Margaret of Newcastle）——瑪格麗特．凱文迪什（Margaret Lucas Cavnedish, 1623-1673），新堡公爵夫人，酷愛寫作，留下豐富的詩歌、戲劇、散文、科學論文。自幼懷抱女性應當美貌、智慧齊具的理想。及長因爲家族牽扯政爭，隨英格蘭內戰落敗的王室顛沛流離，流寓法國，一度住在法國路易十四宮中，遇到同樣因爲內戰而流亡巴黎的凱文迪什公爵，結爲連理，婚後繼續研習科學、哲學不輟，一六六七年還破天荒成爲第一位參加英國科學社團「皇家學會」（Royal Society of London；成立於一六六〇年）的女性科學家。

蘭姆欣賞瑪格麗特的《交誼書信集》（*Sociable Letters*, 1664）以及她爲先生寫的傳記，在《以利亞箚記》當中有數篇文章多次力讚她腦中忠想奇妙、新穎，尤愛她獨樹一幟，舉她爲想像中的最佳晚餐同伴，暱稱她爲「新堡瑪姬」（Madge Newcastle）。

15 「女性過的是蝙蝠、貓頭鷹的日子，做的是野獸的苦工，死得像蟲子……」（Women live like Bats or Owls, labour like Beasts, and die like Worms...）——出

開本或對開本，卻無人問津❖[16]。她應該要有一具顯微鏡在手裡。她應該去學怎樣觀星，怎樣作科學思考。但是她的才智聽任孤獨、自由帶領。無人規範。無人教導。教授巴結她，廷臣奚落她。艾格頓．布里吉斯爵士對她言詞之粗俗就頗有微辭——「出入宮廷長大的貴族女子口沒遮攔」❖[17]。她自囚於威爾貝克，遺世獨立❖[18]。

孤獨的身影！混亂的思緒！想起瑪格麗特．凱凡迪什就浮現這樣的印象！像一株巨大的黃瓜藤在花園四處亂長❖[19]，活活將園中的玫瑰、康乃馨纏死。多無謂的浪費！這樣一位女子寫得出「教養最好的女子，便是頭腦最為開化的女子」❖[20]，卻將時間虛耗在胡言亂語，而且愈陷愈深，直到後來行文之晦澀、愚蠢，搞得她坐馬車出門還會招徠人群爭相

自瑪格麗特所寫《女性講辭》(*Female Orations*, 1662)七篇中的第一篇結尾。她於文中以激昂的筆調，陳述女性的待遇遠不如男性，男性也不懂得欣賞女性，以致女性抑鬱不樂。

16 新堡瑪格麗特和當時的女作家不同，首開風氣之先，不採匿名而以本名出版著作。生前總計出版了二十二部作品。詩歌、哲學、羅曼史、散文、戲劇、科學論文、社會批評無不涉獵，還寫出了女性第一部科幻小說《怒火狂燒的世界》(*The Blazing World*)。她寫了許多書信、序跋，自述寫作的動機、志趣、目標、心境，除了以女性的舞文弄墨教時人側目之外，她下筆的時候用字常見鄙俗，體例不合常規，思路動輒脫軌，雜亂無章，奇思逸想奔馳在無人之境，不僅不入時人之眼，也難見於時人

之腦；畢竟當時文壇對作家的要求標準是良好的教育、優雅的格調和深厚的學養。而她對於自己見解不同於流俗、習見之處，也絕不委屈隱忍，甚至找上聲名卓著的科學家如霍布斯（Thomas Hobbes, 1588-1679）、笛卡兒（René Descartes, 1596-1650）、波義耳（Robert Boyle, 1627-1691）等人踢館，質疑他們的理論，在在教當時藝文界、學術界招架乏術，憤而大加撻伐。

凱文迪什家族由於捲入內戰政爭，而且是站在落敗的一方，導致家族大筆產業失守，她代丈夫力爭未果，連帶導致她收藏於宅邸內的大批具名出版作品佚失無存。

17 艾格頓．布里吉斯爵士（Sir Egerton Brydges, 1762—1837）——英格蘭文人，寫過詩歌、長篇小說，但以文獻學家、族譜學的成就名留後世，曾爲時人重新出版的瑪格麗特自傳寫過序文。

「出入宮廷長大的貴族女子口沒遮攔」（as flowing from a female of high rank brought up in the Courts）——這一段吳爾芙在一九二五年寫的〈新堡公爵夫人〉（Duchess of Newcastle，收錄於《普通讀者》〔*The Common Reader*, 1925〕）當中談得詳細一點，也替瑪格麗特辯護，指布里吉斯爵士「忘了他指的這位女子不入宮門侍奉久矣，後來陪侍的是仙女精靈，友朋多已作古。所以，用詞不鄙俗才怪。」

18 威爾貝克——指「威爾貝克莊」（Welbeck Abbey），是新堡公爵位於諾丁罕郡（Nottinghamshire）的領地府邸。原本是修道院，故有abbey之名。十七世紀初期由新堡公爵家族買下之後，將修道院修整成莊園。

19 像一株巨大的黃瓜藤在花園四處亂長——「巨大的黃瓜藤」（giant cucumber）一類的意象，也出現在吳爾芙演講之前剛出版的《奧蘭多》。

20 「教養最好的女子便是頭腦最爲開化的女子」（the best bred women are those whose minds are civilest）——也寫進吳爾芙的〈新堡公爵夫人〉，出自瑪格麗特．凱文迪什的《交誼書信集》，原文爲：「教養最好的女子，心智最爲開化，有良好的教育和指導。」

圍睹。看來這位瘋瘋癲癲的公爵夫人把自己弄成了個妖怪，專門嚇唬聰明女孩兒家不得效法❖[21]。這時，我想起了桃樂西・奧斯朋❖[22]，我擱下公爵夫人的書，翻開奧斯朋的書信集，她曾寫信和譚普談起這位公爵夫人的新作：「這可憐的女人腦子都糊塗了，既要寫書、又要寫詩，眞還沒比這更滑天下之大稽的了；我啊，除非是兩個禮拜沒睡覺，我才不會呢。」❖[23]

所以呢，既有腦筋、又懂得謙虛的女子都不會去寫書；而這位桃樂西是多愁善感的女子，和公爵夫人正好相反，自然是什麼也不寫。寫信不算。女人家坐在父親病榻旁的時候是可以寫寫信。家裡的男人正在高談闊論，她是可以坐在火爐旁邊寫寫信，不打擾他們❖[24]。不過說也奇怪，我在看桃樂西寫的信時想道，怎麼這麼個沒人教的孤單女孩兒家，居然有這樣的天分造出這樣的句子，寫出這樣的場景。且聽她娓娓道來：

「晚上的大餐過後，我們坐在一起聊天，直到我們在聊的B先生來了，我便告退。白天最熱的時候，我用讀書或作〔做〕事來打發。傍晚六、七點，我會到緊臨〔鄰〕屋外的公地去；那裡有許多年青〔輕〕的村姑正在看羊、看牛，一夥兒人坐在樹陰〔蔭〕底下唱民謠。我走到她們附近，拿她們的歌聲、她們的美貌，和我讀過的古代牧羊女作比較，發現她們很不一樣。但不騙你，我覺得這些村姑的天眞無邪絕不下於古代的牧羊女。我和她

21 瑪格麗格・凱文迪什生前在作品當中從不諱言她求名若渴，除了撰文自吹自擂，找人抬槓爭辯，也以奇裝異服招人側目，種種特立獨行的作風備受時人批評，甚至覺得她腦筋不正常，也因此成爲大眾取笑議論的箭靶。

根據同時代愛寫日記的政治人物薩繆爾・皮普斯（Samuel Pepys, 1633-1703）記載，一六六七年五月十日，總計有「一百名」少男、少女追著瑪格麗特・凱文迪什的馬車後面跑，爭相想要一睹她的「丰采」。此前幾個禮拜他也寫過他頭一次親眼見到瑪格麗特，得以見證大家都在饒舌的奇裝異服，後來再寫到他讀了瑪格麗特爲夫婿寫的傳記，直指瑪格麗特是個「瘋狂、自負、滑稽的女人」。

22 桃樂西・奧斯朋（Dorothy Osborne, 1627-1695）——出身貴族人家，和攝政王奧利佛・克倫威爾（Oliver Cromwell, 1599-1658）家有親戚關係，少女時期大膽拒絕家裡替她安排的一大串夫婿人選，包括克倫威爾的兒子在內，卻在一六四七年愛上了威廉・譚普（William Temple, 1628-1699），結果雙方家長都因爲金錢因素拒不接受，兩人只好藉由魚雁往返偷偷談情，撐到雙方父親皆已過世，方才在一六五四年結爲連理。桃樂西婚前寫給情郎的書信，在一八八八年首度集結出版，刻劃出一名活潑溫婉、思路清晰，幽默動人，觀察銳利的少女。吳爾芙爲一九二八年出版的新版寫過評論。

23 「這可憐的女人腦子都糊塗了，既要寫書，又要寫詩，眞還沒比這更滑天下之大稽的了；我啊，除非是兩個禮拜沒睡覺，我才不會呢。」——見《奧斯朋至譚普書信集》（*The Letters of Dorothy Osborned to William Temple. ed. G. C. Moore Smith*, 1928），編號十七，一六五三年四月十四日。

24 奧斯朋寫給譚普的信函，便寫過有次哥哥和客人在火爐邊聊天，她就坐在一旁，卻好像跟他們沒一點關係（書信編號四十二）；也曾央求譚普有空多寫信，因爲她的父親病重，害她心情大壞，需要譚普以幽默安慰（書信編號十七）。

們聊天，發現她們不會想多要些什麼就可以當個全天下最快樂的人；她們知到〔道〕自己怎樣就好。常常在談到一半的時候，有人四下一張望，發掘〔覺〕她的母牛跑到麥田去了，當下一堆人就會一拱〔哄〕而散，好像腳底長了翅〔赤〕膀。我沒她們那麼快的身手，所以就沒跟上去，等我看她們一個個趕牛、趕羊回家去時，我心裡知道我也該回去了。我吃完了晚餐，就進花園裡去，走到流經花園邊兒的小溪岸旁坐下，心裡好盼望你就正在我身邊……」❖[25]

我敢打賭她天生就有寫作的資質。但是，「我啊，除非是兩個禮拜沒睡覺，我才不會呢」——由此可見那年代的空氣當中，反對女性寫作的氣味有多濃烈，即使有女子寫作的才華這麼高，也認定寫書一定淪爲眾人的笑柄，甚至等於是腦子糊塗了。所以，這時候我呢將桃樂西．奧斯朋薄薄的書信集放回架上，改去找班恩太太❖[26]的作品來看。

談到班恩太太，我們便轉到了非常重要的岔路口。來到這裡，我們就將那幾位孤獨的貴冑奇女子扔到身後，任由她們自閉於鄉間的大宅院，廁身在她們沒人要讀、沒人要評、純屬自娛而已的對開本當中。在這時候，我們轉進到了城裡，在熙來攘往的大街和一個個凡夫俗子摩肩擦踵。班恩太太是中產階級婦女，庶民煥發的德性如幽默、活潑和勇敢，在她身上一應俱全。這位女子丈夫早逝，自己去闖天下偏又命途多舛，逼得她不得不靠自身

25 這一封信寫於一六五三年，日期依出版的版本並不一致，有六月也有五月，編號一樣也不一致。奧斯朋的英文用字有不少是古代拼法，例如：sitt（sit）、sixe（six）、finde（find）、goe（go）、talke（talk）、behinde（behind）、downe（down）、syde（side）。但由於她是自學讀書認字，並未受過正式教育，因此也冒出不少白字，例如：knoledge（knowledge）、wee（we）、bee（be）、soe（so）、corne（corn）。後世爲她出版的書信集都經過編輯整理，錯字、白字都作過校訂，看不出這樣的問題，不過吳爾芙在此的引文，卻保留了原文的舛錯，用意應該是在強調奧斯朋沒有人教，單憑自己學習，卻能寫出這般活潑生動的文章。因此中譯也看情況製造一些錯字。照理講她的錯誤放在中文應該是寫字的筆劃有誤，而不是音對字錯，但是囿於中文輸入的限制，故改以音對字錯來處理。

26 班恩太太（Mr. Behn）——艾芙拉．班恩（Aphra Behn, c.1640-1689），據信爲英國史上第一位憑寫作謀生的女子，寫戲劇、小說、詩歌，也作翻譯。關於她的早年經歷，她本人諱莫如深，相關的說法不論出之於她的自述還是他人，泰半未能查考。早年可能在英國當時於南美蘇利南（Surinam）的殖民地待過，在當地結婚未幾便告守寡，首度明確的史載是一六六五年爲英王查理二世當間諜，代號據傳是正義女神艾思卓莉亞（Astrea），日後用來當筆名發表多部作品。結果查理二世賴帳，害她背上一屁股債還不出來，不得已開始以寫戲維生，幸好劇作推出反應十分熱烈，因而得以鬻文維生。她在一六七〇、八〇年代堪稱英國的多產作家，但是走到生命末年卻是貧病交迫，縱使筆耕不輟也已無力回天。代表作有《奧魯諾可》（*Orrnoko*, 1688），描寫被囚爲奴的非洲王子的事蹟。班恩死後文名湮滅，作品在十九世紀甚至被打入淫穢腐敗之列。一待進入二十世紀卻又谷底翻升，作品結集重新問世，中肯的評論也陸續發聲，甚至有「復辟時代喬治桑」（George Sand of the Restoration）之譽。吳爾芙的密友薇妲．薩克維爾—魏斯特（Vita Sackville-West, 1892-1962）便爲她立傳，寫下《艾芙拉班恩：不世出的艾思卓莉亞》（*Aphra Behn: The Incomparable Astrea*），於一九二七年出版。

的才智去謀生，拿男人的條件來討生活，費盡千辛萬苦，謀得的稻糧終究得以糊口。這一點之重要，遠大於她眞寫過的那些什麼，即使精采如「千位烈士由我而起」或是「愛情雄踞輝煌的勝利」都談不上呢[27]；因爲，我們在這裡看見了心靈自由的發軔；或說是契機吧，也就是假以時日，女性的心靈眞的可以自由自在，愛寫什麼就寫什麼。因爲，現在有艾芙拉．班恩做得到，女孩子家便可以對父母說，你們不必再給我零用錢了，因爲現在我也可以鬻文維生。當然，還是會有很長的一段年歲，作父母的答覆一直會是：對啊，去過艾芙拉．班恩過的那種日子！妳不如死了算了！然後，砰！一把摜上門，從沒這麼用力過！結果就有個意味極爲深長的課題，也就是男性加諸女性貞節的價値，及其於女性教育的影響，就這樣子冒出頭來，亟需好好探討一番；葛頓或是紐能要是有學生願意研究，說不定就有一本很有意思的書可以讀了。而杜德利夫人戴著鑽石項鍊坐在蘇格蘭的野地，身邊蚊蚋群舞，或許可以拿來當作封面[28]。《泰唔士報》在杜德利夫人死後兩天，說杜德利爵爺「夙富文化涵養，成就斐然，仁慈慷慨，只是專橫的有些古怪。他堅持妻子不論何時何地一概必須盛裝打扮，即使身在蘇格蘭高地最偏遠的狩獵小屋也不得例外；愛爲妻子購置華貴的珠寶，」諸如此類，「他對妻子有求必應——唯獨從來不給絲毫責任。」[29]後來杜德利爵爺中風了，他的病體由夫人悉心照顧，他的產業由夫人悉心照管，在在展現了她高超的能耐。而爵爺古怪的專橫作風，可也就出現在十九世紀呢。

言歸正傳吧；艾芙拉・班恩向世人證明女性一樣可以鬻文維生，只是可能要犧牲掉一

27 「千位烈士由我而起」（A Thousand Martyrs I have made）——艾芙拉・班恩詩作〈千位烈士〉（A Thousand Martyrs）的第一句。「愛情雄踞輝煌的勝利」（Love in Fantastic Triumph Sat）——出自艾芙拉・班恩的詩作〈愛之武裝〉（Love Armed）。薇妲・薩克維爾—魏斯特寫的班恩傳中引述過這兩首詩。

28 杜德利夫人——喬吉娜・華德（Georgina Elizabeth Ward, 1846-1929），出身蘇格蘭貴族人家，維多利亞時期的名媛，美貌遠近馳名，號稱歐洲無人能敵。一八六五嫁與杜德利一世伯爵（the 1st Earl of Dudley, William Ward, 1817-1885）作爲續弦。伯爵出身牛津大學，是大地主，也因採礦致富，相當注重贊助文化，出錢整修兩座古老的大教堂，也是英國「國家畫廊」（National Gallery）的董事。伯爵和夫人年紀相差近三十歲，對少妻極盡寵愛之能事，愛拿少妻的美貌走遍歐洲四處炫耀，也愛大肆蒐羅華服、珠寶來襯托少妻美貌，而且要求少妻十指絕對不得沾染陽春水，所以莊園宅邸的大小俗務伯爵夫人一概只能袖手。

29 出自一九二九年二月四日英國《泰晤士報》一則訃聞，悼念杜德利伯爵夫人，「垂十四年時間，這位蓋世美女像是活在黃金打造的牢籠似的，儘管如此，她也不像有心要逃出牢籠，杜德利伯爵夙富文化涵養……愛爲妻子購置華貴的珠寶，甚至引起宵小覬覦，被江湖大盜鎖定；柯文垂（Coventry）拍賣會上大手筆買花瓶轟動一時，也是爲了要送愛妻生日禮物。他對妻子有求必應——唯獨從來不給絲毫責任。」

些美德[30]，寫作就這樣漸漸不再只是愚蠢無聊或是腦子糊塗的徵象，而開始有實際的大用了。嫁的人會死；老天也會有不測風雲打得家庭破碎。到了十八世紀，數以百計的婦女開始提筆鬻文賺外快，爲自己添加私房錢，甚至搶救全家生計；有作翻譯的，也有的寫了無以計數的長篇劣作，現在連教科書都不見提起，但在查令十字路的四便士箱子[31]裡倒還找得到。十八世紀後半葉的女性心智之所以展現異常活躍的動力——閒聊，聚會，拿莎士比亞寫文章，翻譯經典名著等等——在在奠基於這一千眞萬確的事實：女性寫作確實賺得到錢。以前因爲賺不到錢而被嫌爲雞零狗碎的小事，現在因爲錢而高貴了起來。世人固然還是可以堂而皇之譏笑女性「手癢愛塗鴉的藍襪子」，但是，無可否認，信筆塗鴉也能把錢塞進女性的荷包。因此，迄至十八世紀將近末了，世事就這樣變出了新的面貌；我若是要重寫歷史，就一定將這變化描述得更翔實，想成比十字軍東征或是玫瑰戰爭[32]還要重要的歷史大事。而我這說的事呢，中產階級婦女開始提筆寫作是也。因爲，要是《傲慢與偏見》重要，要是《密德馬區》重要、要是《咆哮山莊》重要，那麼女性大眾投身寫作，而不再只是孤單寂寞的幾位貴族婦女，由一堆對開本和馬屁精簇擁、關在鄉間的宅邸當中，這一點變化有多重要，就遠非我講這一個小時所能盡述的了。沒有這些先驅，珍・奧斯汀、勃朗蒂姊妹、喬治・艾略特的成就無以致之；一如莎士比亞沒有馬婁開路，馬婁沒有喬叟開路❖[33]，喬叟沒有之前湮沒無聞的眾多詩人爲他開路，馴化世人嘴裡那根天生野蠻的舌頭，他們的成就一個個全都無以致之。不世出的傑作絕非僅憑一人之力，單獨於一時一地便能締造；而是要蓄積千百年共通的思慮，蓄積大眾集體的思慮，方才可得；因

30 班恩以戲劇打出名聲之後，引領一時風騷，加之以性格慷慨，豪放大度，吸引了大批朋友相隨，交遊廣闊，有文學界如桂冠詩人約翰・德萊頓，演藝界如知名演員伊麗莎白・貝利（Elizabeth Barry, 1658-1713），音樂學者約翰・霍伊爾（John Hoyle, d.c. 1797），劇作家如湯瑪斯・奧特韋（Thomas Otway, 1652-1685），特別是生活放蕩不羈的貴族詩人羅徹斯特伯爵（Earl of Rochester, John Wilmot, 1647-1680）。羅徹斯特伯爵是英國復辟時代反清教精神專制（spiritual authoritarianism）的代表，作品甚至在嚴肅拘謹的維多利亞時期泰半被禁。班恩據信也在他放蕩的生活圈內廝混，所寫的《浪子》（*The Rover*）便是以他爲本，他早逝之後也提筆爲他撰寫悼文。她下筆視世俗禮法如無物，肆無忌憚，插科打諢也多猥褻，招惹來了不少流短蜚長，指她水性楊花，生活靡爛，繪聲繪影，虛實難辨。

31 查令十字路（Charing Cross Road）——倫敦著名的書店街，新書、二手書都有。

四便士箱子（fourpenny box）——書店專門擺放特價書的箱子。

32 玫瑰戰爭（Wars of the Roses）——指英格蘭兩大貴族世家，蘭卡斯特（Lancaster）和約克（York），爲了爭奪王位，從一四五五年起打了長達三十年的內戰。蘭卡斯特家族的族徽有紅玫瑰，約克家族的族徽有白玫瑰，故有玫瑰戰爭之稱。

33 喬叟——傑佛瑞・喬叟（Geoffrey Chaucer,1343-1400），英格蘭中古時代首屈一指的詩人，也是哲學家、鍊金術士、天文學家、朝廷官員，代

此，一人的聲音背後有大眾的經驗在共振。所以，珍．奧斯汀應該要到芬妮．勃尼的墓地獻上花圈，喬治．艾略特應該要向伊莉莎．卡特恢宏的形影致上敬意——這位膽識不凡的老婦曾經爲了要學希臘文，在床頭綁了一個鈴鐺，以便早早把自己吵醒[34]。世間所有的女性都應該到艾芙拉．班恩的墓上灑下鮮花；而她入土的墓室呢，可以氣得人咬牙切齒但卻相當恰當，就在西敏寺[35]，因爲，就是她爲世間女性掙得了抒發心聲的權利。因爲，就是有她，有這個不清不白、風流成性的她，我今晚在這裡叮嚀各位要善用自己的才智去爲自己一年賺得五百英鎊，才不至於像是痴人說夢。

而現在呢，時代來到了十九世紀初期。此時，也是史上破天荒第一遭，我看見有好幾具書架擺的全是女性的著作。只是，爲什麼呢？我瀏覽這些著作，禁不住要問，除了幾本例外，爲什麼這些幾乎全是長篇小說呢？原先的創作衝動不都是偏向詩歌的嗎？「歌謠至尊」[36]不就是女詩人。不論法國還是英國，女性創作都以詩歌先於小說。還有，看著四人的赫赫大名，我想，這喬治．艾略特和愛蜜莉．勃朗蒂有什麼相同的地方嗎？夏綠蒂．勃朗蒂不是怎樣也搞不懂珍．奧斯汀的嗎[37]？除了她們沒一人有孩子這一點大概還拉得上關係之外，上哪兒去找比她們差異更大的四個人齊聚在一堂的呢——所以還眞想捏造一次聚會，讓四人碰個面好好聊一聊。然而，彷彿冥冥中有力量在牽引，這四人提筆創

表作爲《坎特伯里故事集》（*The Cantebury Tales*）。在當時由法文、拉丁文主宰的年代，喬叟以中古英語方言寫作，推助英語打入上流社會，居功厥偉。他是下葬西敏寺「詩人角」（Poets' Corner）的第一人。詩作〈托勒伊勒斯與克麗希妲〉（Troilus and Criseyde）後來被莎士比亞借用去當寫戲的本事。

34 伊莉莎・卡特（Eliza Carter）——即伊麗莎白・卡特（Elizabeth Carter, 1717-1806），英格蘭女詩人、翻譯家，蒙太古夫人帶領的「藍襪社」一員，和約翰遜博士也是好友。幼年由博學的父親教授拉丁文、希臘文、希伯來文和多種學科。雖也寫詩，但以譯筆最爲人稱道，一七四九年開始翻譯《艾比蒂塔斯傳世作品集》（*All the Works of Epictetus Which Are Now Extant*, 1758）。吳爾芙也拿她寫過評論。吳爾芙那年代有一套《劍橋英美文學史》（*The Cambridge History of English and American Literature*, 1907-1921），在〈藍襪社〉這一章，寫過卡特由於學不來古典語言，爲了怕晚上打瞌睡，特別用吸鼻煙、濕毛巾敷額頭、嚼綠茶葉、喝咖啡等等作法來提神。至於吳爾芙所指鈴鐺一說未見於此，大概另有所出。由於喬治・艾略特除了寫小說、編雜誌、也作翻譯，所以吳爾芙以她爲例向卡特致意，至於芬妮・勃尼由於是「風俗小說」的先驅，自然是由珍・奧斯汀作代表向她致意。

35 西敏寺（Westminster Abbey）——西敏寺是英國君王加冕之處，也是供奉國家元勳、名臣、要人骸骨之地。不過，艾芙拉・班恩並未葬在南側耳堂（South Transept）文人下葬的「詩人角」，而是在「東側迴廊」（East Cloister）靠近南門台階的地方。墓碑上刻的是「艾芙拉・班恩，逝於一六八九年四月十六日。此有明證，機巧才智之於突破人生大限，永遠力有未逮。」有一說指題辭爲班恩親撰，另一說指爲她的密友約翰・霍伊爾代筆。

36 歌謠至尊（Supreme head of song）——英國作家艾爾哲農・史溫彭（Algernon Charles Swinburne, 1837-1909）在詩作《敬禮，再見：紀念波特萊爾》（*Ave atque Vale: In Memory of Charles Baudelaire*, 1868），於第十八行用這四個字指古希臘女詩人莎芙。史溫彭寫詩歌、戲劇、長篇小說、評論，唯獨下筆離經叛道，偏愛禁忌題材，例如女同性戀、虐待狂、食人祭、

作，竟然不約而同覺得不寫長篇小說不行。這跟中產階級人家的出身，是不是有些關係呢？我可就要問這問題了：這是不是跟愛蜜莉．戴維斯小姐之後沒多久特別挑出來講的一件事情，也就是十九世紀初期的中產階級人家只有一間起居室供全家使用，有一些關係呢❖[38]？也就是女性要寫作，只得在全家共用的起居室裡寫作；所以，便像南丁格爾小姐嚴辭抨擊的一樣——「女性連半小時也……沒辦法說是自己的」❖[39]——女性寫作注定不時會被打斷。就算是這樣，在起居室裡，眞要寫也是以散文和小說比起詩歌或戲劇來得容易一些。因爲，未必需要全神貫注。珍．奧斯汀一輩子都是這樣子寫作的。「這樣子她居然還寫得出來這些，」她的外甥在回憶錄裡就寫過，「眞是不可思議；因爲她沒有隔開來的書房可以躲進去，她大部分的作品都必須在全家共用的起居室裡寫，動輒就會有人來打擾。她很小心，從來不讓僕人、客人或不屬親朋好友的外人發現她到底在做什麼。」❖[40]珍．奧斯汀一定把稿子藏得好好的，要不就用一張吸墨紙蓋住。但是話說回來，十九世紀初期

無神論等等。

37 夏綠蒂．勃朗蒂的《簡愛》於一八四七年出版後，文評家喬治．路易斯（George Lewes, 1817-1878）致函勃朗蒂，建議她濫情的筆調不妨收斂一點，可以學一學珍．奧斯汀。夏綠蒂在一八四八年一月十二月回函路易斯說道，「你們怎麼那麼喜歡奧斯汀小

姐？……在收到你的信前，我還沒看過《傲慢與偏見》，之後我去買到了書。結果你猜我看到了什麼？不過是精確的銀版相片拍下一處司空見慣的地方罷了；籬笆圍得整整齊齊，花園修得好仔細……植栽看不到一絲活潑鮮麗的生氣，沒有開闊的田野，沒有新鮮的空氣，沒有青碧的山巒，沒有歡快的小溪。我可不願去跟她那一幫女士、紳士住呢，他們那房子漂亮歸漂亮但是太拘束了。現在我懂了大家爲什麼欣賞喬治桑……她抓得住人心，我就算不懂，也非常敬佩，她就睿智又深奧；至於奧斯汀小姐麼，只是性子機伶，觀察入微罷了。」她和路易斯就此爭辯起了珍．奧斯汀的優劣，於後一封信她又再說，「奧斯汀小姐誠如你所說的不帶『感情』，不帶詩心，說不定是理性、寫實的吧（或說是實寫勝過眞實），但她不算傑出。」參見《夏綠蒂．勃朗蒂書信集》(*The Letters of Charlotte Bronte, ed. Margaret Smith*)。喬治．路易斯便是喬治．艾略特的同居情人，他要到一八五一年才會認識喬治．艾略特，而於一八五四年共賦同居。

38 愛蜜莉．戴維斯——英國婦女運動先驅，幼時看著哥哥進劍橋大學讀書，自己卻沒有同等的教育機會，想學醫的希望破滅，因而畢生獻身女權運動，致力爲婦女爭取受教權、投票權，葛頓學院是經她偕同同道多年奔走，而於一八七三年創辦於劍橋大學。吳爾芙所言記載於史蒂芬夫人爲愛蜜莉．戴維斯所寫的傳記：「女孩子家一般在家裡是要擠在同一間房間裡過的（那時的一家人可是一大家子人呢）。」「一般都是全家人一起同在一間房間裡，各自做自己的事，但要懸著心，可以這樣子說吧，就等著隨時會被叫去做別的事，可能是小事，可能是大事，看情況。」

39 「女性連半小時也……沒辦法說是自己的。」——出自南丁格爾的《卡珊德拉》：「一輩子下來，女性連半小時（除了家裡有人起床之前或是之後半小時）也沒辦法說是自己的，可以不用擔心惹人發火或是不好過。」瑞．史崔奇在《志業》當中也寫過南丁格爾說，「她從沒見過有誰動輒就要分心去管這管那，經年累月下來不會損耗智能的。」

40 （原註7）出自珍．奧斯汀外甥詹姆斯．奧斯汀—李編撰的《珍．奧斯汀憶往》。

女性能有的文學創作訓練，便在於觀察性格、分析情感而已。女性的感性數百年來都在全家共用的起居室裡不斷薰陶、磨練。人世的感情就烙在她的心裡；人際的關係就擺在她的眼底。也因此，中產階級出身的女性提筆寫作的時候，自然而然就會去寫小說；即使這四位著名的女作家當中，顯而易見有兩位的天賦才情根本不在長篇小說；像愛蜜莉·勃朗蒂就應該去寫詩劇，喬治·艾略特心智開闊，才思橫溢，有創作衝動需要發洩的時候，應該要揮灑在歷史或傳記才對。她們卻一個個全寫長篇小說；而且，我從架上拿起《傲慢與偏見》，我們甚至可以進一步說她們寫的長篇小說都很出色。不必吹噓，也不必故意要異性難堪，說《傲慢與偏見》是本好書絕不為過。再怎麼樣，寫《傲慢與偏見》的時候被人抓到絕對不算丟臉。然而，珍·奧斯汀還是很慶幸房門的鉸鏈會吱嘎作響，讓她可以在有人進來之前先把稿子藏好。❖[41] 珍·奧斯汀覺得寫《傲慢與偏見》這樣的小說怎樣都有點見不得人。我卻忍不住要想，假如珍·奧斯汀當年寫稿的時候，不要一見有外人來訪就急忙遮掩，那麼，《傲慢與偏見》會不會因此而寫得更好呢？那就翻一兩頁來看看吧。而我可是怎樣也看不出來這樣的處境對她的作品有一絲一毫的損害。說不定這才是這本書最神奇的一點。各位看看，有女子在一八〇〇年左右從事寫作，而且不帶一絲憤恨、不見一毫怨尤、不露一點恐懼、不作一點抗議、不寫一句說教。莎士比亞當年寫作的時候應該就是這

樣的吧，我看向《安東尼和克麗奧佩特拉》心裡想道；有人拿莎士比亞和珍・奧斯汀作比較❖[42]，意思可能就是兩人的心同都燒去了一切迷障。也正因爲如此，我們才不了解珍・奧斯汀，我們才不了解莎士比亞；也正因爲如此，珍・奧斯汀其人滲透在她寫的一字一句，莎士比亞亦然。眞要追究珍・奧斯汀的處境對她的作品有何壞處，那也在她生活的範圍太

譯註：珍・奧斯汀生前出版的著作雖然賣得一直很好，但都以匿名出版，因此生前算是文名不彰，直到外甥爲她出版這一本傳記，「珍・奧斯汀」的文名方才鵲起，加上多位評論家推波助瀾，聲勢因而扶搖直上。

41 這一段同前一段都在奧斯汀—李編撰的《珍・奧斯汀憶往》，頁一〇二。關於吱嘎響的門，她的外甥還說：「她不肯讓人來修，解決這一件討厭的小事，因爲這樣有人進來她才會知道。」

42 推崇珍・奧斯汀的文評家，從一開始便拿她去比對莎士比亞。例如最早的理查・惠特利（Richard Whately, 1787-1863）便說，珍・奧斯汀經由對話勾勒人物的技法精妙，連莎士比亞也難以超越。麥考萊在一八四三年也標舉珍・奧斯汀的文學成就堪稱巨匠，英格蘭理應引以爲榮。喬治・路易斯除了明指麥考萊說過珍・奧斯汀是「白話莎士比亞」（prose Shakespeare），也讚美奧斯汀是英語小說創作首屈一指的大師，展現了「莎士比亞式」的溫婉、熱情以及出神入化的戲劇力。丁尼生則說奧斯汀的寫實技巧、刻劃人物栩栩如生，僅次於莎士比亞。其他如安德魯・布雷德利（Andrew Cecil Bradley, 1851-1935）、理查・辛普森（Richard Simpson, 1820-1876）也都在這一陣營。吳爾芙的父親，萊斯利・史蒂芬爵士也有著述評論珍・奧斯汀。

狹隘了。那年頭女人家根本不能孤身出門。像她就從來沒出過遠門去旅行，從來沒坐過公車穿行倫敦街頭或獨自在館子裡用餐。不過，也可能珍．奧斯汀從沒做過這些事是因爲依她的天性，她就是不想去做。她的天賦，她的環境，兩相搭配得十分完美。但我要說，我可不太相信夏綠蒂．勃朗蒂也是這樣；我翻開她寫的《簡愛》，擺在《傲慢與偏見》旁邊。

我翻到第十二章，眼睛落在一句話上，「誰愛罵我由他去吧」。他們罵夏綠蒂．勃朗蒂什麼呢？我心裡覺得奇怪。接著就讀到簡愛會趁著費爾法克斯太太忙著做果凍的時候爬上了屋頂，遠眺極目所至的荒郊野地。一邊看一邊嚮往——他們罵的是這一點——「但願我這眼力看得穿天涯，探進繁華世界、大城小鎮、眾生蓬勃的地方，在我只得耳聞而無緣一見的地方。但願我還能比現在多些實在的經驗，去和跟我一樣的人講講話，在身邊碰得到人之外多認識旁的三教九流。費爾法克斯太太的好我當然惜福，阿黛兒的好我也惜福；但我想準還有別的更鮮活的好就在那裡；我信是這樣，那我就想要去看一看。

「誰罵我？多著哪，還用說；準罵我貪心不足。但我也拿自己沒辦法啊，沒得安分，就我這本性；有時鼓搗得我心都痛了……

「說什麼人生在世安於平淡就好，欺人之談！是人，就是要有動靜的。沒有就去搞出來。就有千千萬萬的人被壓在比我還沉滯的的噩運裡，就有千千萬萬的人正在悄悄反叛命

運。沒人說得出來有多少叛變正在世人落腳的塵世蠢動。一般都說女子要以沉著貞靜爲尙；但是女子的感情和男子並無二致啊。女子也要鍛鍊才具，也要有天地施展身手，和她的兄弟並無二致。約束得太緊，滯悶得太死，女子的痛苦一如男子。這些占盡便宜的人類同胞說女子合該關在家裡做做布丁、織織襪子、敲敲鋼琴、繡繡袋子，太褊狹了吧。怪她們怎麼想要多做些事、多唸些書，超過禮法說的婦道，可不是頭腦簡單麼。

「所以，我這麼一人的時候，聽到葛麗絲・普爾的狂笑可不算少呢……」❖[43]

這樣一轉，我想就不順了。突然冒出了葛麗絲・普爾有一點討厭。這樣文氣就不順了。我把這本書放在《傲慢與偏見》旁邊，再想，要是說寫出這幾頁的女子，腹中的才情高過珍・奧斯汀，應該不算過分。然而，要是把她的作品好好讀過一遍，標出文氣突然一變，憤怒驀地迸現等等地方，就看得出來她的天分是永遠無法有完整而透澈的發揮的。她的作品一定會有扭曲、變形的地方。應該平和的時候她會爆發怒氣。應該睿智的時候反而變得

43 費爾法克斯太太（Mrs. Fairfax）——簡愛任教家裡的女管家。阿黛兒（Adele）——簡愛教的那位小女孩。葛麗絲・普爾（Grace Poole）的狂笑——簡愛後來會發現她以爲是女僕葛麗絲・普爾的笑聲，其實是閣樓裡的瘋女人，貝妲・梅森・羅徹斯特（Bertha Mason Rochester），也就是阿黛兒的母親，羅徹斯特先生的妻子。

愚魯。應該描寫角色的時候她寫的反而是她自己。她寫的一字一句都在和命運對抗。她焉能不備受箝制和挫折而致早逝[44]？

這時便不禁要戲想一下了，要是夏綠蒂・勃朗蒂生前一年有，嗯，三百英鎊的生活費好了，那不知會是怎樣的局面呢？——可是，這笨女人把長篇小說的版權用一千五百英鎊就全賣掉了；要是她有辦法多了解一些繁華世界、大城小鎮，眾生蓬勃的地方，有多一點實在的經驗，找和她一樣的人多講講話，多認識旁的三教九流，那會怎樣呢？她這幾句話指點出來的，不僅是她這小說家身上的缺憾，也是她那時代女性的缺憾。她比誰都清楚她的才華要不是荒廢在遙望遠方的孤獨視野裡面，她要是有幸能有多一些的生活體驗、人際交遊、還有旅行，不知能有多大的助益。然而，她沒能收受到這些，別人不肯施與她這些；以致如今，我們不得不承認這些優秀的長篇小說，不論是《維蕾特》、《愛瑪》、《咆哮山莊》還是《密德馬區》，幾位作者的人生經驗一概不脫出入正派教士的家門而已[45]，寫作也只能待在同樣正派的家中共用的起居室內，而且，一個個一文不名，一次也只買得起幾刀紙來寫《咆哮山莊》或是《簡愛》。沒錯，是有一人，喬治・艾略特，幾經艱難終於逃脫，卻逃進了聖約翰森林與世隔絕的別墅。喬治・艾略特在該地安身，幽居在世人非難的陰影裡。[46]「希望大家了解，」她在那裡寫過，「我絕對不會沒有徵詢過對方的意願便

擅自邀請對方來看我。」畢竟，要不是她和一位有婦之夫同居，和她打個照面又怎麼會危及哪個小姐或其他湊巧到她家去的人的貞節呢？社會的禮法，沒人可以違抗；因此，她不得不「和所謂的人世切斷聯繫」。❖[47] 但這同一時期，遠在歐洲的另一頭，可是有個年輕人

44 《簡愛》作者夏綠蒂・勃朗蒂，在一八五四年六月以三十八歲的年紀終於在好友蓋斯柯夫人牽線鼓勵之下嫁人，未幾即告懷孕，卻因體弱染病，一八五五年三月在她三十九歲生日前三禮拜，便因病重帶著腹中胎兒一起離世。

45 《維蕾特》（*Villette*）的作者是夏綠蒂・勃朗蒂。勃朗蒂姊妹的父親是牧師。《愛瑪》的作者珍、奧斯汀的父親出身羊毛紡織商人家，但在教區擔任牧師。《密德馬區》的作者喬治・艾略特，父親在貴族府邸當總管。三人的出身依當時的標準都算體面正派的小康之家。

46 聖約翰森林（St. John's Wood）——倫敦西北區的住宅區，攝政公園（Regent's Park）旁邊。喬治・艾略特認識文評家喬治・路易斯後，因爲路易斯無法正式和罹患精神疾病的妻子離婚，兩人未能依法結縭，只能在聖約翰森林共賦同居（一八六五年），有違當時的「善良風俗」，招人物議，以致形同見棄於親朋好友，離群索居。

47 「希望大家了解，我絕對不會沒有徵詢過對方的意願便擅自邀請對方來看我。」——吳爾芙也將這一段寫在她那一篇〈喬治・艾略特〉（收錄在《普通讀者》）文中，出自約翰・克羅斯（John Walter Cross, 1840-1942）寫的《喬治・艾略特生平》（*George Eliot's life, 4 vols*, 1885）第三卷，頁一一二。克羅斯是喬治・艾略特多年的好友，比艾略特小了二十歲，艾略特在路易斯死後一年半，於一八八〇年五月下嫁克羅斯，雖然這一次依然招人物議，至少算是合法，只不過同年十二月，喬治・艾略特便因病棄世。

過得何其狂放不羈，一下和這個吉普賽女郎廝混，一下和那位名媛淑女同居，愛打仗就跑去打仗；生活過得多采多姿，擷取了各色各樣的體驗，無人阻擋，無人非難；之後在筆下造就出輝煌的作品。想當年，托爾斯泰要是也因爲和有夫之婦同居而不得不幽居在小修道院，「和所謂的人世切斷聯繫」，不管這樣的道德教訓有多崇高，我想，他是很難寫得出來《戰爭與和平》的。❖[48]

講到了這裡，或許就該深入一點來談寫小說這問題，以及性別爲小說家帶來的影響。我們若是閉上眼睛，在腦子裡給長篇小說勾畫個大概的模樣，腦海中浮現的可能是世人生活於鏡中投影形成的東西，但是當然有極多的簡化、扭曲，難以盡數。無論如何，小說這構造一定會在我們的心眼烙下它的樣子，有的是正方體，有的呈寶塔形，再有的伸出廂房、拱廊，有緊湊密實的，有圓頂聳峙如君士坦丁堡聖索菲亞大教堂的❖[49]。而這樣子，我想，回想一下前人寫出來的幾本名著，應該是從契合小說的感情爲起點來勾畫的。但那感情又是攪和在別的感情裡的；因爲，小說的樣子並不是由大石頭一塊疊一塊構造起來的，而是由人和人的關係搭建起來的。小說會在我們內心勾起各式各樣的矛盾和對立。人生有的實、人生沒有的虛，就有了衝突。也因此，我們對小說的看法很難一致；個人的偏見會牽動我們的看法而且幅度極大。我們一方面希望「你」——男主角約翰——要活下去，要不

然，「我」，就會陷入絕望的深淵。但另一方面，我們又希望，唉，約翰，你還是死了吧，因爲依照小說的樣子你應該要死才對。人生有的實、人生沒有的虛，就有了衝突。但由於小說裡的虛，有一部分依然屬於實，我們乃又將之判定爲實。所以，可能有人會說，我最

48《戰爭與和平》（*War and Peace*）的作者托爾斯泰（Leo Tolstoi / Tolstoy，全名爲Lev Nikolayevich Tolstoy, 1828-1910），俄國貴族出身，名作除了《戰爭與和平》（1865-1869）還有《安娜卡列妮娜》（*Anna Karenina*, 1875-1877）、《復活》（*Resurrection*, 1899）等等。托爾斯泰由於出身的關係，早年也不脫當時俄羅斯貴族社會的習氣，行爲放蕩，上大學讀不下去而中輟，游手好閒欠下巨額賭債，不得已跟著哥哥一起去從軍，因爲軍中的體驗和歐洲游歷的啓迪才脫胎換骨。雖然依據記載，托爾斯泰一八六二年結婚之後的第一件事，便是拿以前的日記給新婚妻子審閱，讓她了解新婚夫婿以前拈花惹草的惡行劣跡，不過，吳爾芙所述之吉普賽女郎等等細節，就史實而言，能拉得上關係的應該是他的堂哥費奧多．托爾斯泰（Count Feodor Ivanovich Tolstoy, 1782-1846），他就娶了吉普賽舞孃爲妻，也投身軍旅，嗜酒、好賭、殺人不眨眼，算是《戰爭與和平》當中多洛柯霍夫（Dolokhov）的芻型。吳爾芙對托爾斯泰和俄國文學很有興趣，寫過幾篇文章談托爾斯泰，在《普通讀者》當中也有一篇〈俄羅斯觀點〉（The Russian Point of View）談俄羅斯文學的氣質。

49 君士坦丁堡聖索菲亞大教堂——君士坦丁堡在一九三〇年正式改名爲伊斯坦堡，城內著名的古蹟，聖索菲亞大教堂（Hagia Sophia）是圓拱頂的聖殿（basilica）型建築。吳爾芙在一九〇六曾赴當時還叫做君士坦丁堡的古城一遊，參觀過聖索菲亞大教堂。聖索菲亞大教堂也於一九三五年改制爲博物館，不再是基督教的教堂。

討厭像詹姆斯那樣的人了。或者：這根本就是七拼八湊，胡說八道；換作是我才不會那樣子去想。所以呢，拿史上隨便一本著名小說來回想一下，顯而易見，小說的構造複雜萬端；因為小說是由諸多南轅北轍的判斷、諸多南轅北轍的情緒集合而成的。而這奇妙之處就在於，任何一本這樣子構造出來的書，再怎樣都可以撐住一或兩年以上，或者是英文讀者讀出來的意思和俄文讀者或者是中文讀者可能沒兩樣。這樣的小說撐持的力量之強，有時還非同小可。這類難得一見、歷久彌新的長青小說（我這裡想的是《戰爭與和平》），撐持下去的力量便來自所謂的「正直」[50]；不過，這裡說的的正直，和老實付帳或是臨難毋苟免的高尚情操完全沒有關係。小說家的「正直」，說的是他自信所寫的一切皆屬可信。也就是說，看書時我們會想，對啊，我怎麼從沒想過事情也會這樣，我從沒見過有人會這樣子的。但你說服了我，就是會這樣，就是會出這樣的事。我們每讀到一段字詞，每看到一幕場景，就會拿去和那一盞明燈比較——因為，說也奇怪得很，造化在我們每人心裡都裝了一盞明燈，供我們判斷小說家正直與否。要不也可以說是造化一時興起，莫名其妙就拿隱形墨水在我們的腦壁上面描摹出了「預感」，由這些大藝術家來證實。這圖樣只要湊在天才的火焰前面馬上就會現形。圖樣就這樣子展露出來，眼看它漸漸浮凸鮮活起來，每每教人驚喜莫名，讚歎：是啊，我就是這感覺！我就是知道會這樣！我就是想要這樣！頓時情緒沸騰，闔上書的時候甚至滿懷虔敬，恍若這書是極其珍貴的寶物，是生活的伴侶，只要活著一天就要有它常相左右；說到這裡，我拿起《戰爭與和平》放回架上原來的地方。不過，要是另一番景況：我們拿來檢視的差勁句子是先激起了一陣熱切的反應，鮮豔的色彩和激昂的姿態是教人眼睛一亮，卻也來得急、去得快：好像不知被什麼絆住了走不下去；或者是這些句子映照出來的，不過是這裡模模糊糊幾筆，那裡隨隨便便幾點，無一處看得出來是完整透澈的；讀的人在大失所望之餘，也只能大嘆一口氣說道，又一本劣作。這本小說裡面有敗筆。

還用說，小說確實不知哪裡便會冒出來敗筆。壓力太大會害想像力走得踉踉蹌蹌；洞澈的眼光也會有模糊的時候，搞不清楚可信、不可信；分分秒秒都要同時施展那麼多種本事，累到沒力氣走下去；諸如此類。但是，這些又會因爲小說家的性別而有怎樣的影響呢？我看看《簡愛》和其他小說，很想知道一下。女性小說家會因爲性別的關係而打壞她

50「正直」（integrity）——吳爾芙除了提出這樣的文學批評標準，於演講當中也數度叮嚀女學生要忠於自己，作自己就好，這樣的主張或可上推至莎士比亞於《哈姆雷特》當中的名句，「忠於自己」（to thine own self be true）（第一幕第三景第七十八行），在吳爾芙寫的《雅各的房間》（*Jacob's Room*, 1922），《戴洛維夫人》，《燈塔行》，主人翁維護自己的「正直」都是重要的主題。

創作的正直嗎？——正直在我眼中可是作家的骨幹。現在，拿我引述過的《簡愛》那一段來看，明白可見字句間的怒氣確實在抵銷夏綠蒂．勃朗蒂這位小說家的正直。她扔下了正在寫的故事，在她應該把全副的心思都放在故事上時，岔開去訴說個人的委屈。她想起了她理所該得卻遙不可及的生命體驗——想起她不得不困在牧師府裡補襪子萎頓一生，但她卻何其渴望自由去遨遊世界。她的想像力因憤怒而倏地岔了出去，我們也感覺得到那猛然一個大拐彎。然而除了憤怒之外，另還有其他許多力量也在拉扯她的想像力，把它拖離正軌。像無知好了。羅徹斯特的畫像便像是摸黑畫出來的。我們感覺得到恐懼深埋在畫像裡面陰森作祟；我們也動輒便感覺得到她筆端因爲壓迫而產生的尖酸，埋在熱情之下悶燒的痛楚，還有濡染這些作品的積怨，這些作品再精采也還是因之而痛苦痙攣❖[51]。

由於小說之於現實生活有這樣的對應關係，小說裡的價值觀因而也多少是現實生活的反映。只不過女性的價值觀和另一性別創造出來的價值觀，顯然常有很大的差別；而且天經地義理該如此。只是兩性當中還是由男性的價值觀獨擅勝場。講得粗淺一點，像足球和運動就算「重要」的；崇拜流行、置裝打扮則是「淺薄」的。這樣的價值觀當然一定會從現實人生轉移到小說裡去。所以，就有評論家會說這本書很重要，因爲它講的是「戰爭」。那本書無關緊要，因爲它講的是客廳裡的幾個女人家在想些什麼。戰場即景絕對要比商店

一隅更爲重要——價値觀的差異無處不在，常常還更幽微難辨。也因此，十九世紀初期的小說若是女性所寫，其整體結構便等於是由略略岔出正軌的心靈孕生而成的，而且，爲了迎合外在的權威，還必須扭曲原本清明的眼光。只需稍稍瀏覽一下那些湮沒無聞的舊小說，聽聽小說裡的口氣腔調，就推敲得出來作者遇上了批評。她這樣子說是在逞強；她那樣子說是在示弱。她承認她「不過是位弱女子」，她也可能抗議她「絕不下於大男人」。她面對批評的姿態由天生的脾氣來決定，或是溫馴、靦腆，或是憤怒、激烈。然而，不論哪一種都無關緊要；畢竟，她想的是事情之外的事。她的書像在我們頭上敲了一記。這書的核心有瑕疵。我再想想那些女性寫的小說，一本本像果園裡坑坑疤疤的小蘋果，散落在倫敦的舊書店。就是因爲核心有瑕疵，這些蘋果才會爛掉。她爲了迎合別人的意見，扭曲了

51 羅徹斯特——指《簡愛》的男主人翁，愛德華．羅徹斯特（Edsare Fairfax Rochester），「棘原莊」（Thornfield Hall）的主人，簡愛後來愛上了他，幾經波折終於成婚。

吳爾芙在《普通讀者》有一篇文章，〈簡愛和咆哮山莊〉（"Jane Eyre" and "Wuthering Heights"），談夏綠蒂．勃朗蒂，批評夏綠蒂「我們讀夏綠蒂．勃朗蒂爲的不是細膩的人物觀察……」，也指「她的力氣，全用在嘶喊，『我愛』，『我恨』，『我苦』……」。吳爾芙認爲角色塑造是小說創作的關鍵；另可參見吳爾芙幾篇評論文章，〈現代長篇小說〉（Modern Novels, 1919），〈小說中的角色〉（Character in Fiction, 1924），〈現代小說〉（Modern Fiction, 1925）。

自己的價值觀。

然而，要她們不朝左邊或是右邊偏一下，怎麼說也實在難如登天。這需要怎樣的天分、怎樣的正直，才能在身陷批評的陣仗、在純粹父權的社會當中，堅持一己所見，毫不退縮。唯有珍．奧斯汀和愛蜜莉．勃朗蒂做到了這一點[52]。這是她們軟帽上插的另一支勳羽，還可能是最漂亮的一支。她們是以女性的身分在寫作而非男性。在那時寫小說的千百位女性作家當中，唯獨她們完全不把老不死的冬烘學究放在眼裡，管他們嘮嘮叨叨不斷說教——要寫這，要想那。只有她們對這絮絮不休的聲音充耳不聞；管它一下咕噥不滿、一下婉言相勸、一下盛氣凌人、一下扼腕哀嘆、一下驚駭莫名、一下氣憤不已、再一下又慈祥和藹，怎樣就是不肯放過女人家，一定要緊盯著她們，活像苦口婆心的女家庭教師時時刻刻都在耳提面命，秀氣點，像布里吉斯爵士要的那樣。到後來，連詩歌評論都要把性別評論扯進去[53]；還諄諄告誡女性作家——假如寫得好而且，我在想應該是吧，拿到什麼金光閃閃的大獎——最好要乖乖待在界內，不要踰越這位紳士劃定爲女性該待的界線。「……身爲女性小說家，唯有勇敢承認她性別的限度，才寫得出優秀的作品。」[54]還眞是一語中的；但接下來我要跟各位說的，可能就要嚇各位一跳了。這話可不是寫在一八二八年八月而是在一九二八年八月；這樣，我想各位應該便會同意，這說法不論我們現在聽了

有多想笑，在百年之前，它代表的可是很大一批人的意見——在這裡我就不攪和古池子水了，而是單純看看有什麼漂到我腳邊就撿起來用了！——而且還是比現在要激烈得多、響亮得多的意見。在一八二八那樣的年頭，要將連番的冷落、非難、還拿得獎來勸誘等等，一概置若罔聞，不是異常堅毅的年輕女性還眞做不到。她要是沒一些烈性了還眞沒辦法對自己說，哼！他們可沒辦法連文學都收買了去吧！文學是開放給每一個人的。我才不准你

52 參見《普通讀者》當中吳爾芙寫的〈珍．奧斯汀〉和〈簡愛和咆哮山莊〉。

53（原註8）「（她）懷有形而上的目的，這是危險的執迷，特別是在女性身上，因爲像男性對修辭那般健康的愛好，在女性身上罕見。女性欠缺這一點是很奇怪的事，女性較爲原始，較重物質。」——《新標竿》（*New Criterion*）六月，一九二八年。

54（原註9）「要是妳眞的像那記者一樣，相信身爲女性小說家唯有能夠勇敢承認自己性別的限度，方才可能寫出優秀的作品，那她（珍．奧斯汀）便證明了這姿態可以擺得多優雅……」——《人生和文學》（*Life and Letters*），八月，一九二八年。

譯註：這是一篇匿名撰寫的書評，評論的是一九二七年獲得英國大學文藝獎長篇小說首獎的作品《另一國度》（*Another Country*），不過評論當中沒提得獎一事。小說的作者是牛津大學的女學生，從俄羅斯輾轉流亡到英國的海倫娜．杜．寇德瑞（Helene Du Coudray, 1906-1971）。

吳爾芙的引文與原文略有出入，因爲原文在珍．奧斯汀之後還有吳爾芙本人的大名。也就是論者舉珍．奧斯汀和吳爾芙兩人並列爲例證。

這傢伙把我從草坪趕走，就算你是個司鐸又怎樣！圖書館要鎖你就鎖，但是我的大腦可沒有門，沒有鎖，沒有門，沒有任何東西可以讓你箝制我心靈的自由。

然而，無論阻攔、批評對她們的作品會造成怎樣的影響——我相信這影響是非常、非常大的——比起她們提筆要將心裡所想形諸筆墨所碰上的其他困難，就變得無關緊要了（我這裡講的還是十九世紀初期的小說家）——這困難就是她們在身後找不到傳統；就算有也是又短又殘缺，幾乎沒多少用處。因爲我們要是女性，倒回頭去想便是要從我們一代又一代的母姊身上開始的。去從男性大作家的身上找幫助是沒有用的，就算樂趣再多也是緣木求魚；蘭姆、布朗、薩克萊、紐曼、史騰、狄更斯、德昆西[55]——隨便舉誰都一樣——雖然還可以讓女性作家學一些小花招改爲己用，但是除此之外，對女作家就一點幫助也沒有了。男性大腦行走的重量、步調和間距，比起女性差別太大，罕能讓女性擷取到什麼實際的東西好好一用的。那隻大猩猩隔得太遠，何必費力氣去學[56]。搞不好她筆尖才一落上紙面，就先發現她什麼現成的共通字句也沒得寫。偉大的小說家如薩克萊、狄更斯、巴爾扎克[57]都寫得一手渾然天成的好散文，流利但不鬆散，情韻生動但不必精雕細琢，各有色彩，但不失共同的丰采。他們乃是以時人的流行語句爲基礎在寫文章的。而十九世紀初期的流行語句，說不定是這樣子的：「他們作品之雄奇，來自行文內蘊的雄

55 這一串人名連起來涵蓋各形各色的作家。

蘭姆——參見第一章註12。

布朗——湯馬斯．布朗爵士（Sir Thomas Browne, 1605 -1682），英格蘭國作家，作品涵蓋的題材遍及醫學、宗教、科學、神祕學。

薩克萊——參見第一章註13。

紐曼——約翰．亨利．紐曼（John Henry Newman, 1801-1890），學問淵博，勇於討論信仰問題。原爲英國聖公會牧師，曾是英國教會「牛津運動」（Oxford Movement）重要旗手，帶領英國教會重整禮儀、體制、神學和聖樂。但是後來在四十多歲時皈依羅馬天主教，日後晉升爲樞機，在羅馬天主教會有很大的影響力，尤其在第二次梵蒂岡會議（Second Vatican Council），以致梵蒂岡第二次會議還被人叫做「紐曼大會」。

史騰——勞倫斯．史騰（Laurence Sterne, 1713-1768），生於愛爾蘭，就讀於劍橋，後來從事神職工作，生活、事業無一順遂。中年時才發覺自己有寫作才華，轉而專事寫作，名作爲《項狄傳》（*The Life and Opinions of Tristram Shandy, Gentleman*），小說妙趣橫生，但也備受抨擊，指爲淫穢敗德。

狄更斯——查爾斯．狄更斯（Charles Dickens, 1812-1870），英格蘭維多利亞時期的作家，作品反映現實生活，以精湛的技巧描繪社會萬象，筆端流瀉批評的銳氣、鋤奸伐惡的勇氣。

德昆西——湯瑪斯．德昆西（Thomas Penson De Quincey, 1785-1859），英格蘭散文作家，就讀牛津期間染上鴉片煙癮，造就了日後的名作，《煙鬼的告白》（*Confessions of an English Opium-Eater*），成爲西方癮君子文學的祖師爺。

56 隔得太遠，何必費力氣去學（Too distant to be sedulous）——改自「猴子學樣」（sedulous ape）。「猴子學樣」一語出自羅伯．史蒂文森（Robert Louis Stevenson, 1850-1894）自述他磨練文筆的訣竅，便是「猴子學樣」一般賣力去模仿哈茲利特．蘭姆、華滋華斯等名家的筆調。原意爲「有樣學樣」，這裡反過來用，有暗諷的意思。

57 巴爾扎克——巴爾札克（Honore de Balzac, 1799-1850），法國小說家，著作豐富，寫實主義的先鋒，以敏銳的觀察力、洞察力寫下九十一部小說集合成

辯氣勢絕對不會驟然停頓，而會綿延持續。他們最高興或最滿意的，便是發揮他們的藝能，讓真和美源源不絕流瀉而出。有所成就，激勵他們再接再勵；習與性成，促進成就不輟。」❖[58]這便是男性的字句；透過這樣的字句，看見的是約翰遜、吉朋❖[59]者流。這樣的字句根本不適合女性使用。例如夏綠蒂·勃朗蒂，散文寫得那麼精采，抓了這樣笨重的武器在手裡，一使起來就被壓得一頭撲倒在地。喬治·艾略特也拿它耍了耍，結果耍出無以名狀的爛把戲。而珍·奧斯汀呢，她拿這樣的字句看了看，笑一笑，便拿起筆來寫出另一類渾然天成、自在勻稱的句子，專屬於她的句子，而且終生未曾偏離。也因此，雖然她的天賦可能比不上夏綠蒂·勃朗蒂，但她說出來的東西卻多出來不知多少。的確，表達得以自由、得以完整，既然是藝術的基礎，那麼這般欠缺傳統、這般工具難尋且又不良的窘境，對於女性的寫作一定是莫大的耗損。不止，寫作這件事可不是一句接一句一直連下去就好，而是要拿句子，若用圖畫來講比較清楚的話，拿句子蓋起拱廊或圓頂。而這建築的樣子，同樣已經由男人依他們的需要蓋起來供他們使用。所以，既然句子都不適合女作家用了，史詩或是詩劇自然也沒有理由會適合女作家使用。然而，古老一點的文學類型早在女性投身寫作之前便已定型。唯獨小說尚屬新興，還算鬆軟，可以由她巧手捏塑，說不定這也是女性作家寫小說的另一原因吧。然而，有誰敢說現在這「長篇小說」（我把長篇小說加上引號，表示我覺得這名詞不算完全合適）❖60，目前可塑性最強的這一文學類型，它的樣子就最適合女性用來創作呢？有朝一日，女性作家一旦可以自由施展身手，我們絕對看得到她敲敲打打，把這一文類改成她要的樣子，製造出新的寫作工具，供她內蘊的詩心破繭而出，倒未必非韻文不可。因爲，詩，於目前依然是不准女性的才情去走的出口。

的《人間喜劇》（*La Comedie Humaine*），反映法國大革命之後社會面貌劇變以及人情世故。

58 「他們作品之雄奇……習與性成，促進成就不輟。」——出自威廉．哈茲利特（William Hazlitt）的文章，〈論學習之應用〉（On Application to Study），收錄在他的《直言集》（*The Plain Speaker: Opinions on Books, Men, and Things*, 1826）。

59 吉朋——吉朋（Edward Gibbon, 1737-1794），英國歷史學家，以六大卷的《羅馬帝國衰亡史（The Decline and Fall of the Roman Empire, 1776-1788）留名後世。
吳爾芙在她一九一五年的出版的小說處女作，《出航》（*Voyage Out*）當中提過數次，也以吉朋寫過兩篇文章，〈史家和吉朋〉（The Historian and the "the Gibbon"），〈雪菲爾宮懷想〉（Reflections at Sheffield Palaces）。

60 「我把長篇小說加上引號，表示我覺得這名詞不算完全合適」——吳爾芙出版《奧蘭多》的時候，書店不認爲《奧蘭多》是長篇小說（novel），執意要擺進傳記（biography）類，吳爾芙雖然不甚痛快，因爲傳記比起小說可要難賣得多了，但她自己在日記裡也寫過她「樂得這一次不用再被人叫做是在寫『長篇小說』了，希望再也不用挨罵。」過沒多久又在日記寫道她要發明新的名稱來用。她先前寫《燈塔行》的時候，就考慮過不用長篇小說的名稱而要用「輓歌」（elegy）。

所以，我不禁要進一步想，如今女性要寫一部五幕的詩歌體悲劇，她會怎麼寫呢？她會用韻文，而不再用散文了嗎？

只不過這些都是難以回答的問題，還落在未來的幽光裡。我不得不放下這些問題；別的不說，不放下，我會被這些問題拉得偏離正題，遊蕩到人跡未至的一片片森林，找不到路，到後來還可能遇上兇猛的野獸而被生吞活剝。這我可不想，我敢說各位應該也不願我去捅這十分灰暗的課題，講什麼小說的未來[61]。所以，我就在這裡打住，略花一點時間把各位的注意力拉向另一件事吧；在女性這邊，生理條件於未來一定是要多加強調的方面。著作，不管怎樣總是和生理有對應的關係的；所以，在此不妨斗膽直指女性寫出來的書，應該要比男性簡短一點、緊湊一點，行文的組織也不應該強求要長時間專注、無人打擾來做才比較好。畢竟打擾是沒有消失的一天的。再者，通往腦部的神經看起來也好像是男女有別，所以，若是要腦部神經發揮到最好、工作到最勤奮，就要搞清楚怎樣對神經最好——舉個例子，像這裡的上課時間是以前的修士訂出來的，大概也有好幾百年了，是不是就適合呢？——女性於工作和休閒的交替，需要怎樣安排才比較好呢？這裡說的休閒不是閒下來什麼事也不做，而是去改做別的事；而這所謂的別的事，又該怎樣和工作加以區分呢？這些在在需要討論，需要挖掘，在在都是「女性和小說」這大問題當中的一部分。

然而，還沒完呢；我再湊近到書架前面，我是要到哪裡去找女性針對女性心理所寫的詳盡研究呢？假如單是因爲女性沒有能力踢足球就不准她當醫生，那——

還好，這時我的思路又轉了個彎。

61 小說的未來——吳爾芙她一九二三年寫的〈班奈特先生和布朗女士〉文中談過當時小說創作的危機。針對小說家阿諾德．班奈特所說，當世小說創作的危機，在於喬治時代作家塑造角色的能力不足，吳爾芙同意塑造角色是小說創作成功的關鍵，因而也確實是小說危機的所在，但她認爲源頭不在喬治時代，而在班奈特、高斯華綏（John Galsworthy, 1867-1933），威爾斯（Herbert George Wells, 1866-1946）這一幫作家。她在〈現代小說〉當中又批評了高斯華綏、班奈特、威爾斯一次。

Chapter

5

給她一間自己的房間和一年五百英鎊吧，讓她盡情去說心裡的話吧，讓她學會把寫出來的刪掉一半吧，那麼，有朝一日，她終究會寫出更好一點的書來。她就會是詩人了！

漫無邊際說了這麼多之後，終於走到存放在世作家的書架這邊了；分成女作家，男作家兩區；因爲現在女作家作品的數量差不多和男作家不相上下了。就算這樣子說有些言過其實好了，就算現在男作家還是兩性當中比較健談的那一方，但是，女性不再單單只寫小說依然是不爭的事實。我們現在有珍．哈里遜寫的希臘考古學，有維農．李寫的美學，有葛楚德．貝爾寫的波斯著作[1]。寫書的題材五花八門，不過一世代之前還沒有女性得以接觸的題材，如今在所多有。有詩歌，有戲劇，有評論，有歷史，有傳記，有旅遊紀事，有學術和研究的專論，甚至還有幾本哲學書，連科學、經濟學的書也有呢。雖然小說還是占大多數，但是，小說極可能因爲廁身非我族類當中也像在改頭換面。那一份天然的純樸，那一段女性投身寫作、波瀾壯闊的年代已然逝去。閱讀和評論爲女性打開了更廣闊的視野，耕耘出更深邃的意蘊。寫自己故事的衝動應該已經耗盡。現在的女性作家可能已經開始拿寫作作爲藝術來看待，而不再是女子自道的工具。所以，在這些新的長篇小說當中，應該找得到一些這類問題的答案。

我隨手從架子上挑了一本下來。這本正好放在架子的末尾，書名叫做《生命的歷險》，反正就是這一類；作者是瑪麗．卡麥可[2]。是現在這十月剛剛出版的。看來這是她寫的第一本小說，我自忖道，但還是要當作很長的一系列作品當中的最後一部來讀才對，要看

作是承續先前我瀏覽過的那一部部作品——溫徹爾席夫人的詩，艾芙拉．班恩的戲劇，還有那四大才女作家的長篇小說等等。因爲每一本書都有承先啓後之處，縱使我們習慣一本

1 吳爾芙的藏書當中，珍．哈里遜的著作有《古代藝術與儀式》（*Ancient Art and Ritual*, 1918）、《希臘宗教研究緒論》（*Epilegomena to the Study of Greek Religion*, 1921）。

維農．李（Vernon Lee）——薇奧蕾．佩吉（Violet Paget, 1856- 1935）的筆名，英格蘭作家，故意使用男性筆名以免無人聞問。出身書香世家，長年僑居歐洲，流寓多處居所，也是女權運動人士。著作有散文、靈異小說，還有多本美學著作，包括審美心理學，吳爾芙在一九〇八以她的《多情旅人》（*The Sentimental Traveller*）寫過書評，她和夫婿的霍嘉斯出版社在一九二六年出版維農．李寫的《詩人之眼》（*The Poet's Eye*）。

葛楚德．貝爾（Gertrudee Bell, 1868-1926）——英國旅行家，曾經就讀牛津，後因舅舅在伊朗擔任公使而到德黑蘭小住，因此因緣，她在周遊世界各地之後還是回到中東，四處旅行，寫下多本旅遊記事，第一次世界大戰期間進而投身中東政治，最著名的事蹟是和阿拉伯的勞倫斯（T. E. Lawrence, 1888-1935）攜手在一九二一年扶持哈什麥特（Hashimite）王朝掌權。伊拉克建國之後，她將心力轉向文化，協助伊拉克建立博物館，保存文化史蹟不致外流。晚年病痛纏身、孤單寂寞，於巴格達吞服安眠藥自殺身亡。

2 一九二八年，英國節育運動人士瑪麗．史托普斯（Marie Stopes, 1880-1958）以瑪麗．卡麥可（Marie Carmichael）的筆名出版了一本小說，《愛之造化》（*Love's Creation*），故事大綱是女科學家愛上同一間實驗室的男科學家。吳爾芙於此大概只是借「名」獻佛，故事情節、人物姓名完全和史托普斯的小說搭不上關係。

本分開來評判。所以，我也應該將這位作者——這位籍籍無名的女子——看作是先前我簡單講過處境的那幾位女作家的後人，繼而看看她從先人那裡繼承了什麼特點或是包袱。好吧，我嘆一口氣；由於長篇小說給我們帶來的每每以鎮定劑爲多而非解毒劑，會悄悄拖著人昏沉睡去而不像烙鐵加身一樣教我們精神一振，所以，我拿起本子和筆，坐下來，想看看這位瑪麗．卡麥可生平的第一本小說，《生命的歷險》，可以讓我讀出什麼名堂來。

首先，我大概瀏覽了一下眼前的這一頁。我跟自己說，我要先抓一抓她文筆的感覺，之後再來把那什麼藍眼珠、棕眼珠、還有柯洛伊和羅傑可能有什麼關係塞進大腦之內記住。總會輪到這些的，先等我搞清楚她拿在手裡的是筆還是十字鎬再說吧。所以，我開口唸了一兩句，馬上就發覺有事情不太對勁。句與句之間的文氣銜接得不順。有東西斷掉了；有東西刪掉了；不時有這個字、那個字朝我的眼睛亂晃手電筒。她這就像是古代戲劇裡說的「撒手」❖[3]，全散了。我想，怎麼她寫起文章像拚命在點一支根本點不著的火柴呢？我假裝她就站在我面前，問她，怎麼珍．奧斯汀的字句對妳就一點也不合用？難道愛瑪和伍豪斯先生❖[4]一死，珍．奧斯汀寫的東西就要一筆勾銷？唉，我嘆了口氣，竟然變成這樣。想那珍．奧斯汀是從這段旋律跳到下一段旋律，像莫札特從這首歌跳到下一首歌；讀這位寫的東西啊，卻像坐了一葉扁舟出海。一下猛地往上拋，一下忽又往下沉。這樣的扼要短句，有一搭沒一搭的，嗯，說不定她心裡不知在怕些什麼呢；恐怕是怕被人叫做「濫情」吧；要不就是她記得女性的作品常被人說是「花稍」，所以趕快弄了一大堆刺，不需要也硬塞進來。但是，除非我好好將她寫的一景仔細讀過，否則很難判定她原本就是這個樣子呢，還是她在努力要做出別人的樣子。不管怎樣，再仔細讀一讀，我想，讀她的東西還不至於傷了元氣。只是，她一口氣堆了太多東西進來；這種厚度的書其實一半就綽綽有餘了。（這本書的長度約是《簡愛》的一半。）反正她硬就是有辦法把一堆人——什麼羅傑啊、柯洛伊、奧麗薇亞、東尼、畢根先生——全塞進一艘獨木舟然後沿河漂流去也。且慢，我在椅子上往後一靠，又再想，我還是應該拿整體來看，想得再仔細一點，才好再往下走。

我看差不多可以確定了，我在心底跟自己說，原來瑪麗·卡麥可在跟我們玩把戲呢。

3 撒手（unhand）——古式用語，unhand me的用法，可考的最早出處是莎士比亞的《哈姆雷特》（*Hamlet*, 1600），第一幕，第四景，意思是「鬆手」、「放開我」。後世再用這一個字時，通常就帶有戲謔的意思了。

4 愛瑪和伍豪斯先生（Mr. Woodhouse）——愛瑪是珍·奧斯汀小說《愛瑪》中的同名女主角，伍豪斯先生是她父親。

因爲，我的感覺很像在坐過山車，列車來到以爲會往下沉的地方卻又陡地往上爬升❖[5]。我們這位瑪麗在亂玩「預期次序」呢。她先是打散句子，然後打破次序。好啊，她有十足的權利這樣子搞破壞，只要她不是爲了打破而打破，而是爲了創造而打破就好。至於她是哪一種情況，目前尚無法斷定，只有等她把自己搞到進入情況的時候才會知道了。那就由她去搞吧，我在心裡說道，由她自己去搞出什麼情況來吧；只要她喜歡，用什麼破鐵罐、舊水壺都好；但她一定要有本事說服我她眞的覺得那便是進入情況了。而且一旦進入了情況，就要認眞面對。她就要硬著頭皮跳下去。所以，我決心對她善盡我作讀者的責任，只要她也對我善盡她身爲作者的責任就好；我翻開書頁讀將起來……對不住，突然要打斷一下。怎麼這裡一個男人也沒有？妳們眞的敢說那紅窗簾後面沒躲著個查特・拜隆爵士❖[6]？怎麼我們一堆全是女的？妳們說我有沒有看錯？那好，再下來我就要跟各位說，下一句我讀到的是——「柯洛伊喜歡奧麗薇亞……」別跳起來。別臉紅。既然一窩同是女的沒外人在，我們何不私底下大方承認，有的時候，確實就是有這樣的事。有的時候，女人眞的也會喜歡女人。

我讀道，「柯洛伊喜歡奧麗薇亞」，忽然心頭一震。怎麼覺得有好大的變化席捲而來。柯洛伊喜歡奧麗薇亞，說不定是文學史上破天荒的第一遭呢。克麗奧佩特拉並沒喜歡上

渥太薇亞。但要是她真的喜歡上了人家，那《安東尼和克麗奧佩特拉》不就要整個改寫了❖[7]！而以目前這樣子來看，我想——這一刻我大概放任心思從《生命的歷險》岔到別的地方去了——事情不就簡單多了、規矩多了，還有，要是斗膽追加一句，也很荒謬了。克麗奧佩特拉對渥太薇亞的感覺僅僅是嫉妒。她比我高嗎？她梳什麼髮型？這一齣戲說不

5 過山車（switchback railway）——原始版的雲霄飛車，是美國發明家拉瑪庫斯．湯普森（LaMarcus Adna Thompson, 1848-1919）設計出來的，於一八八四年取得專利，同年在美國紐約的柯尼島（Coney Island）開幕啓用，極為轟動。Switchback指Z字型的山林鐵路，用作遊樂設施改成上下起伏的Z字型，由於當時設計鐵軌上下穿行在假山之間，所以俗名叫做「過山車」。

一九二四年至一九二五年，英國倫敦舉辦「大英帝國博覽會」（British Empire Exhibition），會場便蓋了一具極大的過山車設施，吳爾芙就算沒坐過也至少看過。

6 查特．拜隆爵士（Sir Chartres Biron, 1863-1940）——英國律師，後來出任倫敦治安法官，雷克里夫．霍爾（Radclyffe Hall, 1880-1943）的同性戀小說《寂寞之井》（*The Well of Loneliness*）一九二八年被控淫穢一案，就是由他審理，吳爾芙原本和作家好友E．M．佛斯特（E. M. Forster, 1879-1970），還有生物學家朱利安．赫胥黎（Julian Huxley, 1887-1975），相偕準備出庭作證，卻被拜隆駁回，直接判定是書淫穢，查禁銷毀。吳爾芙和佛斯特還在雜誌上面簽署公開信，反對查禁。

7 克麗奧佩特拉並沒喜歡渥太薇亞——渥太薇亞（Octavia, 69-11 BC），古羅馬帝國皇帝奧古斯都（Augustus, 63 BC-14 AD）的姊姊，曾嫁與安東尼為妻，後離異。她也被莎士比亞寫進《安東尼和克麗奧佩特拉》劇中。

定也不需要別的。但要是這兩個女人之間的關係再複雜一點的話，那這一齣戲不知會變得多好玩。這女性之間的關係啊，我一邊想一邊在心底將小說裡虛構的精采女性群像快速掃描一番，未免都太簡單了。好多東西都略去不談，碰也不碰一下。我努力回想我讀過的作品，可有哪兩個女性在作家筆下是朋友的。有，《十字路口的黛安娜》❖[8]對此有所著墨，但也點到爲止而已。在拉辛的作品和希臘的悲劇當中，有，她們是手帕交。再要不就是這本或那本書裡她們是母親，是女兒。但是她們的關係，幾乎全無例外，一概是透過她們和男性的關係來呈現的。想來眞是奇怪，小說裡的這些不凡女性，在珍．奧斯汀之前，不止全要透過異性的眼睛來看，而且非得要透過她們和異性的關係來看不可。這樣子看到的女性生命可是好小的一部分啊！都已經這麼小了，男性再透過性別架在他鼻梁上的眼鏡，不論是黑色還是玫瑰色的，再去看，那看到的甚至所剩無幾了！大概就是因爲這樣子吧，女性在文學創作當中的面目才會有這樣的特質：女性的美善，女性的醜惡，都極端到嚇人；一下是天上才有的至善，一下是打入地獄的極惡——總之，就是隨她的情人對她的愛是升、是降，兩人的關係是順、是逆而定。當然，這在十九世紀的小說家筆下就不盡然是這樣子的了。女性的面目在這時候是變得比較多樣，比較複雜。說實在的，搞不好就是爲了要描寫女性，才導致男性逐步放棄詩歌體戲劇而發明出小說；因爲前者的激烈衝突較多，女性罕能派上用場；後者便是比較能夠承載的體裁。即使如此，連普魯斯特的作品也清楚可見這一位男子對女性的了解還是殘缺不全❖[9]；至於女性對男性的了解，也是這樣。

還有，再看了看翻開的書頁，我又再想，這其實也愈來愈清楚了，女件和男性一樣也會有別的興趣，而不單單只是宜室宜家，萬年不變。「柯洛伊喜歡奧麗薇亞」。兩人共用一間實驗室……」我再往下讀，發現這兩位年輕女性正在用絞肉機處理豬肝；好像是在調配治療惡性貧血的藥劑❖[10]。不過，兩人當中一位已婚，而且——我想我這樣子說應該沒錯吧——有兩名年幼的小孩。但是，這些當然一概都要去掉才行，以致小說虛構的精采女子

8《十字路口的黛安娜》(*Diana of the Crossways*)——英格蘭作家喬治・梅瑞迪斯（George Meredith, 1828-1909）出版於一八八五年的長篇小說，描述婚姻不幸的女主角出軌外遇，對象是國會議員，而於政壇引發軒然大波。梅瑞迪斯對女性的看法不同於維多利亞時代的流俗，他認爲女性一定要自立自強，才能對抗殘暴的男性，女性一定要鍛鍊智慧，以之了解推動人類生活的力量何在，小說中的觀點自然也厚待女性，出版後一時洛陽紙貴，原本確立多時的名望更是聲勢鼎盛。小說中的女主角也是以轟動一時的眞實事件爲本，亦即梅瑞迪斯的好友，女作家卡洛琳・諾頓（Caroline Norton, 1808-1877）的婚外情，諾頓因此事件積極投身女權運動，促成法案通過，保障婦女權益。

9 例如普魯斯特《追憶似水年華》當中的主人翁暗戀蓋爾芒特夫人暨後續的發展。

10 吳爾芙有表妹，珍妮・渥根（Janet Vaughan, 1899-1993），是女性從事醫學研究的先驅，專攻血液學，但也備受歧視之苦，依她自述，曾經爲了研究惡性貧血的解藥，而向吳爾芙借過一具絞肉機。

畫像就變得太簡略、太單調了。想想看，舉例而言吧，男性在文學當中要是全刻劃成女性的情人，而從沒當過男人的朋友、軍人、思想家、夢想家，那麼莎士比亞寫劇本的時候能派給他們的角色可就寥寥無幾了；那文學可有多慘！奧賽羅應該還看得到大部分，安東尼也不會少，但可就看不到凱撒，看不到布魯特斯，看不到哈姆雷特，看不到李爾王，看不到賈克了❖[11]——文學一定因此一貧如洗；但說實在的，文學不就因爲一扇又一扇大門都把女性關在外面，而貧乏得不知多少嗎？不想結婚也不成，終生死守在一間房間裡，死守在一種行當裡，這樣的女人家，要劇作家怎麼寫得出完整的面貌？或者要怎麼去寫得生動有趣、眞實可信？此時，愛情便成了僅此唯一可行的詮釋途徑了。結果逼得詩人不是要熱情如火就是要深陷苦海，除非他還眞的選擇去「恨女人」；而這樣一來，十之八九表示他沒女人緣。

所以了，要是柯洛伊眞的喜歡奧麗薇亞，而且兩人共用一間實驗室，那麼兩人的關係就會比較多樣、比較長久，因爲這樣一來，私交的成分就會比較少；要是瑪麗・卡麥可眞的會寫文章，我已經有一點喜歡起她的筆調了呢；要是她有自己的房間，這一點我還不敢確定；要是她一年有五百英鎊的生活費——這一點尚待求證——要是這些都有的話，那麼，我想有大事已經出現了。

因爲，要是柯洛伊眞的喜歡奧麗薇亞，而瑪麗・卡麥可又知道怎麼去寫，那麼，她等於是在一間從來沒人進去過的大房間內點起了一支火把。半亮不亮，影影綽綽，幢幢暗影濃重如陰森的曲折洞穴；拿著蠟燭走在裡面，一邊走一邊探頭探腦，不知道下一步會踏進哪裡去[12]。這時我又再開始往下讀這本書，讀到柯洛伊看著奧麗薇亞把罐子擺在架上，口裡還在說她該回家去看孩子。我不禁驚歎，這一幕情景，可是開天闢地以來從沒見過的啊！而我也在注意，看得興致盎然；因爲我要看看瑪麗・卡麥可怎樣下筆去捕捉那些未曾有人記下過的姿態，那些欲語還休或是呑呑吐吐的話語；隱約幽忽，宛如飛蛾在天花板上的投影，是女性和女性獨處，而且沒沾染到異性古里古怪的有色眼光，才會自動顯現出來的。假如她眞要做下去的話，我一邊讀一邊說，她可是要屛氣凝神才對呢；畢竟女性對於

11 奧賽羅，安東尼、凱撒、布魯特斯、哈姆雷特、李爾王、賈克——七位文學史上的名角，全都在莎士比亞的劇作當中現身，凱撒（Caesar）這位古羅馬政治家的故事寫的作家不少，除了莎士比亞，還有伏爾泰和蕭伯納等等。至於賈克（Jaques）名氣未若前述六人響亮，是莎士比亞喜劇《皆大歡喜》（*As You Like It*）當中的貴族，性格憤世嫉俗，好發哲人語。

12 這樣的意象，吳爾芙一九二四年使用在〈班奈特先生和布朗女士〉（Mr. Bennett and Mrs. Brown）當中，用以闡述她對角色塑造的看法：「這些角色都沒有特徵。看他們就像走進地底深不可測的洞穴，火光四處光動，聽得到海底湧動的水流，一片漆黑，恐怖，摸不清東南西北。」

看不出別有所圖的關注向來多疑得很；畢竟女性太習慣隱藏、太習慣壓抑，朝她們投射過來的端詳眼神才閃一下光芒，馬上避之唯恐不及。所以呢我想，好像瑪麗·卡麥可就在眼前，我說，這時最好要顧左右而言他，眼睛定定望向窗外，不要拿筆寫在本子上，而要用最簡略的速記法，用還沒拼成的字，記下奧麗薇亞是怎樣——這個生命體可是千百萬年一直罩在巨石陰影下的——感覺到有光投射下來，看見有東西朝她靠近過來，像是奇怪的食糧——知識、探險、藝術。她伸手過去，我再度將眼光自書頁上抬起來，心想，她必須用盡她手中所有的一切，她在別的事上磨練得極爲精妙的一切，做出全新的組合，這樣才能將新融入舊，但又不致打破整體微妙得不得了、緊密得不得了的平衡。

可是啊，唉，我原本決意不做的事還是做出來了；我竟然不假思索就讚美起自己所屬的性別來了。「磨練得極爲精妙」——「微妙得不得了」——這樣的字句不容否認都是讚美吧；而讚美自己所屬的性別可向來都不太對勁，往往還很無聊；何況，像這裡的情況又有誰能證明呢？沒人可以走到地圖那邊說發現美洲大陸的人是哥倫布，而哥倫布是女的；或拿起一顆蘋果說發現萬有引力的人是牛頓，而牛頓也是女的；或看著天空說，頭上有飛機飛過而飛機是女人發明的。牆上又沒記號用來測量女性的確實高度。我們找不到碼尺細分成一吋吋的小格子，可以用來測量母親有多偉大、女兒有多忠誠、姊妹有多堅貞、家庭主

婦有多能幹。連現在能進大學讓人打一打分數的女性也屈指可數。各類專門行業、陸軍、海軍、貿易、政治、外交，幾乎未曾有過女性得以上陣接受這些領域的嚴格歷練。女性在現在甚至連分門別類的資格都等於沒有。例如我想知道有沒有誰可以把他知道的郝利・伯茨爵士生平全告訴我，我只需要翻開《勃克》或《狄布雷特》❖[13]之類的出版品，就可以查到他拿了什麼學位，在哪裡有大樓，繼承人是誰，在哪個部會當過大官，代表英國出使加拿大，拿過哪些學位、官位、勳章或其他殊榮什麼的，表揚他身上烙下的那些永遠無法磨滅的功績。就只有天知道這位伯茨還有什麼沒讓人知道的了。

所以，我先前說女性「磨練得極爲精妙」、「微妙得不得了」的地方，在《惠戴克》❖[14]、《狄布雷特》或《大學年鑑》絕對無從查考。這就麻煩了，教我如何是好？我再看看書架。

13《勃克》或《狄布雷特》——分別指《勃克貴族名錄》（*Burke's Peerage*）和《狄布雷特貴族名錄》（*Debrett's Peerage and Baronetage*），兩份刊物皆於十九世紀初葉開始刊行，針對擁有爵位、騎士頭銜、地主鄉紳（landed gentry）等上流階級編纂名人錄，從薩克萊寫的《浮華世界》起便不時出現在作家筆下。郝利・伯茨（Sir Hawley Butts）爵士——吳爾芙虛構的人物。

14《惠戴克》——指《惠戴克年鑑》（*Whitaker Almanack*），創刊於一八六八年，有別於貴族名人錄，記載的是英國社會各行各業的人物和活動，鉅細靡遺，涵蓋政府、財經、宗教、軍事、人口、商業、天文、自然等等的簡介和統計。

架上有傳記：約翰遜、歌德、卡萊爾、史騰、古柏、雪萊、伏爾泰、布朗寧❖[15]，還有其他多人。我便開始想，這些男性的偉人有因爲這樣、有因爲那樣的，而對異性仰慕、追求、同居、傾訴、共枕、描寫、信賴等等，都是除了有所需要、有所依賴，別無其他可以名狀

15 約翰遜——約翰遜有紅粉知己赫思特．塞雷爾（Hester Lynch Thrale, 1741-1821），出身權貴世家，因爲父親破產，倉促下嫁富豪酒商，由於聯姻有金錢暨階級的考量，故於婚後不甚和諧。不過，赫思特因富豪丈夫之故，得以周旋倫敦上流社會，結識藝文名流，如約翰遜、鮑斯威爾以及年輕一輩的芬妮．勃尼。約翰遜與塞雷爾夫妻過從尤密，打從一七六五年認識，往後十七年幾乎都住在塞雷爾的寓所。然而一七八一年塞雷爾先生過世，塞雷爾夫人和家裡聘請的音樂老師滋生情愫，於一七八四年下嫁，導致她和約翰遜決裂。約翰遜於她蜜月期間病重過世，她旋即出版《約翰遜生平軼聞趣事》（*Anecdotes of the Late Samuel Johnson*, 1786），兩年後再出版書信集，描畫出鮑斯威爾沒寫到的另一面約翰遜。

歌德——日爾曼大文豪一生愛慕過的女性不少，一個個身影在他的作品當中歷歷如繪。例如少年時期愛慕過的葛麗琴（Gretchen），先後出現在他兩本著作當中，虛虛實實，眞假難辨。後來他愛上安娜．荀科夫（Anna Katharina Schönkopf），拿她寫詩；而後有菲德麗卡（Frederike）。待他移居威瑪（Weimar）之後，和已婚、生下七子而且年長十歲的夏綠蒂．馮史坦（Charlotte von Stein, 1742-1827）來往密切，長達十年。但因羅敷有夫，歌德後來還是爲了避嫌遠行義大利，結果邂逅克莉斯蒂安娜．佛普伊斯（Christiane Vulpuis, 1765-1816），共賦同居，生下子女，但是直到一八〇六年才正式結下婚約。

卡萊爾——寫《法國大革命史》的卡萊爾娶妻珍．威爾許，兩人婚前各自有過心儀的對象，卡萊爾仰慕過瑪格麗特．戈頓（Margaret Gordon）和姬蒂．

寇派翠克（Kitty Kirkpatrick），都被他寫進作品《衣裝哲學》（*Sartor Resartus*）。珍．威爾許則對卡萊爾的朋友愛德華．爾文（Edward Irving, 1792-1834），也是自己的老師，滋生情愫，但是她會嫁給卡萊爾還是爾文居中牽線。他們婚後一直談不上琴瑟和鳴，性格也不相襯，同都有精神出軌的紀錄。不過，珍．威爾許深具才氣見識，早世人一步看出卡萊爾寫的《衣裝哲學》是天才之作，《法國大革命》的草稿被彌爾的女傭燒掉，也是由珍力勸，卡萊爾才再動筆重寫。只是卡萊爾卻將妻子當作尋常婦道人家支使。珍．威爾許過世之後，卡萊爾也一蹶不振，思路、筆鋒不復昔日犀利。爲卡萊爾立傳的佛勞德，將珍生前寫的九千多封書信公諸於世，揭露兩人吵吵鬧鬧四十年的不幸婚姻，堪稱文學史上第一怨偶。薩繆爾．巴特勒還說「上帝眞是賢明，讓卡萊爾娶他太太，這樣倒楣的人就只是兩個而不是四個。」吳爾芙便對珍．威爾許的信函很感興趣。

史騰——他娶的妻子，伊麗莎白．倫利（Elizabeth Lumley），是藍襪女史伊麗莎白．蒙太古的外甥女，兩人於一七四一年結婚，只是兩人同都罹患肺癆，加上女方性情暴躁，婚後相處並不和諧，史騰的境遇也多坎坷，到了四十六歲才發覺他在筆下嬉笑怒罵的功力了得，開始撰寫《項狄傳》。但是母親過世，他疼愛的女兒生病，妻子暴烈的性情惡化爲精神失常，鬧著要自殺，逼得史騰拚命寫稿，以求度過難關，自述諧趣橫生的《項狄傳》每一句「寫來心情之沉重，無以復加」。幸而《項狄傳》問世，功成名就，但他也因爲痼疾纏身，功成名就方才八年就在旅次過世。

威廉．古柏（William Cowper, 1731-1800）——英格蘭田園詩人，作品乃浪漫派詩歌的濫觴，然而畢生爲憂鬱症所苦，一七六三年更因數度自殺而被送進精神病院。復原期間，借住在退休教士莫利．恩文（Morley Unwin, 1703-1767）家中，由他們夫婦悉心照料，雙方相處融洽，此後古柏便離不開他們兩人。後來教士過世，六歲喪母的古柏對孀居的瑪麗．恩文（Mary Unwin, 1724-1796）依戀更深。日後古柏又再精神失常，皆有賴瑪麗細心照料而得以復原。此後迄至瑪麗過世，即使兩人住處數度搬遷，卻始終同住一處。瑪麗過世，古柏憂鬱症再起，

的關係。而這些關係是否全屬柏拉圖式❖[16]？我可沒辦法肯定；至於希克斯爵士呢，可能就會斷然否定❖[17]。不過，我們要是就此認定這樣的關係，在他們除了慰藉、奉承和魚水之歡以外別無所獲，那可就眞的大大冤枉了這些碩才俊彥。他們得到的，都是同性沒辦法

而且此次再也未能復原。終至棄世。

雪萊（Percy Bysshe Shelly, 1792-1822）——於一八一一年因爲匿名寫了一篇宣揚無神論的文章而被牛津大學退學，再和父親鬧翻，四個月後，十九歲的雪萊便和妹妹的十六歲同學哈麗葉．魏斯布魯克（Harriet Westbrook）私奔到蘇格蘭。起因是哈麗葉寫信給雪萊訴苦，說她在學校、家裡多不快樂，想要自殺，雪萊則是因爲家人從中作梗害他無法和表妹相愛，加上自覺來日無多，便決定拯救哈麗葉脫離苦海。只是兩人私奔之後諸事不順，即使生下女兒，兩人還是因爲磨擦日甚，導致哈麗葉帶著女兒回到父母身邊，兩人勞燕分飛，獨留雪萊一人四處晃蕩。雪萊在他仰慕的學者威廉．高德溫（William Godwin, 1756-1836）家中認識了高德溫的女兒瑪麗（Mary Wollstonecraft Godwin, 1797-1851），瘋也似的愛上人家，數度寫情書威脅瑪麗沒有愛毋寧死。所以在一八一四年七月，雪萊拋棄哈麗葉及她腹中的親骨肉，帶著瑪麗私奔到瑞士，而且連瑪麗的異母妹妹也一起帶著走，不過六個禮拜後，三人狼狽回到英格蘭。雪萊歷經二次私奔，倒是沒有第三次，而是和聰慧過人的瑪麗廝守下去。一八一六年十二月初，已經另結新歡的哈麗葉自殺身亡，十二月底，雪萊和瑪麗正式結婚。一八一八年起，雪萊夫婦旅居義大利，雪萊於一八二一年邂逅英國海軍軍官的妻子，又對她一見傾心，爲她寫了幾首詩，虔心膜拜。一八二二年，雪萊不幸翻船溺斃。

伏爾泰（Voltaire）——佛杭蘇瓦—馬利．阿胡耶（Francois-Marie Arouet, 1694-1778）的筆名，法國啓蒙時代思想家、作家，一七一三年因律師父親的安排到海牙的法國大使館擔任祕書，邂逅法籍新教難

民女子，陷入熱戀，引發物議，被大使發現，於年底將伏爾泰遣送回巴黎，戀情無疾而終。過後多年，他有了情婦，是個年輕寡婦。但在一七二六年他因爲找貴族決鬥，被抓送官，便自請流亡英國，視他如眼中釘的法國政府求之不得。流亡兩年半後重返法國，繼承父親遺產，生活無憂，伏爾泰潛心寫作，卻又因爲讚美英國的君主立憲制，得罪當道，於一七三四年被迫離開巴黎保命，借住在愛蜜莉・杜夏特雷（Émilie du Châtelet, 1706-1749）丈夫的城堡，愛蜜莉是自然哲學家、數學家、物理學家，於一七三三年認識伏爾泰。愛蜜莉當時不僅已婚，有三個孩子，還小伏爾泰十二歲，但和伏爾泰發展出情愫，而她的侯爵丈夫也不以爲忤，回到城堡甚至可以三人共處。伏爾泰和公爵夫人愛蜜莉在城堡內收集的圖書超過二萬一千本，兩人一起鑽研知識，切磋思想，一起作科學實驗，堪稱志同道合的佳侶，愛蜜莉還將牛頓拉丁文的《自然哲學的數學原理》（*Philosophiae Naturalis Principia Mathematica*）全本譯成法文，成爲後世的法文版定本。伏爾泰對愛蜜莉的感情雖然始終如一，但是長居城堡還是窒悶。一七四四年他回巴黎一趟，結果愛上自己的外甥女，後來同居，迄至伏爾泰過世。至於侯爵夫人，自然也改投他人懷抱。

布朗寧（Robert Browning, 1812-1899）——英國作家，寫詩和戲劇，一八四六年迎娶的妻子，女詩人伊麗莎白・布朗寧（Elizabeth Barrett Browning, 1806-1861），年紀比他大，文名比他高，只是疾病纏身，但是兩人締造的美滿婚姻也算文壇第一佳偶。伊麗莎白因爲父親性格扭曲，不願女兒出嫁，兩人偷偷戀愛，私下結婚，富豪父親因之剝奪伊麗莎白的繼承權。婚後夫妻兩人移居義大利，迄至一八九九年，伊麗莎白在丈夫懷中安詳謝世。

16 柏拉圖式（Platonic）——指精神戀愛，沒有性行爲。卡萊爾夫妻的怨偶人生，有一說指兩人始終是柏拉圖式，未曾圓房。伏爾泰戀上外甥女，也有說是柏拉圖式，未涉情慾。古柏和恩文太太的關係，則是謎團。

17 希克斯爵士（Sir William Joynson Hicks, 1865-1932）——英國保守黨政治人物，一九二八年同性戀小說《寂寞之井》被告淫穢一案，就是在他擔任

給的；也因此，再進一步這樣子推論說不定也不算武斷，也就是說，即使不拿詩人絕對屬於狂想的囈語來作例證，我們也可以說他們得到的是刺激，是創造活力得以復甦，而且是唯有異性方能惠賜的厚禮。我想，有男子一打開客廳或育兒室的門，看見女子身邊說不定圍著一圈孩子或者是膝蓋攤著一方繡花布——總之，就是另一方截然不同的生活秩序、生命規律的中心；這樣的世界，相較於男子的世界，不論是法庭還是下議院，兩相對比，頓時教他精神一振，活力湧現；接下來閒聊幾句，就算是再家常的閒話，雙方天生南轅北轍的見解，就是能爲男子枯乾的思維注入新鮮的活水；看見女子用完全不同的材料進行創造，馬上便能刺激他的創造力甦醒過來，原本枯竭的心田不知不覺立即又開始耕耘構想；在男子戴上帽子出門前來看她那時，原本怎樣也想不出來的字詞或場景，刹時湧現心頭。每一位約翰遜都有一位塞雷爾夫人；而且，就因爲上述那般的原因，每一位塞雷爾夫人都是每一位約翰遜緊抓不放的對象。也因此，後來塞雷爾夫人下嫁她聘請的義大利籍音樂老師，約翰遜才會那麼氣、那麼恨，幾乎半瘋；不僅在於他們在史崔珊[18]共度夜晚的美好時光就此不再，教他難捨，也因爲他生命的光輝從此「恍若熄滅」。[19]

不用去當約翰遜博士、當歌德、當卡萊爾、當伏爾泰，我們一樣感受得到女性身上那一份微妙到底是什麼，女性磨練得極爲精妙的創造才華又有多大的威力，只是和男性的感受很不一樣。一走進房間——這時就需要好好翻攪一下英文的詞彙寶庫，任一列列雁行的辭藻爭相鼓翼強行硬闖進來，否則，女性無從說出她們走進房間時的感受。一間又一間房間可以有天壤之別；有的好安靜，有的鬧哄哄；有的開窗面向大海，有的正好相反，望進了監獄牆內；有的晾滿了洗淨的衣物，有的閃映蛋白石❖[20]的絢彩和絲絹綢緞；有的粗礪如馬鬃，有的輕盈如羽絨——隨便挑一條街，隨便挑一間房間，走進去，女性的氣質便挾著繁複繽紛的力量撲面而來。不這樣，又會怎樣？女性關在室內不千百萬年了麼？難

內相（home secretary）任內的事。當時一位報紙編輯將小說連同他的批判送交希克斯陳情，認爲這一本小說應該查禁；希克斯火速於二天之後親自交辦。希克斯於內相任內（1924-1929）以專制手段出名，一九二〇年代英國政府大力查禁「不良書刊」多與他有關，除了霍爾之外，他還點名D．H．勞倫斯和威廉．布雷克（William Blake, 1757-1818）。

18 史崔珊——史崔珊指倫敦南區的「史翠珊莊園」（Streatham Park），是約翰遜寄寓的塞雷爾府邸。

19 「恍若熄滅」——卡萊爾的妻子珍．威爾許逝世之後，墓碑的銅版銘文最後一句刻的是：「驟然從他身邊奪去，他的生命光輝恍若熄滅」（suddenly snatched away from him and the light of his life as if gone out）。

20 蛋白石（opal）——指「蛋白石玻璃」。十九世紀的玻璃製造商把不透明的乳白色玻璃叫做「蛋白石玻璃」，這類玻璃於十六世紀發明於威尼斯，有淡藍、粉紅、淡黃、淺棕、黑、白等多種色彩。多用於製造裝飾用的餐具、燈具、花瓶、飾品；特別精緻華麗，在十九世紀末期極爲風行，到了一九三〇、四〇年代「大蕭條」（Great Depression）的時候才告衰退。

道待了這麼久，到現在這房間的牆壁不會浸潤著女性的創造力？而且，浸潤之深透飽滿，不已經滲出了磚塊、灰泥之外，需要宣洩到文字、到色彩、到商業、到政治去作發揮麼。不過，女性的創造力大不同於男性。我們還絕對可以斷言，女性的創造力要是橫遭壓制或是荒廢，可是萬分的可惜；因爲，這一股力量乃是歷經數百年最嚴苛的磨練方才淬鍊出來的，無可取代。而女性學男性的方式寫作，學男性的方式生活，或學男性的方式打扮，一樣是萬分的可惜；因爲，以人世之廣大、人世之繁茂，縱使有兩性也已經力有未逮了，試想再要單靠一性，如何打理得好？教育難道不應該講究彰顯差異，加強差異，而非去異求同的嗎？現下兩性的同已經太多；所以，要是有探險家回來，說在兩性之外還有其他性別的人，透過不同的樹木枝椏仰望到了不同的蒼穹，這對於人類的貢獻可就無與倫比了。這時，要是額外看得到X教授急忙衝去找他的量尺要證明他眞的「比較優越」，可眞會教人樂不可支。

這瑪麗．卡麥可啊，我的眼光依然在書頁上方一點的地方盤桓，想到她即使單純只作觀察，也還是沒辦法輕鬆了事的。其實，我還眞的擔心她當起小說家會忍不住要去走我覺得比較沒那麼有趣的路線呢——也就是自然主義，而不是內省派。有那麼多新鮮的事可以供她觀察，她毋須劃地自限，只看中上階層的體面宅邸。她可以不必示惠，不必屈就，

而以姊妹同胞的精神走進泛著香氣的斗室，看看裡面的交際名花、賣春妓女，抱著哈巴狗❖[21]的婦人。在那房間裡，她們身上還是男性作家硬搭在她們肩上粗製濫造的現成衣著。但是，瑪麗．卡麥可會祭出手中的剪刀，將她們的衣裙剪裁得凹凸有致，貼身展現丘壑起伏的曲線。到了那時候，場面必定煞是有趣，這些女子終於算是原形畢露了。但是，我們還是得再等一等；因爲，瑪麗．卡麥可這時候還沒辦法掙脫性別暴行的遺毒在她心底投下的疑慮，而自覺面對的是「罪」。她腳上還套著階級僞造的老舊腳鐐。

只不過世間女子大多既非賣春女郎、也非交際名花，更不會鎮日枯坐，緊摟著哈巴狗抵在髒髒的天鵝絨長裙上面，耗掉夏日午后。所以，這世間女子都在做些什麼呢？此時，我心底的眼睛望見了河岸南邊的一條長街；兩側櫛比鱗次的屋內密密麻麻住滿了無以計數的人。我以想像之眼，看見一位年紀極大的老婦挽著一位中年婦女的臂膀穿過馬路；說不定是她女兒；兩人都穿得很體面，有靴子，有毛皮；在下午穿成這樣，一定是行禮如儀的規矩；而她們那一身衣服年復一年，每逢夏日就一定收藏進櫃子裡擺上樟腦丸。她們過街時街燈還會正好一盞盞亮起（傍晚是她們最喜歡的辰光），年復一年，始終如是。老婦已

21　哈巴狗——十六世紀自中國引進歐洲，因爲荷蘭、英格蘭王室特別鍾愛而風靡西歐，十九世紀英國的維多利亞女王也愛哈巴狗，又再帶動起大流行，常見人手一隻。

經年近八十；若是有人問起她，她覺得她的生活有何意義？她想必會說，她記得一條條街上爲貝拉卡拉瓦之役點起燈火的情景❖[22]，或是記得英王愛德華七世出生時海德公園打響的禮砲❖[23]。但要是想抓準她說的時日、季節，再追問得仔細一點，像是，那麼一八六八年四月五日您是在做什麼呢？或是一八七五年十一月二日呢？她一定一臉茫然，回答說她一點都不記得了。因爲，只要晚餐準備妥當，杯盤刷洗乾淨，小孩先送去上學再出外闖天下，在她便一無所剩。在她，一切皆不復存在。沒有傳記、沒有史冊，沒有隻字片語提及她的一切。至於小說呢，雖非故意，但是講的一定騙人。

這些湮沒無聞的生命皆需留下紀錄啊，我對瑪麗・卡麥可說了，彷彿她就在我面前；同時我也繼續在心底穿行倫敦的一條條街道，在想像裡感覺有口難言的壓力，想像千百萬個湮沒無聞的生命堆積起來的重量；不論是站在街角兩手扠腰的女人，手指頭的戒指深埋在胖嘟嘟的肉裡，講起話來比手畫腳甩出莎士比亞字句的鏗鏘力道；或是賣紫羅蘭的、賣火柴的，堵在門口的乾癟老嫗；還有街上遊蕩的少女，臉龐像陽光雲影下的波浪，閃現迎面而來的男男女女以及商店櫥窗內的晃漾光影。這些都有待妳去探索！我對瑪麗・卡麥可說，手裡牢牢抓好妳的火把！但首先，妳一定要照亮妳靈魂內藏的奧蘊和鄙陋，內藏的虛榮和寬容；說清楚妳的美貌於妳有何意義，抑或是妳的平庸於妳有何意義；看清楚妳和變

幻不定、流轉不停的名利場有怎樣的關係，那世界只見一雙雙手套、鞋子什麼的擺搖晃蕩，穿過化學調配的瓶中香味，衝過華服堆砌的繽紛拱廊，滑過假大理石做的地板。我在想像中走進一家商店，店裡鋪著黑白二色的地板，掛滿了五彩繽紛的彩帶，漂亮得教人驚歎。瑪麗・卡麥可經過時可能就會打量一下，我想，因為這一幕景象值得筆之於書，絕不亞於安地斯山脈白雪皚皚的高峰或是怪石嶙峋的峽谷。還有站在櫃台後面的女孩子——我一定替她的生平立傳，勤快不下於第一百五十本拿破崙傳記或是第七十篇濟慈專論，還有Z教授他老人家等等正在寫的濟慈之於彌爾頓倒裝句的運用❖[24]。我繼續往前走，每一步都很小心，踮起了腳尖（我實在懦弱，好怕以前差一點落在我肩上的鞭子會再飛來），囁嚅說道，她該學著去笑，不帶一絲尖刻，學著去笑異性的虛榮——要不改說是「怪癖」好了，

22 貝拉卡拉瓦之役——俄國和英國、法國、土耳其等國打的「克里米亞戰爭」（Crmean War, 1853-1856），一八五四年十月在海港貝拉卡拉瓦（Balaclava）的慘烈戰役，英軍因為將帥指揮傳達失誤而致大敗，無辜犧牲眾多官兵。後由丁尼生寫入名作〈輕騎兵衝鋒陷陣〉（Charge of the Light Brigade）。

23 愛德華七世（Edward VII）——出生於一八四一年十一月九日。禮砲一般以二十一發為準，但也會視個別情況而異。

24 「彌爾頓倒裝句」（Miltonic inversion）——指彌爾頓愛在詩裡將字句的自然順序顛倒過來使用，濟慈在寫給友人的信函當中說，他的詩作〈亥伯龍〉（Hyperion）寫不下去了，因為其中的彌爾頓倒裝句太多。

這個詞兒比較不傷人。因爲，我們每人的後腦勺兒上都有一塊一先令大小的地方，是自己怎樣也看不到的。這一塊，便是一性可以爲異性服務的幾個好地方之一——也就是爲異性描述一下對方後腦勺兒上的那一塊一先令大小的地方。想想看朱維諾說過的話，對我們女人就多有益處啊，史特林堡的批評又多有益處啊[25]。想一想這男性打從洪荒起便一秉慈悲心腸和八斗之才，時時不忘指點一下女性她們後腦勺兒有那麼一塊黑色斑塊！瑪麗要是勇氣十足、誠實十足，就會繞到男性身後跟我們說一說她看見了什麼。除非女性講清楚了男性後腦勺兒那一塊一先令大小的斑塊到底是什麼樣子，男性的眞正面目是無法勾畫完整的。伍豪斯先生和卡索旁先生[26]就那一塊大小，就那一塊的德性。當然，任誰只要有一點腦筋，絕對不會勸她遇到別有居心的訕笑和嘲弄就要反脣相譏——由文學就看得出來這種心態寫下來的東西純屬徒勞。所以，該說的就是「秉諸事實」；這樣寫出來的東西一定有趣得不得了。人世的喜劇一定因此大有增益。世事的眞相也一定因此而挖掘出更多。

不過呢，現在也正是我該把眼光重新拉回書頁的時候。與其一直在猜瑪麗．卡麥可大概會怎麼寫、應該要怎麼寫，還不如看看瑪麗．卡麥可到底是怎麼寫的。所以，我再回來讀她的東西。記得我先前對她有所不滿。她打散了珍．奧斯汀的句子，害得我空有一肚子毫無瑕疵的品味、空有一副吹毛求疵的耳朵，也沒辦法拿來沾沾自喜一下。畢竟連聲說什

麼：「對，這樣是很好沒錯；但是珍．奧斯汀寫得比妳好得多了」，也像是廢話；因為，我也不得不承認硬要她們兩個一樣根本沒有一點意義。她還更進一步，連次序也打破了——也就是打破預期的順序。說不定她也不是刻意要這樣子做，她只是按照事情的天然順序在寫罷了；她要是在以女性的身分寫作的話，女性就是這樣子。只是，寫出來的結果多少教

25 朱維諾（Juvenal / Decimus Iunius Iuvenalis, 60?-140? AD）——譯名也有作「玉外納」者，古羅馬詩人，傳世的作品為十六首詩集成的《諷諭集》（*Satire*）。其中之第六首是全集中最長的，主旨在力勸男子不要結婚，還舉出一連串尖酸刻薄的厭女說，像是：娶個女人回家，那就等著讓哪個戲子當你孩子的爸吧；或是：寧可要個妓女當老婆也不要娶柯內莉亞（Cornelia；凱撒的妻子），因為有美德的女子也很傲慢；女人即使愛上男人，也愛折磨對方，愛在家裡頤指氣使，膩了就再去找別的男人。諸般論調在西方大為流行，迄至十八、十九世紀未止。
史特林堡（August Strindberg, 1848-1912）——瑞典作家，寫戲劇、散文、詩歌，曾經於一八八四年發言支持婦女投票權，但又時常大放厥辭，痛貶女性，像是指斥女性為「半人半猿、瘋瘋癲癲、性好犯罪、本能邪惡的動物」，根本不應該享有什麼權利。一生三度結婚、離婚，他和女性的關係由此可見一斑。

26 伍豪斯先生和卡索旁先生（Casaubon）——兩位女性作家筆下的兩位男性。伍豪斯先生是珍．奧斯汀於《愛瑪》書中的愛瑪老爸，大概有現在人說的「慮病症」，老是擔心自己會不會生病，連帶也擔心一下別人，幸好性情慷慨有禮又愛家，大家也就見怪不怪了。
而卡索旁先生是喬治．艾略特寫的《密德馬區》當中女主角的牧師丈夫，一身冬烘先生的臭脾氣，自私自利，滿腦子只有他的學術研究，沒有一絲愛。

人費解；因爲看不出有波瀾洶湧匯聚，看不出有大難就躲在下一處轉角。結果，又害得我感情的深度、我對人性了解之深入，沒辦法拿來沾沾自喜一下。每次我覺得一般在這地方都會有怎樣的事，該有愛、該死人，這討厭的傢伙就一把把我拽開，好像這緊要關頭老是差那麼一步才會走到。她這樣可害得我沒辦法聲如洪鐘，一語道破她這寫的是「原始的情感」、「人性的共相」、「人心的奧祕」，或用其他什麼字句來支持我們的信念，相信我們不管表面看起來好像愛耍小聰明，但在心底可還是非常嚴肅、非常深邃、非常仁厚的。到後來，她反而教我覺得什麼嚴肅、深邃、仁厚其實都只是——可不太中聽啊——懶得思考外加因循苟且的敷衍說辭罷了。

我再往下讀，順手記下一些別的。她絕對稱不上「天才」，這一點很清楚。她沒有什麼熱愛自然、想像熾烈、詩心狂野、機智過人、深思睿智等等特質，好像她的前輩溫徹爾席夫人、夏綠蒂·勃朗蒂、愛蜜莉·勃朗蒂、珍·奧斯汀、喬治·艾略特等人；她筆下寫不出桃樂西·奧斯朋如歌的旋律、雍容的丰采——說實在的，她再怎樣也不過是有一點小聰明的女孩兒家，寫的書不出十年絕對會被書商拿去打成紙漿。不過，再怎麼說她還是擁有一些優點的，即使五十年前天分高得多的前輩女作家也要不到的優點：男性於她，不再是「反對的派系」；她不必再浪費時間去痛罵男性；她不必再爬到屋頂上去望斷天涯，打

破心靈的平靜，嚮往旅行、體驗生活、了解世界、了解世人等等她可望而不可及的事。恐懼和憤恨幾乎消逝無蹤；就算有些殘餘的形跡，也只顯現在描寫到異性時，因爲享有自由而有一點得意忘形，言辭也犀利得有些尖酸刻薄，不再浪漫。然而，就小說家的才氣而言，顯然她還是有幾樣得天獨厚之處。她的感受幅度極爲寬廣、熱切，自由。再輕微的觸動也可以引發感動。像一株新生的幼苗迎風挺立，盡情吸收迎面而來的每一景象、每一聲響。它向外蔓生，極其輕巧，極其好奇，深入罕人聞問、記載的一切。它挑出微物瑣事，映照出說不定一點也不微瑣的一面。它挖掘深埋的事物重見天日，教人詫異這些東西究竟爲什麼要深埋至此。縱使她下筆不甚靈巧，也沒有不經意就背上了源遠流長的傳統，助她筆鋒一轉即能流露薩克萊或是蘭姆一般動聽的音韻，但她——我眞的開始這麼想了——但她抓到了女性作家很重要的第一課：她寫得像個女人，而且是渾然忘了自己是女人的女人；唯其如此，她的筆尖才會洋溢奇特的性別特質，而且是唯有渾然不覺一己的性別才會流露出來的性別特質。

這算是好的開始。但是，除非她能抓住稍縱即逝的幽微感觸，建立起前人從未蓋起的永恆華廈，要不然，再豐富的感性、再幽微的感動也無濟於事。我先前說過，我會等她自己把自己帶到進入情況來。我這說的是她必須有能力召喚、有能力勾起、有能力匯聚，以證明她不只是抓到了浮光掠影，還能深入內蘊一探究竟。現在是時候了，總有一刻她會對自己說，現在不必用上什麼激烈的手法我便可以把這些意思全都表達得清清楚楚。這時，她就會提起筆來開始——絕對是文思潮湧，不會錯！——開始召喚，開始勾起，而從記憶深處浮現原本忘得差不多的事，說不定是在別的篇章丟掉不要的瑣碎小事。她會把筆下的人物，或是在縫縫補補或是在呑雲吐霧的人，竭盡所能描寫得活靈活現，渾然天成；而她一路寫下去，也會教人覺得像是站上了世界的頂端，看著她筆下的世界在腳下恢宏展開。

無論如何，她已在努力。眼看她一字一句接得愈來愈長，迎向考驗，我看得見但我希望她看不見那些什麼主教、院長、博士、教授、大家長、老學究，一個個衝著她大喊大叫，警告她這樣，勸告她那樣。妳不能這樣！妳不能那樣！只有研究員和學者才有資格踏上草坪！女士沒有介紹信不准進圖書館！有志氣、有教養的女作家，走這邊！他們就像馬術競技場邊的群眾，聚攏在圍欄旁邊，眾目睽睽盯著她不放；而她在場中的考驗就是必須專心跨越障礙，不要左顧右盼。妳要是停下來罵人，妳就輸了；我跟她說；妳要是停下來偷笑，一樣是輸。只要有一點點遲疑，一點點躓躓，妳就完了。妳只要想著跳過障礙就好，我苦苦求她，活像我把全部的家當都押在她身上。而她，跳過去了，像鳥一般輕盈。只不過，跳過這一道柵欄還有下一道柵欄；跳過下一道柵欄又再有下一道柵欄。她是不是耐得住？

我不敢說，因爲場邊的叫囂、鼓譟對神經都是很大的折磨。但她盡力而爲。想到這位瑪麗．卡麥可並不是天才；她，不過是個沒沒無聞的女孩兒家在寫生平第一本小說，窩在臥室兼起居室的小房間裡，不論舒適、時間、金錢和安逸等等條件一概不足，所以。我想，她寫得其實不算太糟。

再給她一百年吧，我讀到最後一章時作出這樣的結論——有幾個人的鼻子和裸露的肩膀襯著星空露了出來，有人在扯客廳的窗簾！——給她一間自己的房間和一年五百英鎊吧，讓她盡情去說心裡的話吧，讓她學會把寫出來的刪掉一半吧，那麼，有朝一日，她終究會寫出更好一點的書來。她就會是詩人了！我一邊說一邊放下手中的《生命的歷險》，瑪麗．卡麥可寫的小說，放回架子末端；再過一百年！

Chapter

6

我們要是培養出自由的習性以及切實寫出心中所想的勇氣；我們要是能夠從共用的起居室逃出去一下子，多看一看世人和現實世界的關係，而不僅限於人與人之間的關係；當然還要去看蒼穹、看樹木還有別的什麼，而且要去看本來的面目……

翌日，十月清晨的陽光灑落一道道微塵浮動的光束，穿透敞著窗簾的窗口；人車來往的低鳴市聲從街頭升起。倫敦又上緊了發條，工廠又轟隆動了起來，機器開始運轉。在讀了這麼多東西之後，這些，實在惹得人好想望出窗外，看看一九二八年十月二十六日❖1早晨這倫敦在幹些什麼呢。那麼，倫敦是在幹些什麼呢？好像怎樣就是沒人在讀《安東尼和克麗奧佩特拉》。看這樣子，倫敦是完全沒把莎士比亞的戲劇放在心上。沒一個人有絲毫在乎的樣子——這我不怪他們——不在乎小說的未來，不在乎詩歌的殞落，不在乎一般女性是否能夠推演出一類散文體例以充分表達她心裡的想法。這些事情就算有人用粉筆在人行道寫下高見，也沒有人會駐足低頭去看上一眼。一雙雙匆忙趕路的腳漠不關心，不出半小時一定將粉筆字抹得一乾二淨。看這裡來了個跑腿的小廝，那裡來了個牽狗的婦人。倫敦街頭的魅力就在於怎麼看也找不到有兩個人是一樣的；每個人都趕著去辦自己的事。有樣子像作生意的，手上拿著小袋子；有樣子像流浪漢的，拿著棍子敲過一根根圍欄的鐵杆；有樣子很親切的，拿街上當俱樂部的交誼廳，對過往馬車上的人打招呼，自動奉上各色馬路消息。也有送葬的行列經過，行人見狀，像是驀地想起自己的凡軀也在一天天消逝，紛紛舉帽致意。然後，有個器宇極爲不凡的紳士慢慢走下門階，中途頓了一下，免得和迎面急沖沖趕來的婦人撞個滿懷。這婦人不知走什麼門路，竟然也穿起了豪華的毛皮，手拿一束帕爾馬紫羅蘭。這些人，一個個似乎各過各的，自顧自的，只操心自己的事。

就在這一刻，驀地，倫敦常常這樣，街景市聲完全安靜下來，人車一概暫時打住。街心空蕩一片；沒半個來往行人。一片黃葉自街尾的懸鈴木上墜下，於此萬事皆休、一切懸宕之際，飄飄然落下地面。這一片黃葉就這樣像是信號飄落人間，提點出萬事萬物潛藏了一股力量，人皆不識的力量。它指的看似一條長川，無影無形，流過街角，流到街心，吞沒行人，捲起帶走，像牛橋的那一條小河捲走那一位划船的大學生和飄落的枯葉。現在，有個穿漆皮靴子的女孩兒家從街頭的這一邊被捲了過來，斜斜的送進對面那邊；之後，一位身穿栗色大衣的年輕男子也被捲了過來；一輛計程車另也一樣捲了過來；最後，三者同都捲到了我窗口的正下方；計程車停下來，女孩兒和男子停下來；兩人鑽進車內；然後，計程車滑行而去，彷彿被長川帶往別的地方。

這樣的景象再平常不過了，奇特的是我的想像力加在上面的節奏感；還有那兩人一同坐進計程車，很普通，卻也有力量將他們看似稱心如意的感覺傳遞過來。看到兩個人分頭從街邊不同的方向走來，在街角碰頭，好像撫平了緊綳的心弦，我一邊想一邊目送他們

1　一九二八年的十月二十六日——吳爾芙在劍橋大學　葛頓學院演講的日子。

的計程車轉彎離去。大概這樣子用腦，像我這兩天一直在想的男女有別，是很費力氣的事吧。也就這樣打亂了心智的統一。而現在不必再費這力氣了，而且，看著一男一女相偕一起坐進計程車內，心智也重歸統一。人腦眞是十分玄奧的器官啊！我一邊想一邊把頭從窗外拉回來。我們對大腦幾乎一無所知，我們的一切卻完全要倚賴大腦。只是我爲什麼又會覺得心智出現割裂、對立？就像身體會因爲簡單明瞭的原因而變得緊張。所謂的「心智統一」是什麼意思呢？我專心思索，顯然這心智的力量好強大，不論何時何地瞬間就可以集中起來，也因此好像找不到它會固定在哪一種狀態。例如它就可以自行從街上那些人群當中脫離出來，將自己想成獨立在那些人之外，高踞在上方的窗口，朝下俯視他們。但是，它也可以自動加入別人的想法，擠在人群裡，一起等著聽人宣讀重大的消息。它可以回頭去透過一代又一代的父親思考，回頭去透過一代又一代的母親思考，像我先前說過女性寫作必須回頭去透過一代又一代的母姊思考一般。話說回來，要是身爲女性，而且常常因爲覺得意識突然分裂而嚇一跳，比如在白廈街❖[2]上走著走著，卻突然覺得自己之於這文明與生俱來的繼承身分倏地就不見了，像是跳脫到這文明之外與之格格不入，百般挑剔。顯然心智始終在變換焦點，換個不停，把世界放進種種不同的視野去作觀照。不過，這變換不停的心智狀態，有些即使是自動出現，比較起來卻沒那麼舒坦。遇到不舒坦但要維持下去，一般就會在無意之間將一些東西強壓下去，日積月累下來，壓抑就很費力氣了。不過，有些心智狀態倒是不費力氣就可以持續下去，因爲沒有什麼需要強壓下去的。我一邊從窗口退進來一邊想，這一幕大概就是屬於這一類吧。因爲，在我看著那一對男女坐進計程車時，心智原本一切爲二的感覺就自動彌合起來，回歸水乳交融的天然一體。這其中顯而易見的道理，就是兩性天生就是要協力合作的。這給人一種強烈深切的直覺，即使不盡合理，卻支持唯有兩性結合方能成就最大的圓滿、完全的幸福。但是看著那兩個人相偕坐進計程車，感覺到他們傳遞來的愜意安適，不禁教我也想問一問，人的心智是否對應人的軀體，一樣也有兩性的分別呢？人的心智是不是也需要有兩性結合，方才能夠得到完整的圓滿和幸福呢？這時，我拿起筆畫了一幅大外行畫的靈魂剖面圖，將每個人的靈魂畫成由兩大力量統轄，一爲男性的力量，一爲女性的力量。在男性的大腦裡，男性的力量凌駕於女性之上；在女性的大腦裡，女性的力量凌駕於男性之上。唯有兩性的力量和諧共處，於精神相輔相成，心智才會處於正常、安適。即使身爲男性，心智內的女性部分依然是有作用的；

2 白廈街——英國倫敦政府機關蝟集之地，代表政治、軍事霸權的所在。前文提過的海軍拱門、國會大樓、劍橋公爵銅像、西敏寺都在這一帶。英國政府於一九二〇年代大力查禁「淫書」，以致文學界人士也要奔波於白廈街的多處政府機關，和白廈街的政治判決對抗。

女性亦然，一樣要和她大腦內的男性部分交流。柯立芝說的或許就是這意思；他說，偉大的心靈皆是雌雄同體❖[3]。唯有大腦中的雌雄兩方水乳交融，心智才能有充分的滋養，發揮出完整的功能❖[4]。或許純粹陽剛的心智根本無力進行創造也說不定，我想；純粹陰柔的心智也不會好到哪裡去。不過，最好還是要檢驗一下所謂的「女性男子」（man-womanly）是什麼意思，反過來的「男性女子」（woman-manly）又是什麼意思；那就不妨暫停一下，翻一兩本書看看吧。

柯立芝說偉大的心靈皆是雌雄同體，當然不是在說這樣的心靈會特別偏心女性，會加入女性的陣營一起追求女性主張的理想，或者是支持女性角度的解釋。雌雄同體的心靈要分辨這些，說不定還比不上單一性別呢。所以，他的意思說不定是指雌雄同體的心靈有共鳴的力量，有空透的特性；情感四通八達，暢行無阻；先天便有創造的才華，燃燒得特別熾熱，沒有分裂的狀況。其實，回頭去看看莎士比亞的心靈，他應該就是雌雄同體，是「女性男子」一型的，就算沒人說得清楚他對女性到底有怎樣的看法也無妨。假如磨練得極其精妙的心靈，其標幟之一便是思考的時候不會特別從性別的角度、或是劃分兩性的角度來想，那麼，我們這時代要達到那樣的境界就比以前要倍加困難了。想到這裡，我走到了在世作家的書架前面停下腳步，心想，我多年百思不解的那問題，根由會不會正是在這上面呢？史上再也找不到有哪一時代像我們現在這樣，性別意識張揚得這麼猖狂；大英博物館中數不清的那一大堆男性以女性爲題目所寫下的書，便是明證。女性投票權運動無疑便是禍首。這運動必定激得男性格外想要耀武揚威，必定搞得他們特別想去彰顯他們那一性別以及他們的性別特質；要不是遇上了挑戰，這些他們一般可是連想都懶得去想呢。從沒遇上挑戰的人一旦遇上了挑戰，即使對方只是幾位頭戴黑色軟帽的婦道人家，一樣會跳起來反擊，出手還重得相當過分。我記得在一本書裡注意到一些特色，唔，我想到了，說不定

3 薩繆爾．柯立芝（Samuel Taylor Coleridge, 1772-1834）——英格蘭作家，寫詩歌、評論、哲學論述，和文友華滋華斯共同推動起浪漫文學的風潮。名作有《忽必烈汗》（*Kubla Khan*）、《古舟子詠》（*The Rime of the Ancient Mariner*）、《午夜凝霜》（*Frost at Midnight*），和華滋華斯合著《抒情歌謠集》（*Lyrical Ballads*, 1798）。吳爾芙所說「偉大的心靈必定雌雄同體」（a great mind must be androgynous）出自柯立芝侄子亨利．柯立芝（Henry N. Coleridge, 1798-1843）爲叔叔編的《柯立芝茶話舉隅》（*Specimens of the Table Talk of S.T. Coleridge*, 1835）。

4 一樣要和她大腦內的男性部分交流（also must have intercourse with the man in her）……唯有大腦中的雌雄兩方水乳交融，心智才能有充分的滋養，發揮出完整的功能（It is when this fusion takes place that the mind is fully fertilized and uses all its faculties）——吳爾芙原文中之intercourse（交流），也有「交媾」意；fertilized（滋養），也有「受精」意。

是可以從這方向來作解釋；我便伸手從架上拿起A先生新出版的小說❖5。這位小說家正當壯年，看樣子也頗受評論家好評。我翻開小說。說實在的，這時候再讀到男性小說家的作品還眞暢快。放在女性小說家的作品後面來讀，就覺得他的筆調眞是簡單清楚、直截了當，可見其人心靈多自由、個性多自在、自信多穩固。眼看這心靈薰陶得這麼好、教育得這麼好、這麼曠達不羈，教人想見他應該過得安逸康泰，從來沒遇到過阻撓，從來沒遇到過壓迫；反而是從一出生起便擁有完全的自由，可以盡情揮灑，隨意施展。這些無不教人歆羨。但是，讀了一、兩章後，就覺得怎麼有陰影罩上了書頁。一道直直的、黑色的槓，一道暗影，形狀頗像英文字母「I」（我），害得人家不得不閃來閃去，想辦法瞥一眼被它擋在後面的風景。那裡到底是一棵樹還是一個女人在走路？我也搞不清楚。而且不管怎麼閃，老是被拉回到那個「I」去。搞到後來都開始覺得那個「I」好煩。倒不說這「I」可還是最端正的「I」，最誠實，最講理，硬得跟石頭一樣，要好好教、好好養，耗上好幾百年才可能琢磨得出來的「I」。我打從心底尊敬這個「I」，景仰這個「I」；但是——我再翻翻一、兩頁，想看看還有什麼別的沒有——最氣人的就是擋在「I」的陰影後面的全都無形無狀，模糊得如墜五里霧。那是一棵樹嗎？不對，是個女人。可是怎麼……我想她渾身上下好像沒一根骨頭，我看那菲比，她叫做菲比，從海灘那邊走來。艾倫站了起來，

投下的影子剎時把菲比蓋得無影無蹤。因爲艾倫有見地，所以菲比被艾倫如洪流沖來的見地給淹沒了。然後呢，這艾倫，我想他情慾高漲；我在這裡趕忙一頁頁飛快翻過去，心想大事不妙，有要命的事要來了。果不其然，來了，就在海灘上面，頂著光天化日。公然不作掩飾。做得十分激烈。再也沒有比這樣的事更下流的了。但……我這「但是」好像說得太多了。實在不該一直「但」啊「但」的。我罵我自己一句，再怎樣也要把句子說完！好，我就說完——「但是——我好煩啊！」但是，我這是在煩些什麼呢？一部分是煩那個斗大的「I」搶盡了頁面，像一棵大山毛櫸，陰影之下一片光禿禿的。寸草不生。另一部分原因就沒那麼清楚了。這位A先生的腦中似乎有什麼擋在那裡，某種障礙之類的堵住了A先生創造的活水泉源，淤塞成涓滴細流。這時我便想起了牛橋的午宴、菸灰、曼島貓、丁尼生、克莉斯汀娜．羅塞蒂，一股腦兒全湧上了心頭；看來這障礙就是在這裡了。因爲，菲比從海灘那頭走過來的時候，他沒有低哼「但見一滴珠淚晶瑩清澈，滾落自門邊的受難花栽」；也因爲艾倫迎向她時，她沒有回應「我的心像歡唱的禽鳥，築巢於滴水的枝枒」。所

5　A先生——依吳爾芙一封信所述，可以看作是D．H．勞倫斯。一九二八年，勞倫斯寫的小說《查泰萊夫人的情人》（*Lady Chatterley's Lover*）出版，但因性愛尺度問題遭到查禁。吳爾芙和勞倫斯兩人不太合得來，老是爲文學創作問題打筆仗吵架。

以，他還能做什麼呢？像他這樣一個人，簡單明瞭如那光天，邏輯清楚如那化日，那他能做的自然只有一件。所以，他就做啦；而且，爲了要個公道，一做再做，（我嘴上說的時候，手上已經一連翻了好幾頁），一做再做。還有，我要加一句，我知道把話講出來滿糟糕的，但是，怎麼讀起來就是覺得悶呢。莎士比亞筆下的下流，一口氣可以在人心攪起千百樣東西，而且怎樣也不悶。只不過莎士比亞搞下流純粹爲了趣味；而這A先生，就跟保姆愛說的一樣，就是有目的的。他搞下流爲的是要抗議。抗議異性怎麼可以和他平等，所以他一定要表明他有多優越才行。他就是因爲這樣而被擋住，被困住，神經緊張起來；想那莎士比亞要是也認識柯洛福小姐、戴維斯小姐❖[6]這樣的人物，大概也會變成這樣。婦女運動要是在十六世紀而不是十九世紀就開始，那麼，伊麗莎白時代的文學絕對大不同於現今所見。所以，要是心智分成男女兩邊的理論成立的話，那這結果便是男性氣概突然變成男性格外在意的事了——也就是說，男性現在只用他們大腦裡的男性這一邊來寫作。女性去讀這樣的作品可就錯了，因爲她要在這樣的作品裡面找的，注定是無論如何也找不到。而我想，這最難找的應該就是暗示的力量吧；我拿起架上一本評論家B先生寫的書，捧在掌心開始讀，讀得很仔細、很認眞，看他怎麼談詩歌的藝術。他的評論看得出來才情，見解犀利，也博學多聞；但是，麻煩就在於他的感情不再傳達得出來；他的心靈似乎隔成了幾間斗室，聲氣不通。所以，就算想拿B先生寫的一句話放進心裡體會，那句子也像鉛錘一般撲通一聲墜地——死死的❖[7]。然而，拿的要是柯立芝的句子到心裡體會，那他的句子一定恰似百花齊放，倏地觸發各式各類的靈感；唯有這樣的文章，才說得上是抓到了永存不朽的奧祕。

不過，不論原因是什麼，這情況實在教人不得不感到痛惜。因爲，這表示——我現在走到了高斯華綏和吉卜齡❖[8]的幾排書前——我們首屈一指的幾位在世作家寫下的作品，

6 柯洛福小姐——安・柯洛福（Anne Jemima Clough, 1820-1892），是英格蘭詩人亞瑟・柯洛福（Arthur Hugh Clough, 1819-1861）的妹妹，亞瑟也是南丁格爾忠心的助理。安・柯洛福和戴維斯小姐，也就是愛蜜莉・戴維斯，是好友，一起爲婦女爭取受教權和投票權，後來出任劍橋大學紐能學院的首任院長。

7 評論家B先生——有學者猜是這人是T・S・艾略特。

8 高斯華綏——約翰・高斯華綏（John Galsworthy, 1867-1933），英國作家，寫小說和戲劇，一九三二獲頒諾貝爾文學獎。作品的基調放在十九世紀末、二十世紀初英國資本階級的盛衰興亡，重要作品爲多部集成的《佛賽世家》（*The Forsyte Saga*, 1906-1921）。高斯華綏後來再以佛賽家族多寫了幾篇散篇，合起來就叫做《佛賽世家記事》（*The Forsyte Chronicles*）。一九二一年創立國際性作家組織，「筆會」（PEN），即現今之「國際筆會」（International PEN）前身。吳爾芙在一九二五年寫的〈現代小說〉當中批評高斯華綏、威爾斯、班奈特筆下汲汲營營於微物瑣事，是唯物派，有志寫作的人要揚棄他們，文學才有辦法往前走。

吉卜齡（Joseph Rudyard Kipling, 1865-1936）——英

有幾部有些人可是置若罔聞的。畢竟女人家不管下怎樣的工夫，評論家跟她保證在書裡一定找得到的不朽泉源，她怎樣也找不到。這不僅是因爲他們頌揚的是男性的美德，推行的是男性的價值觀，描寫的是男性的世界；另也因爲這些作品洋溢的感情都是女性無法理解的。是啊，好像會出事，感覺愈來愈強了，看來快要砸在誰的腦袋瓜兒上了。離結尾還遠得很，我們女人家就會開始在心裡頭叨唸。那幅畫會砸在老喬林昂的頭上，他會因爲腦震盪而沒命；教會的老執事會爲他唸幾句悼文；泰唔士河面的天鵝會自動集體引吭，哀鳴輓歌❖[9]。只是，還沒眞的讀到這些，讀的人就落荒而逃，躲進醋栗叢去了；因爲，之於男性是如此深切、幽微、富含象徵的情感，在女性只覺得莫名其妙。所以，就隨吉卜齡先生的軍官「**背**」過身去吧，隨他的「**播種**」的人去播「**種**」吧，隨他的「**男人家**」自個兒去幹他們的「**活兒**」吧，隨那「**旗子**」——看見這些粗體字都禁不住要臉紅，好像偷聽人家只限男性參加的狂歡宴被活逮了似的❖[10]。這其實就是因爲不論高斯華綏還是吉卜齡，兩人體內一絲女性的光華也沒有。因此，要是概括起來說，那麼，他們的特質在女性看起來就既粗糙、又幼稚。也就是說，他們沒有暗示的力量。而寫作，只要沒有暗示的力量，再用力撞擊心靈的表層，也無法穿透至心靈的內在。

我就這樣滿心煩躁，一下拿起這本、一下放回那本，翻也沒翻，開始想見眼前即將出

現純粹男性陽剛、耀武揚威的時代；那些教授的信彷彿便是預言（就以華特・萊禮爵士的信爲例好了）[11]；至於義大利的統治者倒是已將預言實現成眞。置身羅馬肆無忌憚的大

格蘭作家，寫小說和詩歌，出生於印度的孟買，長大後重返印度，好以英軍在印緬等殖民地的故事創作，而有「帝國主義詩人」的稱號，也因此和當時的自由派思想格格不入。吳爾芙對帝國主義橫行霸道的嘴臉至爲不齒，對吉卜齡自然也沒好感。吉卜齡的重要作品有《叢林故事》（*The Jungle Book,* 1894）、《金姆》（*Kim,* 1901）、《軍營歌謠》（*Barrack room ballads,* 1892），一九〇七年獲頒諾貝爾文學獎。

9 老喬林昂的頭上，……天鵝會自動集體引吭，哀鳴輓歌——老喬林昂是高斯華綏寫的《佛賽世家》當中的家族長輩，在第二卷便過世，但不是因爲被畫像砸到頭。在《佛賽世家記事》的散篇當中，也有一部叫做《天鵝之歌》（*Swan Song,* 1928）。吳爾芙這一段意在戲謔。

10 就隨吉卜齡先生的軍官「背」過身去吧，隨他的「播種」的人去播「種」吧，隨他的「男人家」自個兒去幹他們的「活兒」吧，隨那「旗子」——看見這些粗體字都禁不住臉紅，好像偷聽人家只限男性參加的狂歡宴被活逮了似的（So with Mr Kipling's officers who turn their Backs; and his Sowers who sow the Seed; and his Men who are alone with their Work; and the Flag——one blushes at all these capital letters as if one had been caught eavesdropping at some purely masculine orgy）——吳爾芙原文中有多字於俚俗用法另有他意，例如「背」（back），也有「女性臀部」、「大象陰莖」的意思，播「種」（seed），seed也有「精子」意，狂歡宴（orgy）也會和「雜交」連在一起。至於『男人家』自個兒去幹他們的『活兒』，則是第一次世界大戰爆發，男性因爲大舉投入戰事導致後方缺工嚴重，不得已將許多職業開放與女性參與，一開始也有不少人抗拒，認爲這些都是men's work（男人家的活兒），女性不應該染指。

男人氣概當中，焉能不教人心頭一震；不論肆無忌憚的大男人氣概對國家有什麼用處，對詩歌藝術的影響卻有疑問。無論如何，依報紙所述，義大利那裡是很擔心小說創作的走向。他們開過一場會，召集了許多學者商討「如何推展義大利小說」。據說「世家名門、富商巨賈、或是法西斯社團」的貴冑顯要，幾天前才齊聚一堂共商計議，會後還發了一封電報給「領袖」，說明期待「法西斯年代未幾便能栽培出詩人無負於法西斯之名。」他們這份虔誠的祝禱，我們固然感同身受，但是，詩歌眞的可以由孵化器孵出來嗎？不無疑問吧。詩歌除了需要有父親，也需要有母親的。所以，這所謂的法西斯詩歌，就教人擔心會是個嚇死人的早產畸胎，像鄉下地方的博物館看得到泡在大玻璃瓶裡的東西那樣。據說這樣的怪物絕對活不長；沒聽過有誰看過長成那樣的神童在田裡割草。一副身體兩個頭，可不會延年益壽。

然而，眞要那麼急著怪在誰的頭上的話，那麼兩性兩邊的責任誰也不少於誰。唆使的人和改革的人都必須負上責任；貝斯布羅夫人對葛蘭維爾爵爺講謊話的時候應該要負責；戴維斯小姐對葛列格先生講實話的時候應該要負責。凡是促成性別意識高漲的各色人等，一律都要責怪。就是這些人，害得我想好好找一本書來施展身手，還被逼得要回到以前的快樂年代，回到戴維斯小姐和柯洛福小姐還沒出生的年代，回到作家還平衡運用大腦兩邊

的年代，去找書。這要回到莎士比亞的年代才行，因爲莎士比亞是雌雄同體；濟慈、史騰、庫柏、蘭姆、柯立芝也都是這樣。雪萊大概就是無性別的吧。彌爾頓和班．瓊森身上的男性就多了一些。華滋華斯和托爾斯泰也是。到了我們這時代，普魯斯特算是徹頭徹尾雌雄同體的作家，搞不好女性那邊還多了些；但這太罕見了，就算瑕不掩瑜吧[12]；畢竟沒有這樣子混合一下，理智便會凌駕一切，導致腦部的其他功能僵化、荒廢。不過，我還是安慰自己，心想或許這也只是過渡階段罷了；爲了履行我對各位許下的承諾，我跟各位說的思考過程，有許多沒多久應該就會成爲明日黃花。我眼睛裡閃現的火花，妳們還沒到年紀的人也會覺得很多都不太對勁。

11 華特．萊禮爵士（Sir Walter Alexander Raleigh, 1861-1922）——英國學者，出身劍橋，寫散文和評論，一九一四年第一次世界大戰爆發之後，萊禮不再寫文學評論，改寫戰爭相關的議題，抨擊德國不遺餘力。文章結集於一九一八年出版爲《英格蘭和大戰》（*England and the War*），流露他極度仇視、鄙視日耳曼民族的心理。他過世後，妻子將他生前的書信集結成《萊禮爵士書信集：一八七九至一九二二年》（*The Letters of Sir Walter Raleigh*, 1879-1922），於一九二六年出版。

12 普魯斯特的《追憶似水年華》出版後，吳爾芙大爲傾倒，一九二二年十月初寫信給友人讚歎道，「忍不住喊出來，啊，我要是也能寫成那樣……看得我驚喜若狂，像是有奇蹟就在我眼前現形。」見：*The Letters of Virginia Woolf: Volume Two*, 1912-1922。）

即使如此，我走到書桌那裡拿起寫著「女性和小說」標題的稿紙，我要寫的第一句呢還是：任何人提筆寫作要是以個人的性別爲念，必敗。當個純粹、徹底的男性或女性，必敗；若要寫作，一定要當個「男性女子」或「女性男子」才行。女性寫作要是提一下委屈，即使如蜻蜓點水掠過，必敗；遇上不平反脣相譏，再有理一樣必敗；總而言之，就是女性只要刻意以女性的身分發言，必敗。而我說的「必敗」，可不是修辭而已；因爲，只要寫作時特意偏向某一性別，注定萬劫不復。絕對無法繁衍多滋。寫得再精采，再動人，再有力，再練達，也不過一天、兩天的光采，待夜幕低垂便隨之凋萎。這樣的文章沒辦法移植到他人的心靈裡去生根茁壯。人心裡的男性和女性兩邊一定要先同心協力，創作的活動才有機會開花結果。男女兩情相悅，必須以敦倫來求陰陽和諧。作家的心靈必須徹底敞開，讀者才感覺得到作家將體驗傳達得完整無缺。作家的心靈一定要自由，一定要平和。沒有一聲轉動不靈的吱嘎；沒有一絲火花飄搖的晃動。窗簾一定要關緊。我想，一待作家創作的體驗告終，一定會在椅上朝後一靠，任心靈在黑暗當中禮讚兩性永結同心。作家絕對不要去看、去問他做成了什麼。反而應該去摘玫瑰的花瓣，或是眺望天鵝於河面安逸巡游。這時，我又看見了帶走划船學生和飄落枯葉的長川；我看見了一男一女分從街道兩頭走來，心想，計程車載走了他們倆兒；我聽到了遠方傳來倫敦市聲的低吼，心想，長川把他

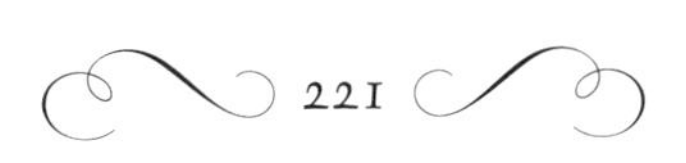

們捲走了，捲進了浩蕩壯闊的巨流。

講到這裡，瑪麗・貝頓就此住嘴。她已經向各位闡述她是怎麼得出這樣的結論——而且是卑之無甚高論——假如女性要寫小說，要寫詩，就有必要一年要有五百英鎊的進帳，還要有一間自己的房間，附鎖。她已經盡力披露一路推她得出這般說法的思緒和感想。她已經邀各位隨她一起差一點兒和司鐸撞個滿懷；隨她到這裡吃過午宴；到那裡用過晚餐；隨她在大英博物館裡鬼畫符一般胡亂塗鴉；隨她在書架前挑這選那；隨她倚在窗口朝外張望。就在她一路做過這一樣樣的事情時，各位想必也注意到她有何淺陋、有何缺失，進而判別這樣對於她的見解有何影響。各位對她想來會有意見相左之處，想來也會自行斟酌需要作何增減才好。而事情本來就應該要這樣才對；因爲，對於這樣的問題，唯有匯集許許多多、形形色色的錯誤，才找得出來正解。而現在呢，我就準備回復我原本的身分，先發制人，提出兩點批評；這兩點批評十分明顯，各位不可能視而不見。

各位可能會說，對於兩性優劣的比較我沒說出什麼看法來，連放在作家這小範圍的也沒有。我這是有用意的；因爲，即使已經可以作這樣的比較了——但現在這時候，還是以了解女性有多少錢、有多少間房間，比推斷女性才高幾斗要來得重要——即使已經可以作這樣的比較了，我認爲天賦，不論是心靈或性格的天賦，不像柴米油鹽一樣可以拿來論斤稱兩的；即使在劍橋也不行，雖然這一所大學十分擅長將人分級、戴帽子、打等第。我認為甚至各位在《惠戴克年鑑》看得到的「品位表」，也不等於任何價值高低的排比[13]；我才不相信找得到什麼理由去規定「洗禮司令官」去吃晚飯的時候，再怎樣都要走在「精神病總長」後面[14]。不同的性別一定要對陣比出高下來，不同的特質一定要對陣比出高下來，好的都往自己身上攬，壞的都往別人身上推，這一切的一切，都是生存的層次還停留在「私立學校」[15]階段才有的情形；在這樣的階段，凡事都要劃分為兩邊，兩邊要分出個輸贏；而且，最重要的還是要走上頒獎台，從校長手中領取那個純屬裝飾的獎盃。但是，人愈成熟，就愈不相信世事可以分邊，愈不相信校長，愈不相信純屬裝飾的獎盃。無論如何，就書而言，硬要為書貼上好壞的標籤、還要貼得牢牢的不掉下來，這件事之困難可是出了名的。難道現今文學的評論不就一直在說明評價有多困難的麼?「這本傑作」，「這本一文不值」；同樣一本書可以同時戴上相反的帽子。毀也罷，譽也罷，一概不值一顧。雖然拿尺量來量去當消遣，或許不亦快哉，但拿來當正事就最無聊了；而任人拿尺來量、還俯首聽命於量出來的結果，這態度也是奴顏卑膝之極致。要寫就要寫出想寫的東西，這才是重要的事；至於寫出來後是重要了幾百年還是幾天，沒人說得準。但是，迎合哪一個校長捧在手裡的銀盃，或是哪一個教授暗藏在袖口的量尺，即使僅僅犧牲掉心底所見之一絲一毫，抹掉心底所見之一筆一色，也是人世最齷齪的背叛。破財或是失身在以前說是人世最大的不幸，比起來也不過像是給跳蚤咬了一口。

再下來，各位可能會反對我從頭到尾一直把物質條件看得太重要了。就算把象徵的

13《惠戴克年鑑》的「品味表」（Table of Precedency）——《惠戴克年鑑》當中有章節專門排比權貴的高低，像是在正式場合應該用的稱呼、應該排的座次，諸如此類，吳爾芙在短篇小說〈牆上的痕跡〉（The Mark on the Wall, 1917）也講過《惠戴克年鑑》的品位表。

14「洗禮司令官」（Commander of Bath）——這裡的bath確實有洗澡的意思，英王喬治一世在一七二五年創立「洗禮至尊騎士團」（Most Honourable Military Order of the Bath），用上bath這個字，起自中古時代冊封騎士的繁複儀式當中有「洗禮」（bathing）一項，意思代表淨化。這一騎士團的最高領袖便是英國國王或是女王，威爾斯親王是下一級的總團長（Great Master）。「司令官」（commander）這頭銜，則是騎士團中三級騎士中的第二級。吳爾芙於後文提及的阿徹博・鮑得金爵士，就在公共檢察總長任內，於一九二四年因爲賣力起訴、「戰功彪炳」而受封爲「洗禮司令官」。

「精神病總長」（Master of Lunacy）——是以前英國皇家御賜主管精神疾病事務的大內人員的頭銜，有權裁定精神病人是否失能。後來在十九世紀英國通過幾項精神疾病法後，成爲法定的政府官員，負責依法院的裁決，監管精神失能病人的財產、法律等事務。

15「私立學校」（private school）——就是「公學」（Public school），最早是政府爲貧困孩童設立的學校，所以有public一字，指入學不設限的學校，但是後來卻演變成爲「貴族精英學校」，不論身分、能力還是財力等等的入學門檻都偏高的私立中學，名校有如「伊頓」（Eton）。

寓意拉得寬鬆一點，拿這五百英鎊代表思索的權力，以這門上的鎖當作是爲自己著想的權力，各位可能還是要說人的心靈應該要超脫這樣的事的；大詩人不多是窮光蛋嗎？那就容我引述幾句各位自己的文學教授說過的話吧；他絕對比我還要清楚造就詩人的條件有哪些。亞瑟・奎勒—庫奇爵士❖[16]曾經寫道：

「過去近百年來，詩壇享譽盛名者何人？柯立芝、華滋華斯、拜倫、雪萊、蘭鐸、濟慈、丁尼生、布朗寧、阿諾德、摩理斯、羅塞蒂、史溫彭❖[17]——或許到此即可。這幾位，除

16（原註10）《寫作的藝術》（*The Art of Writing*），亞瑟・奎勒—庫奇爵士。

譯註：亞瑟・奎勒—庫奇爵士（Sir Arthur Quiller-Couch, 1863-1944）——英格蘭學者、作家，有時用筆名Q發表作品。出身牛津的三一學院，重要作品是編纂《牛津英詩選》（*Oxford Book of English Verse, 1250-1900*），風靡一時。吳爾芙引述的《寫作的藝術》出版於一九一六年，是奎勒—庫奇於一九一三至一四年間在劍橋大學講學時的講稿集成。

17 柯立芝——出身教士家庭，父親早逝，中學讀的是最早的「公學」，那時專供貧苦人家子弟就讀，還沒變質爲貴族學校。及長，進入劍橋大學。

華滋華斯——父親是爲大貴族的法律代表，所以是在豪華宅邸長大，家境優渥，藏書豐富。長大後讀的是劍橋。

拜倫——由於父親娶的兩任妻子一位是貴族，一位是富家女，所以他中學讀的是哈洛公學（Harrow），後來進劍橋的三一學院。

雪萊——雪萊少時放蕩不羈的本錢，在於父親是國會議員，母親出身大地主人家，小時在家自學，中學讀伊頓公學，後來進牛津。

華特・蘭鐸（Walter Savage Landor, 1775-1864）——

英格蘭詩人、散文家，精通希臘、羅馬文學，寫的詩歌、戲劇、史詩，有許多最早是以拉丁文寫成的。精湛的詩藝廣獲詩人、文評讚譽，是諸多著名詩人乞靈的對象，而有「詩人中的詩人」（a poet's poet）之稱。不過一般人最熟悉的作品，是他假借歷史人物清談而寫就的多部頭散文集《想像對話集》（*Imaginary Conversations*, 1824-1829）。他的父親是繼承大筆地產的醫師，母親是繼承大筆地產的富家女。只是他因爲性格桀驁不馴，先後被就讀的著名公學拉格比（Rugby）和牛津大學踢出大門。

丁尼生——父親雖是牧師，但是不僅多才多藝，也精於理財，因此過得富足安逸，後來讀劍橋的三一學院。

羅伯．布朗寧——父母兩邊的家族都相當有錢，父親愛收藏書籍，所以他自小便浸淫在家中的六千冊藏書，其中不乏罕見的珍版圖書。曾經讀過倫敦大學學院（University College London），但是大一就輟學了。他因爲父母都是虔誠的新教福音派信徒，以致無法進劍橋或是牛津，因爲當時劍橋、牛津只招收英國國教聖公會的信徒入學。布朗寧輟學後一直賦閒在家，專心寫詩自娛，直到三十四歲娶了大才女伊麗莎白．貝瑞特爲妻，移居義大利，才算真的自立。此前他出版的詩冊都是父親出錢幫他出版的。詩作有〈掃羅〉（*Saul*）和〈指環與書〉（*Ring and the Book*）等。

麥修．阿諾德（Matthew Arnold, 1822-1888）——英格蘭詩人、評論家，英國維多利亞文學代表人；重要作品有《索夫拉和魯斯騰》（*Sohrab and Rustum*, 1853）、《文化和無政府狀態》（*Culture and Anarchy*, 1869）。父親是著名公學拉格比的校長，及長拿獎學金就讀於牛津大學。

威廉．摩理斯（William Morris, 1873-1932）——英格蘭詩人、畫家、工藝家，設計的家具、壁紙、紡織品、裝飾品等等開啓了美術史上的「藝術工藝運動」（Arts and Crafts Movement），於文學則創立了現代的奇幻文學；出身中產階級富家，就讀於牛津，信奉社會主義。

羅塞蒂——這位羅塞蒂應該是但丁．羅塞蒂（Dante

了濟慈、布朗寧、羅塞蒂之外，一個個都讀過大學；至於這三位沒讀大學的，也只有濟慈；這位不幸英年早逝，出身不算相當富有。這樣子說或許殘酷，也確實傷感；然而，事實俱在，所謂詩才無入而不自得，貧富貴賤一視同仁[18]，這樣的理論很難成立。事實俱在，這十二位詩人當中有九位是讀過大學的：這表示他們怎樣就是還有貲財，得以擁有英格蘭頂尖的教育。事實俱在，其餘沒上過大學的三位詩人，布朗寧出身富家；而我也敢向各位叫陣，要不是他出身富家，他絕對寫不出來〈掃羅〉和〈指環與書〉這樣的作品；這跟羅斯金要不是父親作生意發大財，絕不可能寫成《現代畫家》[19]，是一樣的道理。至於羅塞蒂呢，他私人有一份小小的收入，而且，他會畫畫啊。所以，就剩濟慈一人了；而這位呢，早早就被艾綽波絲[20]扼殺了生命；不止，艾綽波絲也在瘋人院扼殺了約翰．克雷爾[21]，用鴉片酊扼殺了詹姆斯．湯姆遜，他靠吸毒來麻痺不得志的心靈[22]。這些，都是可怕的

Gabriel Rosstti, 1828-1882），克莉斯汀娜．羅塞蒂的大哥，畫家兼詩人，創立英國「前拉斐爾兄弟會」（Pre-Raphaelite Brotherhood），對威廉．摩里斯的美術創作有很大的影響。父母皆是義大利於英國的移民。他的志向在藝術，所以讀的是美術學校，先是就讀於畫家亨利．賽斯（Henry Sass, 1788-1844）創建的重要藝校，倫敦的「賽斯學院」（Sass's Academy），這是「皇家藝術學院」（The Royal Academy of Arts）的先修班，日後當然就再進入皇家藝術學院攻讀美術。

艾哲農・史溫彭（Algernon Charles Swinburne, 1837-1909）——雖然下筆離經叛道，卻是出身富家，讀的是伊頓公學和牛津，就讀牛津期間，一度因爲公開支持暗殺拿破崙三世而被學校「下鄉」（rustication，就是停學）。後雖復學但沒拿到學位。

18 詩才無入而不自得（poetical genius bloweth where it listed）——奎勒–庫奇改自基督教《聖經》約翰福音第三章第八節的經句，the wind bloweth where it listed（風隨意吹動）

19 約翰・羅斯金（John Ruskin, 1819-1900）——英格蘭作家、評論家、藝術家，推動哥德復興運動（Gothic Revival），鼎力支持英國的「前拉斐爾兄弟會」，於英國維多利亞時期的藝術品味有舉足輕重的影響。年紀輕輕便以《現代畫家》（*Modern Painters*, 1843）一書一舉成名，另外還有《建築的七盞明燈》（*The Seven Lamps of Architecture*, 1949）等等。羅斯金的父親是大酒商，和友人一起成立商行，掌握實際的經營權，商行還壯大爲國際公司，經營到二十世紀末期都還十分興旺，二十一世紀初期才易手更名。羅斯金因爲家境富裕，童年便隨家人遊遍歐洲，打下開闊的眼界，於他日後的見地，洞識有重大的影響。他大學讀的是牛津，只不過牛津的課程在他覺得像雞肋。

20 艾綽波絲（Atropos）——希臘神話命運三女神之一，專門拿剪子剪斷世人的生命線。

21 約翰・克雷爾（John Clare, 1793 - 1864）——英國詩人，出身貧苦的農工人家，只讀過小學，自習寫詩，一八二〇年出版第一本詩集《鄉間生活集錦》（*Poems Descriptive of Rural Life and Scenery*），轟動一時，後續作品卻命運乖舛，每下愈況，終致因酗酒和行爲失常，於一八三七年自願進入瘋人院。幸好他在院中遇見好醫生，鼓勵他繼續寫詩，畢生的名作〈我是〉（I am，出版於一八四八年）便是在精神病院當中寫就。

22 詹姆斯・湯姆遜（James Thomson, 1834-1882）——蘇格蘭詩人，筆名B・V・（Bysshe Vanolis），來自雪萊和諾瓦利斯（Novalis）。最知名的作品是描寫孤獨和失落的《惡夜之城》（*The City of the Dreadful Night and Other Pomes*, 1874）。在孤兒院長大，軍校出身，患有慢性憂鬱症，長期酗酒。

事實，也是終須面對的事實。所以，顯而易見——不管這樣我們的民族有多丟臉——我們大英國協是有問題，要不然窮詩人不論在現在還是倒推回去兩百年，始終連走狗屎運的機會都沒有。我說眞的——過去十年我花了很多時間走訪英國約三百二十所小學；我們講民主講得好像頭頭是道，但其實啊，英格蘭窮人家的小孩心智要獲得解放，擁有自由，從而孕生傳世傑作，希望和雅典的奴隸之子一樣渺茫。」

再也沒人講得比他更加明白的了。「窮詩人不論在現在還是倒推回去兩百年，始終連走狗屎運的機會都沒有……窮人家的小孩心智要獲得解放，擁有自由，從而孕生傳世傑作，希望和雅典的奴隸之子一樣渺茫。」說的是啊。心智自由，有賴物質供應。詩歌創作，有賴心智自由。而女性一直很窮，窮了還不止兩百年，而是從開天闢地以降就一直窮到現在。女性的心智自由可是連雅典的奴隸之子都還不如呢。也因此，女性之於詩歌創作，連走狗屎運的機會都沒有。也就是因爲這樣，我才會把錢、把自己的房間強調到這地步。不過，一來要拜過去沒沒無聞的女性前輩披荊斬棘之賜——但願我們能多了解她們一些！另外呢，也實在夠奇怪的了，也要拜兩場戰爭之賜，一場是克里米亞戰爭，給佛羅倫絲·南丁格爾機會走出她的起居室，一場是歐洲大戰，六十年後爲一般女性大眾打開了門戶❖[23]，這些弊害才得以開始糾正。否則，各位今晚無從坐在這裡，各位一年賺

得五百英鎊的機會，雖然我擔心即使現在也還是不一定，不過，要不是這樣，那恐怕還會變成微乎其微了。

話說回來，各位可能還是要反駁，爲什麼妳要把女性寫書看得這麼重要呢？妳不是一直在說寫作需要耗費極大的心力，搞不好還要殺掉姑媽，害人吃午餐幾乎一定要遲到，害人和幾個大好人吵得不可開交❖[24]？那我就老實招了吧，我的動機不無自私的成分。我和大多數沒上過學的英格蘭婦女一樣，喜歡讀書——喜歡一口氣讀一大堆書。最近，我送進

23 歐洲大戰，六十年後爲一般女性大眾打開了門戶——英國於維多利亞時代由於生育率和平均壽命提高甚多，家庭的人口數較先前增加許多，加上工業化的發展，婦女不論老少出外拋頭露面工作的人數也愈來愈多，男性雖然還是一家之主，但是養家活口的重任也常是女性在扛。不過女性的工作類型最常見的是家務雇傭，再來是紡織業和服裝業，鐵器、陶器作坊也雇用不少女性，無論如何，都以體力勞動爲多，少有專業知識和技能；護理、接生和醫療除外，但也以護理爲多，例如南丁格爾。第一次世界大戰爆發，由於男性大多投入戰場，後方缺工加上多出不少戰事所需的工作，例如軍火工廠，以致女性的工作機會門戶大開。英國政府甚至主動出面組織徵才活動。如此一來，原先全由男性壟斷的工作便開始出現女性臉孔了，例如鐵路警衛、售票員、公車車掌、郵局員工、警察、消防員、銀行的櫃台出納和職員。不過女性的工作報酬還是比男性低，以致同工同酬的呼聲也在這時候開始出現。

24 吳爾芙的性子容易和人吵架、打筆仗，例如D．H．勞倫斯和T．S．艾略特和她來往便常是火花四射。

腹笥裡的精神食糧有些單調；歷史書，戰爭太多；傳記，偉人太多；詩歌，我想呢，已經有了貧乏的疲態；小說——我於現代小說的品評能力不足，自曝己短應該夠多了，還是少說爲妙❖[25]。因此，我衷心希望各位去寫各式各類的書，不論題材有多瑣碎，多廣博，請勿躊躇不前。偷拐搶騙在所不惜，只希望各位使出渾身解數弄到錢去旅行，去閒晃，去思索世界的未來或是世界的過去，去捧著書發呆，去街角逛一逛，任由腦中的思緒細線沉落到長川深處。因爲，我絕對沒有意思要把各位堵在小說一隅。我可是十分樂見——和我一樣的人可有千百個——各位去寫遊記，寫探險，作研究，作學問，寫歷史，寫傳記，寫評論，寫哲學，寫科學。這樣，小說藝術得益於各位之處方才大矣。因爲書啊，就是會互通聲氣，交相作用。小說找詩歌、哲學相偎相依，絕對更上層樓。不止，各位要是拿過去的巨匠來想一想，例如莎芙，例如紫式部❖[26]，例如愛蜜莉．勃朗蒂，就會發現她們既承先，也啓後，而且她們之所以卓然成家，是因爲女性養成了信筆寫來一派自然的寫作習慣；所以，即使寫的只是邁向作詩的前奏，各位只要提筆，便是千金不換。

然而，待我再回頭去看我作的筆記，罵我自己思緒亂跑野馬，卻又發覺我的動機未必全然自私。在這一堆批註、漫談當中，其實是有信念貫穿首尾的——或者應該說是直覺？——好書當然多多益善；而好作家，即使暴露人性各形各色的醜陋，也一樣屬於善

類。所以，我說希望各位多多寫書，是在懇請各位不但要去造福妳個人，也要去造福廣大的世界。我這樣的直覺或是信念，要如何證明？我不知道，因爲，哲學的思辨對於從未上過大學的人，可是極容易自曝其短的。所謂的「現實」究竟是什麼呢？「現實」可能反而是極爲飄忽、極不可靠的——一下子在灰塵蔽天的路上，一下子在街頭的破報紙裡，再一下又在陽光照耀的水仙花叢。可以照亮房裡的一群人，可以烙下即興的話語。可以在頂著星空獨行回家途中洶湧襲來，將人淹沒；可以襯得無言的世界比話語的世界更爲眞實——唔，是啊，也還可以落在喧囂的皮卡迪利大街❖[27]的公車裡面。有的時候甚至還落

25 吳爾芙寫過幾篇評論，〈現代長篇小說〉（Modern Novels, 1919）、〈小說中的角色〉（Character in Fiction, 1924）、〈現代小說〉（Modern Fiction, 1925），時或有人批駁。

26 莎芙（Sappho, c. 630-c. 570 BC）——古希臘列斯佛斯（Lesbos）的女詩人，生平不詳，僅知出身富貴人家，詩作大多佚失，僅剩斷簡殘篇傳世。莎芙生前的時代，高尚人家的婦女習慣以雅集作爲社交活動，聚會中又以作詩最爲風行。莎芙便是古希臘這類女性雅集的代表人物。
紫式部（973?-1031?）——日本平安時代的貴族女作家，傳世作品爲《源氏物語》，是日本傳世最早的長篇小說。吳爾芙演講那時期，同屬布倫斯伯里文化圈的英國著名翻譯家，亞瑟．韋利（Arthur Waley, 1889-1966），正在譯紫式部的《源氏物語》。

27 皮卡迪利大街（Piccadilly）——倫敦市中心的著名大道，歷史悠久，可以上溯至中古時期，十八世紀末期起書店林立，再到二十世紀初期麗池酒店建

在極其遙遠的形影，極目遠望也無法辨認。不過，不論現實落於何方，一經接觸便落地生根，永不泯滅。是日間的皮囊丟進樹籬之後留下的孑遺；是我們過往的時光、是我們心存的愛與恨留下的孑遺。而我想，現在就只有作家有機會活在顯現的現實裡，遠非其他人所能企及。作家的職責就是去找出現實，蒐集現實，傳達給其他人。至少這是我讀《李爾王》、《愛瑪》或是《追憶似水年華》得出的推論。因爲，讀這樣的書似乎是在對我們的感官做了一次白內障摘除手術；之後觀看的眼光會變得更熱切，世界似乎掀掉了屏蔽，散發更灼熱的生命力。這樣的人和非現實勢不兩立，多教人歆羨。至於被自己不知不覺、漠不關心做出來的事砸在腦門兒上的人，又何其可憐。所以，我要各位去賺錢，去弄一間自己的房間，其實便是要各位活在顯現的現實裡，無論各位是不是表達得出來，各位擁有的都是精神抖擻的生命。

到此我也應該打住；只不過迫於慣例，每一場演講要是沒來一段鏗鏘有力的結語實在不行。而且，以女性爲對象的結語，想必各位也會同意應該更加慷慨激昂、更加踔厲風發才對。所以，現在我就要懇切呼籲各位，毋忘身負重任，要追求崇高，要錘鍊性靈；我要提醒各位，有多少事都要仰仗各位，於未來各位又可以發揮多大的影響。但我想，這樣的勸勉就放心交給另一性別的人去說吧；由他們來講一定比我還要倍加堂皇，他們不也眞的

講得堂皇之至麼。而我呢，百般搜索枯腸，卻找不出有什麼崇高的情操可以用來勉勵各位彼此友愛，爭取平等，推動世界朝更高遠的理想邁進。我再怎樣也只能用短短幾句平板的話語告訴各位；忠於自己遠比任何事情都還要重要。我只想跟各位說，不要作夢想去影響別人；但願我有本事說得再激昂一點。就請各位看事情要見山是山吧。

所以，我再鑽回報紙、小說、傳記裡去，這就突然想起了但凡女性要和女性講些什麼，常常會暗懷鬼胎。女性老是苛待女性。女性老是厭惡女性。女性——各位不覺得這個詞兒討厭得要死？我跟妳們說明白好了，我就覺得討厭得要死。所以，我們不妨打個商量，這一份一個女性對眾多女性唸出來的講辭，應該要拿一些特別討厭的話來作結尾才對。

但是，這樣的話要怎麼講呢？我想得出什麼話來呢？因為，說實在的，通常我是滿喜歡女性的。我喜歡她們不同流俗。我喜歡她們細膩幽邃。我喜歡她們甘願隱姓埋名。我喜歡——但我想我也不好這樣子嘮叨下去。那邊那一具櫃子——妳們說裡面只收著乾淨的桌布？但要是有個什麼阿徹博・鮑得金爵士❖[28]躲在那一堆桌布下面，那可怎生是好？我看

起，便逐漸朝精品名店、夜總會、豪華旅館薈萃的面貌發展。

28 阿徹博・鮑得金爵士（Sir Archibald Bodkin, 1862-1957）——以辦案犀利、起訴縝密著稱，第一次世界大戰期間辦過幾樁間諜大案，一九一七年受封騎士爵位，一九二〇年至三〇年出任英國「公共

我還是改用比較嚴肅的口氣來講好了。我是否，於前述所言，爲各位充分說明了我對人類提出的警告和譴責呢？我已經對各位明講，奥斯卡・布朗寧先生對女性的評價極其輕蔑；我已經對各位指出以前拿破崙是怎麼看待女性，現在的墨索里尼又是怎麼看待女性。所以，唯恐各位萬一有人有志於小說創作，便又特別爲各位引述了評論家的建議，勸告各位要勇於承認所屬性別的限度。我也舉出X教授作爲例子，特別標舉出他說的女性智能、道德、體能低下論。我已經將這些隨手摭拾可得、不必費心蒐羅的東西全都交給了各位；現在，這是最後一句警告——取自約翰・戴維斯先生。約翰・戴維斯先生警告女性，「一旦沒人想要孩子，就沒人需要女人。」❖29 在此敬盼各位銘記於心。

而我又該如何進一步鼓勵各位去過自己的生活呢？年輕的女士啊，我要說了，請各位注意，鏗鏘有力的結語就此開始。各位啊，依我看，妳們無知無識，眞是丟臉！從沒做出重大的發現，從沒動搖過哪裡的國本，從沒帶兵上過戰場。莎士比亞的戲劇不是妳們寫的；度化蠻夷接受文明的洗禮不是妳們幹的。對此，妳們有何辯白？妳們大可理直氣壯，伸手指向全世界的街頭、廣場、森林，指向熙熙攘攘的黑色、白色、棕色的居民，指著這些忙著趕路、作生意、做愛的人，說，我們手上有別的事要忙。沒我們的貢獻，海上不可能有船隻通行，良田也盡成荒漠。我們生孩子、餵孩子、給孩子洗澡、教導孩子，可能要

一直做到孩子六、七歲，才養出了現在全世界十六億二千三百萬的人口；依統計，全球現在總共有這麼多人❖[30]；而這，就算有人幫忙好了，也要時間的哪。

妳們這話是說得不錯——我也無從否認。但是，我是否同時也該提醒一下各位，從一八六六年到現在，英格蘭至少成立了兩所女子學院；從一八八〇年起，已婚女性依法有權擁有自有財產；一九一九年——也就是整整九年了——女性擁有了投票權？我是否該再提醒各位，大多數的專門職業已經爲女性敞開大門也有近十年的時間了❖[31]？所以，只要

檢察總長」（Director of Public Prosecutions），任內對於查禁所謂的「淫書」特別嚴厲。吳爾芙十分推崇的作家詹姆斯．喬伊斯（James Joyce, 1882-1941），其名著《尤里西斯》（*Ulysses*）出版後，他只讀到四十頁便判定該書「淫穢」，必須查禁（全書共七百三十二頁，飽得金讀的那第四十頁正好描寫到莫莉．布倫姆〔Molly Bloom〕的性高潮），甚至威脅學者講學的時候不得提起此書。《寂寞之井》查禁一案，他也賣力查辦，導致《寂寞之井》直到一九四九年才得見天日。

29 （原註11）《女性簡史》（*A Short History of Women*），約翰．戴維斯作。

譯註：約翰．戴維斯先生（John Langdon Davies, 1897-1971）——英格蘭記者，在西班牙內戰時期當過戰地記者，以之寫過數本著作。《女性簡史》出版於一九二七年，寫的是人類史上不同階段看待女性觀點的變化。

30 十六億二千三百萬的人口——這是《惠戴克年鑑》估計的一九一四年全球人口總數。

31 英國國會於一八七〇、一八八二、一八九三年陸續通過法案，已婚男女的財產權同歸平等。女性的高等教育自一八六六年起，劍橋大學設立葛

各位想一想現在手中擁有的諸多特別權力，想一想各位握有這些權力有多久了，想一想此時此刻一定有近二千名女性一定有辦法一年賺得到五百英鎊不止❖[32]，各位應該就會同意我說的，所謂沒有機會、沒有訓練、沒有鼓勵、沒有閒暇、沒有金錢，等等藉口再也站不住腳了。不止，經濟學家還跟我們說賽頓太太的孩子生太多啦。所以，各位當然還是要生孩子，但是依他們的說法，兩、三個就好了，不要再一生就是十幾、二十個。

就這樣，各位既然手上有了餘暇，腦子裡也讀進了一些書——妳們學的另外一類已經夠多；而且，我猜，送妳們進大學唸書搞不好就是要抵銷掉妳們學的那另外一類——各位當然可以投入人生的另一階段，踏上非常漫長、非常艱辛、少人聞問的事業旅程。已有成千上萬枝筆在等著要指點妳該怎樣去做、會有什麼效果。而我要給的建議呢，我承認，是有一點稀奇古怪；所以，我還是將它寫在小說裡要比較好。

我在這一篇講稿跟各位說過莎士比亞有個妹妹；但各位千萬別去翻席德尼·李爵士寫的莎士比亞生平去找她這個人❖[33]。她年紀輕輕就死了——唉，她其實從沒寫過一個字。她就躺在現在一處公車站下面，就是「大象和城堡」對面那邊。但現在，我卻相信這位從來沒寫過一個字而且埋骨十字路口的女詩人其實還活著。就活在妳身上，就活在我身上，就活在許許多多今晚無法在場的女子身上，她們必須洗碗送小孩上床。但她就是還活著；

因爲偉大的詩人永遠不死；他們永存不朽；只要有機會，便會化作血肉之軀行走在妳我之間。而這機會，我想，現在是應該由各位發揮一己之力交到她的手中了。因爲，我相信，我們若再活上個一百年——我這說的是女性大我的生命，這才是眞實的生命，而不是我們一個個小我的個別人生——而且，每人每年都有五百英鎊，每人也都有自己的房間；我們

頓和紐能兩所女子學院之後，牛津也陸續創立了「瑪格麗特夫人學堂」（Lady Margaret Hall, 1878）、聖安妮學院（St. Anne's College, 1878）、薩默維爾學院（Somerville College, 1879）、聖休學院（St. Hugh's College, 1886）、聖希爾妲學院（St. Hilda College, 1893）。倫敦倒是早在一八四九年便已創立女子學校，貝德福學院（Bedford College），後於一九〇〇年併入倫敦大學（University of London）。第一次世界大戰戰後因爲復員的關係，許多男性重回英國職場，變成要和女性搶工作，加之以後來經濟蕭條，導致女性求職的處境雪上加霜。不過，一九一八年的教育法案，將義務教育延長到十四歲，有利提升女性人口的教育水準，一九一九年通過《〔廢除〕性別不平等法案》，也有利於女性接受高等教育、從事專門職業，例如教師、醫生等等。

32 近二千名女性——吳爾芙這數字是當時大概的大學女生人數。

33 席德尼・李爵士（Sir Sidney Lee, 1859-1926）——英格蘭傳記作家、評論家，畢業於牛津大學，讀的是現代史。他在《傳記通鑑》（*Dictionary of National Biography*）的編輯部門和吳爾芙的父親共事，之後於一八九一年接手吳爾芙父親留下的總編輯遺缺。他以他爲《傳記通鑑》寫的莎士比亞傳記爲基礎，寫了一本《莎士比亞生平》（*Life of William Shakespeare*, 1898），十分暢銷。之後他又陸續編纂多本莎士比亞相關的書籍。

要是培養出自由的習性，以及切實寫出心中所想的勇氣；我們要是能夠從共用的起居室逃出去一下子，多看一看世人和現實世界的關係，而不僅限於人與人之間的關係；當然還要去看蒼穹、看樹木還有別的什麼，而且要去看本來的面目；我們要是跳過彌爾頓的妖怪去看，畢竟哪有人可以去擋別人的視野；我們要是面對事實，因爲事實如此，沒有別人的臂膀可以讓我們依靠，我們必須孤身前行，我們的關係是在我們和現實世界的關係當中，而不僅是我們和男男女女的世界的關係；那麼，機會就會降臨；死去的詩人，死去的莎士比亞妹妹，就會藉她先前一再捨下的軀體重返人間。從一個個先人湮沒無聞的生命汲取生命，一如她的哥哥之前做過的那樣，她，便得以誕生。然而，她之誕生，要是沒有必要的準備，要是沒有我們付出努力，要是沒有我們決心讓她在重返人間之後發現她活得下去、發現她寫得出詩，那就不會是我們能夠引頸期盼的事了，因爲那是痴人說夢。但我還是相信，只要我們爲她努力，有朝一日她會重返人間；也因此，只要努力，即使一貧如洗、沒沒無聞，努力絕對不會白費。

自己的房間

作　　者　維吉尼亞・吳爾芙（Virginia Woolf）
譯　　者　宋偉航
美術設計　賴佳韋
內頁版型　黃暐鵬
校　　對　簡淑媛
內頁構成　高巧怡
行銷企畫　駱漢琦、林芳如
行銷統籌　駱漢琦
營運總監　盧金城
業務發行　邱紹溢
業務統籌　郭其彬
行銷統籌　何維民
責任編輯　張貝雯
副總編輯　何維民
總 編 輯　李亞南

發 行 人　蘇拾平
出　　版　漫遊者文化事業股份有限公司
地　　址　台北市松山區復興北路三三一號四樓
電　　話　（02）27152022
傳　　真　（02）27152021
讀者服務信箱　service@azothbooks.com
漫遊者臉書　www.facebook.com/azothbooks.read
劃撥帳號　50022001
戶　　名　漫遊者文化事業股份有限公司

發　　行　大雁文化事業股份有限公司
地　　址　台北市松山區復興北路三三三號十一樓之四

初版一刷　2017年5月
定　　價　台幣300元
I S B N　978-986-94362-9-8

國家圖書館出版品預行編目資料

自己的房間 / 維吉尼亞.吳爾芙(Virginia Woolf)著；宋偉航譯. -- 初版. -- 臺北市：漫遊者文化出版：大雁文化發行, 2017.05
240面；13.8×21公分
譯自：A Room of One's Own
ISBN 978-986-94362-9-8(平裝)
1.吳爾芙(Woolf, Virginia, 1882-1941) 2.小說 3.文學評論
873.57　　106005069